KB127077

혼자라는 건

혼자라는 건

오노데라 후미노리 지음

김난주 옮김

왼쪽주머니

차
례

혼자만의 가을

스나마치긴자.

그렇게 커다랗게 쓰인 간판이 아치에 걸려 있다. 간판 위의 시곗바늘은 2시를 가리키고 있다.

두 기둥 옆에는 차량 진입을 금지하는 교통표지. 빨간 동그라미 바탕에 옆으로 하얀 막대기. 그 밑에는 검은 글자로 자전거 제외, 라고 쓰여 있다.

10월. 올려다보는 하늘이 파랗다. 아치 밑을 지나 상점 가로 들어선다. 오가는 사람들과 자전거를 피하면서, 좁은 길을 터벅터벅 걷는다. 도쿄에 온 지 겨우 1년 반밖에 지나지 않았는데, 그런 재주까지 피울 줄 알게 되었다.

배가 고팠다. 어제저녁 6시에 이온마트 PB상품인 컵라면을 먹은 게 마지막이다. 생각해 보니 20시간이나 아무엇도 먹지 못했다.

그런데 뭐라 말할 수 없이 좋은 냄새가 흘러온다. 꽃이나 향수 냄새는 아니다. 길거리 음식으로 유명한 이 상점가에는 꼬치구이와 튀김 등의 먹거리, 군것질거리, 반찬 등을 파는 가게가 많다. 그래서 늘 양념 냄새와 기름 냄새가 난다.

튀김. 인류가 일궈 낸 발명 중에서 상당히 고급한 맛을 구현한 먹거리.

불을 발견하고 뜨겁다! 라고 느낀 인류는 고기와 생선을 굽는다는 착안을 한다. 그러나 굽는 것에서 튀긴다는 발상을 하기까지는 상당한 시간이 걸렸을 것이다. 그리고 튀김에 도달했을 때, 인류는 보다 큰 비약을 예감했을 것이다. 별맛이 없는 것도 아무튼 튀기면 먹을 수 있지 않을까? 하고.

튀김의 냄새는 독특하다. 착각이겠지만, 기름의 열기까지 동시에 느껴진다. 앞에다 튀김을 죽 진열해 놓은 가게에서는 뜨거운 바람이 살살 불어오는 듯한 느낌마저 든다.

그리고 지금, 고개를 돌려보니 상품 진열대가 온통 노릇노릇하다. 나는 빨려 들어가듯 터벅터벅 걸어가, 그 앞에서 걸음을 멈춘다.

쟁반과 큰 접시에 각종 튀김이 담겨 있다. 로스에 등심에 치킨에 멘치커틀릿(소고기와 돼지고기 다짐육을 다진 양파와 계란, 빵가루 등과 반죽해 튀긴 것 – 옮긴이). 커틀릿, 커틀릿, 커틀릿. 자세히 보니, 오징어튀김도 있다. 알고는 있었지만, 공복감이 절정에 달한다. 이쯤 되면 어쩔 수 없다.

바지 뒷주머니에서 지갑을 꺼낸다. 고등학교 3학년 때부터 사용하고 있는 검은 반지갑이다. 천연 가죽은커녕 인조가죽도 아니다. 캔버스 천.

안을 들여다본다. 어리둥절하다. 지폐가 없는 것은 그렇다 치고. 동전도 두 개밖에 없다. 구멍 뚫린 두 종류의 동전, 55엔.

그제, 이온마트에서 화장실 휴지를 샀다. 조금이라도 싸게 사려고 12롤이 아닌 18롤짜리로. 가진 돈으로 살 수 있어 안도했다. 어제는 점심도 저녁도 사다 놓은 컵라면으로 때운 탓에 돈을 쓰지 않았다. 그래서 55엔밖에 없다는 사실 자체를 잊고 있었다.

요즘, 계속 이렇다. 아무 생각도 하지 않는다. 늘 멍하니 있는다. 도저히 안 되겠다 싶어 밖에 나가면, 그저 터벅터벅 걷는다.

돌아가면, 마루하치 길 건너편에 우체국이 있다. ATM
도 있다. 그러나 가능하면 돈을 인출하고 싶지 않다.

식비는 하루에 500엔. 한 달에 1만 5,000엔으로 정했
다. 그 결정을 첫 달부터 깨고 싶지 않다. 한 번 깨고 나
면 그 상황에 질질 끌려갈 것 같아 두렵다. 과장이 아니
다. 그렇게 질질 끌려가다 보면, 내 경우 치명타가 된다.

각종 튀김을 생각한다. 어쩌지. 55엔으로 살 수 있는
게 없겠지.

있다.

크로켓이다. 육상경기의 400미터 트랙을 축소해 놓은
듯한 모양의 크로켓. 게다가 50엔.

계산해 본다. 세금을 포함하면 54엔. 살 수 있다. 거스
름돈까지 생긴다.

진열된 상품 중에서 가장 싼 탓에, 딱 하나 남았다.

"저기요."

"네."

가게 주인인 듯한 사람이 다가온다. 조리복에 하얀 모
자. 60대 중반쯤 된 남자다.

"크로켓."

내 목소리에, 옆에서 나타난 할머니의 목소리가 겹친다.

"크로켓이랑 햄커틀릿이랑 전갱이튀김."

추정 연령 75세. 그런 것치고는 움직임이 날래다. 먹잇
감을 노리는 매 같은 할머니다.

"앗!"

하고서, 다시 말한다.

"먼저 사시죠."

할머니가 이쪽을 본다. 나는 가볍게 머리를 숙인다. 할
머니는 방긋 웃지도, 고맙다는 말을 하지도 않는다. 뭐야,
하는 시선으로 쳐다볼 뿐.

"크로켓, 햄커틀릿, 전갱이튀김. 한 개씩이죠?"

"맞아."

가게 주인인 듯한 남자가 튀김 세 개를 투명한 플라스
틱 용기에 담는다.

"소스도 드릴까요?"

"괜찮아. 늘 남아도는데, 뭐."

"알겠습니다."

계산을 치른 할머니는 승자의 걸음걸이로 사라진다.

"감사합니다."

가게 주인인 듯한 남자가 말한다. 이어서 내게.

"기다리게 해서 미안하군. 뭐로 하실지?"

"크로켓은 이제 없죠?"

나는 미련이 남아 확인한다.

"지금 그게 마지막 남은 거였어. 15분쯤 기다려야 다시 나올 텐데."

15분. 전철 같으면 마지못해 기다릴 시간이지만, 크로켓은 과연.

"멘치도 맛있는데. 실은 이게 우리 가게에서 최고 인기야."

두꺼운 하얀 종이에 마커 펜으로 쓴 가격을 본다.

"120엔."

"대신 크잖아."

"그러네요."

순순히 동의한다.

"이거 하나면 밥 한 공기 뚝딱, 아니지 두 공기는 먹을 수 있을걸."

그럴 것 같다. 빈곤이라는 만성질환을 앓고 있는 내 경우, 확실히 그렇다.

"어때? 멘치."

"좀 힘들 것 같습니다."

"젊은 사람이라, 냄새가 꺼려지는 건가."

"그런 게 아니라."

"그럼, 싫어하는 맛이라서?"

"아니요. 맛도 좋아합니다. 그냥, 돈이."

괜히 경계하지 않도록 말을 덧붙인다.

"돈을 인출해야 하는데, 깜박했어요."

"에이, 그런 거야. 120엔도 없어?"

"네."

"얼마 있는데?"

알면서도 지갑을 열고 다시 한 번 안을 본다.

"55엔, 이요."

"55엔이라. 좋아. 깎아 주지."

"에?"

"아까 그 손님에게 크로켓을 양보했으니까, 멘치, 55엔."

"그래도."

"아니지, 딱 잘라서 50엔."

"그럼 55엔 낼게요."

"됐어. 지갑이 텅 비면 불안하잖아. 5엔 가지고는 아무 것도 살 수 없지만, 그래도 남겨 둬. 우리가 이렇게 만난 것도 인연이라 치고, 다음에도 사러 오라고."

"그럼, 그때 나머지 돈을 갚을게요."

"괜찮다니까 그러네. 그러면 내가 억지로 비싼 걸 판 꼴이 되잖아. 빚을 만들고 싶지 않다고, 난."

그리고 가게 주인인 듯한 남자가 안쪽에 있는 주방을 향해 소리쳤다.

"어이, 에이키. 멘치 나왔나?"

"지금 나갑니다."

에이키 씨가 대답한다. 20대 초반쯤으로 보이는 사람이다.

"형씨, 이왕이면 바로 나온 뜨끈한 걸 먹어야지."

에이키 씨가 멘치가 다섯 개 정도 담긴 은색 트레이를 건넸다. 가게 주인인 듯한 남자는 그 하나를 집게로 집어 기름이 스며들지 않는 조그만 종이봉투에 넣고, 이쪽으로 내민다.

"자, 지금 막 나온 거라 뜨거우니까 조심하고."

50엔을 건네고 멘치를 받아 든다. 종이봉투 위로 열기가 전해진다. 튀김옷 안쪽은 상당히 뜨거울 것이다. 멘치에는 육즙이 있다. 크로켓보다 위험할 수도 있다.

"여기서 먹어도 될까요?"

"그럼. 걸어가면서 먹는 게 곤란하지, 가게 앞은 괜찮아."

그런데도 구석으로 비켜나, 가게 주인인 듯한 남자에게 잘 먹겠습니다, 하고 말한다. 조심조심 먹는다.

튀김옷을 천천히 깨문다. 와삭, 아니다. 파삭하다. 아니, 파삭한 건 춘권이니까, 바삭이다. 예상했던 대로 즙이 주르륵 나온다. 육즙인지 기름인지 모르겠다. 오물오물 먹는다. 바삭바삭한 튀김옷이 입천장에 닿는다. 델 것 같다. 맛있다.

"아아."

소리가 절로 나온다.

튀김만이 아니다. 갓 만든 음식을 오랜만에 먹는 듯하다. 최근에는 외식을 하지 않았다. 제 손으로 만들어 먹지도 않는다. 시판되는 도시락이나 주먹밥, 컵라면.

전자레인지에 데운 것은 갓 만들었다고 할 수 없다. 진짜 막 만들어 낸 것은 따끈하지 않다. 뜨겁다. 전자레인지로 뜨겁게 데울 수는 있다. 그래 봐야 그저 뜨겁기만 할 뿐. 맛과의 조화가 없다.

"자네, 아주 맛있게 먹는군."

"정말 맛있어요."

"갓 튀겨 내서 그렇지."

"네."

"이런 시간에, 점심인 거야?"

"네. 배가 엄청 고팠는데."

"그럴 때 먹는 게 최고지. 시장이 반찬이라는 말도 있잖나. 아, 좀 늦었지만, 저기 소스도 있어."

돌아보니, 상품 진열대의 반대쪽 끝에 용기가 놓여 있다. 손님의 입맛에 따라 마음대로 뿌려 먹으라는 뜻인 듯하다.

"괜찮아요. 소스는 보통 안 뿌리거든요."

"그런가."

"네. 소스를 뿌리면, 결국 소스 맛으로 먹는 것 같아서."

소스에 푹 찍어 먹는 사람도 있다. 노릇노릇한 튀김옷을 소스 범벅으로 해서 먹는 사람도 있다. 그렇게 해서 먹어도 물론 맛있다. 그러나 나는 크로켓 자체, 멘치 자체의 맛을 즐기고 싶다.

계속 오물거리면서 고개를 들고 가게 간판을 본다. 하얀 바탕에 검은 글자로 이렇게 쓰여 있다.

반찬가게 다노쿠라.

기둥에 붙어 있는 종이에 눈길을 돌린다. 지금껏 배경이었던 것이 이제는 배경이 아니다. 그냥 하얀 종이. 아르바이트 모집이라고 쓰여 있다. 역시 검정색 마커 펜으로 쓴 글씨. 시급은 950엔. 시간은 상담 요함.

　지금까지 아르바이트는 인터넷으로 찾는 일이 많았다. 괜찮다 싶은 가게가 있으면 지원서를 내기 전에 가서 직접 본다. 그 정도는 했다. 그러나 가게에 붙어 있는 종이를 보고 바로 지원한 적은 없다.

　이렇게 만난 것도 인연이라 치고. 조금 전에 들었던 말이 머리에 떠오른다. 인연. 그런 것이 정말 있을까.

　멘치가 이제 3분의 1 남았다. 뜸 들이지 않고 말한다.

　"저?"

　"응?"

　"일하게 해 주십시오."

　"정말 괜찮다니까. 70엔 깎아 준 걸 가지고, 뭘."

　오해를 샀다. 깎아 준 70엔어치 일하게 해 주십시오. 그런 의미로 받아들인 듯하다.

　"그런 말이 아니라, 저 종이."

　"아아. 아르바이트?"

　"네."

　"학생이면 우린 좀 곤란한데. 시간은 상담 요함이라고 적어 놓았지만, 짧아도 곤란하고 갑자기 쉰다고 해도 곤란하고 말이야."

"그럴 일 없을 겁니다. 아니, 없습니다. 이제 학생이 아니라서요."

"지금 몇 살이지?"

"스물입니다."

"프리터?"

"비슷하죠. 마침 일자리를 찾고 있었습니다."

이건 약간은 거짓말이다. 찾아야겠다고 생각하면서 열심히 찾지는 않았다. 마음의 정리를 하지 못한 채, 매일을 무위하게 보내고 있었다. 한시라도 빨리 일해야 한다는 걸 알면서도.

"이제 아니라는 건, 학교를 그만뒀다는 말인가?"

"네. 여러 가지로 좀 사정이 많아서요."

"사정."

어떤? 이라고 묻기 전에, 내 입으로 먼저 말한다.

"빚이 있다거나, 무슨 짓을 저질러서 잡힌 적이 있다거나, 그런 건 아닙니다."

"그런 생각 안 했는데. 지금 어디 살지?"

"근처예요. 미나미스나. 걸어서 10분이면 올 수 있습니다."

"주 5일, 일할 수 있겠나?"

"네. 오히려 그렇게 부탁드리고 싶습니다. 풀타임으로."

"요리 경험은?"

"없는데요. 안 될까요?"

"아니야. 그건 상관없어. 다만, 서서 하는 일인데 괜찮겠어?"

"네. 카페에서 일한 적도 있어서요."

"그때도 요리는 하지 않았단 말이지?"

"네. 커피를 내리는 정도였지, 요리라고 할 만한 요리를 만들어 본 적은."

"그래도 어서 오십시오, 감사합니다는 할 수 있겠지?"

"그럼요."

"채용한다 치고. 언제부터 나올 수 있지?"

"내일이라도. 아니, 지금부터라도."

"가게는 작지만, 그래도 일단 이력서를 받아야 하니까 지금부터는 안 되지. 내일 가져와. 서식은 적당히 알아서 작성하고. 단, 거짓말은 안 돼."

"네."

"나는 다노쿠라 도쿠지."

"여기 주인, 이시죠?"

"그래. 자네는?"

"가시와기 세이스케입니다."

"가시와기 군이라."

도쿠지 씨는 농담을 섞어 가며 말한다.

"정말 빚도 없고, 잡힌 적도 없는 거 맞지?"

"네."

"자, 이것도 먹어 봐. 막 나온 거야."

다노쿠라 씨가 햄커틀릿 한 개를 종이봉투에 담아 건넨다.

"정말 괜찮은 건가요?"

"그럼. 우리도 일손이 필요해."

"감사합니다. 그럼, 잘 먹겠습니다."

"아까도 말했지만, 걸어가면서 먹지 말고. 어디든 사람에게 방해가 안 되는 곳에서 먹으라고. 그럼 내일, 기다리지."

"저, 시간은?"

"아, 그렇지. 음, 3시로 할까. 그때는 그렇게 바쁘지 않으니까."

"알겠습니다. 잘 부탁드립니다."

"나도 잘 부탁하지."

인사를 꾸벅하고서, 돌아선다.

샛길로 들어가, 여기는 사람들이 잘 오가지 않으니까 괜찮겠지 하고서 햄커틀릿을 먹는다. 안에 든 햄이 딱 내 취향이다. 너무 얇지도 않고 두껍지도 않고, 마침 적당하다. 그리고 뜨겁다. 맛있다.

*

뭐가 발단이었나, 아버지의 죽음이다.

뭐의 발단이었나, 그건 나도 잘 모르겠다. 불운이었는지 뭔지. 아무튼 시작되고 말았다.

아버지는 가시와기 요시토. 3년 전 11월에 돌아가셨다. 내가 고등학교 2학년 때다.

자동차 사고. 어이가 없었다. 이렇듯 무거운 일이 이렇듯 어이없게 찾아올 수 있을까, 그런 의미에서도 충격이 컸다.

사고라서 해서 마주 오는 차량과 충돌한 것은 아니다. 아버지의 불찰.

다행히, 라는 말이 적절한지는 모르겠지만, 목격자가 있었다. 아버지는 차도로 튀어나온 고양이를 피하려고 했던 것 같다. 급히 핸들을 꺾었는데 그 앞에 전신주가 있었다. 사고 현장에 고양이의 모습은 없었다. 그러니, 고양이는 사고를 면한 것이다. 노면에는 타이어 자국만 남아 있었다.

아버지는 요리사. 그날은 선술집에서 일했다. 돌아오는 길. 음주 운전은 아니었다. 몸에서 알코올 성분은 검출되지 않았다. 그나마 다행이라고 해야겠지, 하고 어머니 다케요는 말했다. 장례를 치른 후, 단둘이 남았을 때. 울어서 퉁퉁 부은 눈으로 나를 보면서.

보험금은 별 문제없이 나왔다. 인신 상해 사망보험금이 3,000만 엔. 그리고 공제사망보험금이 100만 엔. 그때, 당신 손으로 운영하던 선술집이 망해 아버지에게 거액의 빚이 있었고, 그걸 사망보험금으로 모두 청산했다고 어머니에게 들었다. 그러고도 남은 돈이 있어, 덕분에 나는 도쿄에 있는 대학교로 진학할 수 있었다.

어머니는 돗토리 시 출신이다. 부모님을 일찍 여읜 데다 친척도 거의 없다. 아버지는 도쿄 오메 시 출신. 도쿄 도내에서 가게를 차리기는 어렵겠다는 판단에, 어머니의 고향인 돗토리에서 선술집을 시작했다. 그래서 내 고향도 돗토리다.

처음부터 도쿄에 갈 생각은 아니었지만, 그렇다고 돗

토리에 계속 남아 있을 수도 없다고 생각했다. 집은 셋집. 확고한 거점도 없다. 일자리도 많지 않다. 돗토리대학에는 가고 싶은 학부도 없었다. 국립이지만 규모가 작다. 학부가 넷뿐이다.

그래서 지바대학교 법정경학부에 지원했다. 떨어졌다. 그런데 호세이대학교 경영학부에는 붙었다. 사립이라서 금전적으로 고달프지 않을까 했는데, 어머니는 괜찮다고 말해 주었다. 아직 돈이 남아 있으니 가라고.

학자금 대출은 신청하지 않았다. 나는 받자고 제안했지만, 어머니는 그러지 말자고 했다. 말이 좋아 학자금이지, 결국은 빚이잖아. 갚기가 더 힘들어. 세이스케는 그런 짐까지 떠안지 않아도 돼. 아르바이트야 해 주면 도움이 되겠지. 그걸로 충분해.

내가 다녀야 하는 곳은 호세이대학교의 이치가야 캠퍼스. 사는 곳은 미나미스나마치로 했다. 도쿄메트로 도자이선으로 이다바시까지 대략 20분이면 바로 갈 수 있다.

고토 구 미나미스나에 있는 아파트, 렌토 미나미스나. 렌토가 임대하는 집이라는 단어인 줄 알았는데, 음악 용어였다. rent가 아니라 lento. 의미는 느리게. 미나미스나마치 역에서 도보로 12분. 월세는 관리비 3,000엔을 포함해서 5만 6,000엔. 미나미스나마치는 급행열차가 서지 않기 때문에 약간 싸다. 하지만 편리하기는 하다. 역 반대쪽에는 스나모라는 쇼핑몰과 야마다전기가 있다. 아파트 쪽에는 이온마트가 있고, 조금 걸어가면 인테리어 체인점인 니토리도 있다.

고등학교 때 나는 베이스 기타를 쳤다. 일렉트릭 베이스다. 대학교에서도 노이즈라는 경음악 동아리에 들었다. 그 동아리에서 시노미야 쓰루기와 가와기시 기요스미를 알게 되었고, 밴드를 만들었다.

트리오 편성. 좋은 인재가 없어서 보컬은 생략. 쓰루기가 가라오케에서 노래 좀 잘하는 여학생을 데려오자고 했지만, 내키지 않았다. 멤버가 다 정해진 후에 만들기로 해서 밴드 이름도 없다. 쓰루기의 기타 솜씨는 몰라도 기요스미의 드럼 실력은 뛰어나서, 스튜디오에서 맞춰 보는 것만으로도 즐거웠다. 국내외를 불문하고, 셋이 아는 대로 적당히 선곡해서 연주했다.

1학년 5월부터는 아르바이트도 시작했다. 밴드 연습보다 그쪽을 우선했다. 200엔에 커피 한 잔을 마실 수 있는 카페 체인점. 장소는 니혼바시. 아파트와 학교의 중간 지점이라 그 카페를 선택했다.

그 카페에서 나는 하라구치 미즈카를 만났다. 미즈카는 지금 센슈대학교 법학부 3학년. 당시에는 2학년이었다. 한 살 위다.

내가 아르바이트를 시작한 지 두 달, 미즈카는 한 달이 지났을 즈음, 계산대 앞에 둘이 있을 때였다.

"우리 사귀자."

미즈카가 난데없이 말했다.

"뭐?"

"우리, 사귀자고."

"아. 음."

"싫어?"

그렇게 물어서, 이렇게 대답했다.

"싫지 않아."

사귀었다.

미즈카는 오다와라 시 출신이다. 조금 더 가면 하코네. 아타미도 가깝다고 한다. 하코네는 가나가와현이고, 아타미는 시즈오카현이라고 한다. 그 주변 지리는 전혀 모른다고 했더니, 나도 돗토리 지리는 전혀 몰라, 라고 했다. 우선 시마네현과 구별이 안 된다. 아는 거래야 사구가 있다는 것, 스타벅스가 끝까지 생기지 않은 곳이라는 것뿐. 그런데, 그게 시마네현이었나?

오다와라의 집에서 간다 캠퍼스까지 통학하려면 2시간 넘게 걸린다. 그래서 미즈카는 스미다 구에 사는 삼촌네 아파트에서 살았다. 친척이지만 집세는 내는 듯했다.

몇 번 내 집에도 왔다. 몇 번이라고 말하지만, 사실은 정확하게 알고 있다. 세 번이다. 그 횟수는 이제 늘어나지 않는다. 헤어졌으니까.

올 7월에, 역시 계산대 앞에 둘이 있을 때 불쑥.

"좋아하는 사람이 생겼어."

"뭐?"

"그래서 헤어지고 싶어."

"아. 음."

싫어? 이번에는 그렇게 묻지 않았다.

그러나, 헤어졌다.

아르바이트를 더 많이 하는 내가 데이트 비용을 거의 냈다. 미즈카의 생일에는 갖고 싶어 하는 디지털액자를 선물했다. 그러나 내 생일은 둘이 맞지 못했다. 미즈카와 사귄 것은 대학교 1학년 7월에서 2학년 7월까지. 350일, 1년이 조금 못 된다. 내 생일은 나머지 15일 사이에 있다.

그렇다 보니, 미즈카와 헤어진 후에 나는 바로 만 스무 살이 되었다. 좌절감을 품은 채, 성인. 아주 가지고 놀았 군. 밴드 친구 쓰루기에게 그런 쓴소리를 들었다.

나와 헤어진 일을 계기로, 미즈카는 아르바이트를 그만 두었다. 나도 8월 말까지 하고 그만두었다. 아르바이트를 할 수 있는 시기는 취업 활동이 시작되기 전, 대학교 3학 년 2월까지다. 그래서 다른 아르바이트를 구하자고 생각 했다. 입사 면접 때 할 수 있는 말을 늘리기 위해서.

하지만 거기까지였다. 전혀 예상치 못한 일이 생겼다.

예상, 했을 리가 없다. 할 수 있을 리가 없다.

아버지가 돌아가신 충격은 잊지 못했지만, 아버지가 없다는 사실에는 조금씩 적응해 가고 있었다. 그렇게 무 지막지한 충격은 인생에서 한 번이면 족하다. 그보다 더 한 충격은 없다. 그렇게 멋대로 믿고 있었다. 그런데 아 니었다. 아직도 있었다.

나는 학교에 있었다. 1교시 수업 중. 어머니가 스마트 폰에 메시지를 남겼다. 쉬는 시간에 메시지를 재생해 보 고는 움찔 놀랐다. 남자 목소리가 흘러나왔기 때문이다.

"여보세요. 에, 세이스케 씨입니까? 다케요 씨와 같은 직장에서 일하는 나카타니라고 합니다. 저, 어머니가 큰 일을. 빨리 연락 주세요. 빨리."

바로 전화를 걸었다. 바로 나카타니 씨가 받았다. 계속 기다리고 있었던 것이다.

"좀 전에 전화 걸었던 나카타니입니다. 돗토리대학교 학생 식당에서 일하는. 만에 하나 세이스케 씨가 전화를 받지 않을 수도 있어서, 어머니 전화로 전화를 걸었습니다."

"괜찮습니다. 그런데, 저, 어머니는."

"돌아가셨습니다."

"네?"

"댁에서. 자택에서."

좋지 않은 일이 생겼을 거란 예감은 있었다. 또 무슨 사고가 났나 보다 생각했다. 그런데, 자택.

"화재, 인가요?"

"아니, 그런 게 아니라."

"그럼."

"아직 잘 몰라요. 자택의 이부자리 속에서 돌아가셨습니다. 자고 있는 동안에 혹시 발작 증세가 있지 않았나, 하는데."

하기 어려운 말을 하고 나서인지, 나카타니 씨의 말투가 조금 매끄러워졌다. 존댓말도 쓰지 않는다.

"가시와기 씨가 어제 출근을 안 했거든. 무단결근을 할 사람이 아니라서, 무슨 일인가 싶어 전화를 걸어 봤는데 통 받아야 말이지. 그리고, 오늘도 마찬가지. 출근을 안 했어. 이상하잖아. 그래서 가시와기 씨와 친하게 지내는 비토 씨라는 여성과 함께 집에 찾아가 봤는데."

집. 단지. 아버지가 돌아가신 후에 이사 간 임대주택이다.

"관리인에게 사정을 설명하고 문을 열어 달라고 했더니 체인이 그대로 걸려 있지, 뭐야. 그래서 예삿일이 아니다 싶어 경찰을 불렀지. 그랬더니, 그런 일이."

"이부자리에 있던가요? 엄마가."

"음."

거기까지였다. 목소리가 나오지 않았다. 눈물은 나올 뻔하다가 나오지 않았다. 그저 망연해졌다. 100퍼센트 사실로 받아들일 수가 없었다. 한 인간에게 그런 일이 계속해 생길 리 없다고 생각했다. 아버지를 그렇게 잃은 내가, 어머니까지 그런 식으로 잃을 리가 없다고.

"내려올 수 있겠나?"

"네."

기계적으로 대답했다.

그야말로 기계. 의지는 어디론가 사라져 버렸다. 나카타니 씨가 자신과 비토 씨 전화번호를 가르쳐 주어 메모했다. 기계인데, 손이 떨렸다.

"오늘 중에 올 수 있겠어?"

"네."

"돗토리에 도착하면 전화해 주고."

"네."

"세이스케 씨."

"네."

"지금 이런 말해 봐야 소용없겠지만, 정신 똑바로 차려요."

"네."

지난 연말에 돗토리에 내려갈 때는 신칸센이 아니라 심야 버스를 이용했다. 버스 쪽이 압도적으로 싸기 때문이었다. 하지만 싸고 말고를 따질 여유가 없었다.

서둘러 집으로 돌아가 옷 몇 벌만 가방에 쑤셔 넣고 바로 나왔다. 도자이선의 오테마치 역에서 JR 도쿄 역까지 걸어가 신칸센을 탔다. 그렇게 히메지까지 가서, 다시 특급 슈퍼 하쿠토로 갈아탔다.

돗토리 역에는 저녁 7시가 조금 넘어 도착했다. 역에

나카타니 씨와 비토 씨가 마중 나와 있었다. 거기서 처음 이름을 제대로 들었다. 나카타니 가네마사 씨와 비토 후키코 씨. 나카타니 씨는 쉰이 넘었고, 비토 씨는 아직 쉰전이다. 비토 씨는 나를 보자 울었다. 그 모습을 보고 나카타니 씨도 울먹거렸다.

그 후의 일은 어느 정도 자동적으로 진행되었다.

나는 어머니의 시신과 대면하고, 유족으로서 어머니를 확인했다.

이어서 어머니의 휴대전화에 저장되어 있는 후나쓰 모토시 아저씨에게 전화를 걸어, 어머니의 죽음을 전했다.

모토시 아저씨는 만난 적은 없지만 어머니에게 들어, 친척이라는 것은 알고 있었다. 어머니의 사촌. 마흔네 살. 내게는 외종숙이 되는 듯하다. 어머니와도 친하지 않았다. 시내에 사니까 뭐, 알기는 하지, 하는 정도. 그런데 바로 달려와 주었다. 일하는 곳이 시내에 있는 홈센터(일용잡화와 주택 설비 관련 상품을 판매하는 곳 - 옮긴이), 사는 곳도 시내에 있는 아파트라서 그럴 수 있었다.

어머니의 사인은 알 수 없었다. 요컨대 돌연사. 사고가 아니다. 병이라면 병이다. 발병 후 24시간 이내에 죽음에 이르는 병. 그것이 돌연사의 정의인 듯하다. 심장 질환인 경우가 많지만, 원인을 특정할 수 없는 때도 많다고 한다. 어머니가 바로 그랬다.

죽음 자체에는 의심 가는 점이 없었다. 창문도 현관도 다 잠겨 있었다. 체인까지 걸려 있었다. 실내에 누가 침입하거나 어머니가 누구와 싸운 흔적도 없다. 이불 안에 얌전히 있었을 뿐이다. 사건성은 전혀 없다.

장례는 모토시 아저씨가 주관했다. 그래 봐야 장의사에게 장례를 가족끼리 치르겠다고 전했을 뿐이다. 그래도 도움이 컸다.

산소는 아버지와 같은 곳을 썼다. 전철 타고 1시간 걸리는 장소에 있는 에타이 공원묘지. 성묘할 수 있는 친족이 없더라도 절이 알아서 관리를 해 준다. 아버지 때 어머니가 그곳을 선택했다. 유골을 개별 관리해 준다고 해서, 먼 거리를 참기로 했다.

모토시 아저씨가 권하기도 했지만, 유품 정리는 전문업자에게 맡기기로 했다. 최대한 빨리 집을 비워야 해서, 그러지 않을 수 없었다. 업자도 모토시 아저씨가 알아봐 주었다. 직장 관련해서 아는 사람이 있다고 했다. 정말 큰 도움이 되었다.

결국 유품 대부분을 처분하고, 사진 몇 장과 어머니가

숨을 거두는 순간까지 끼고 있었던 결혼반지를 남겼다. 그것들은 아버지 유품도 되기 때문이라고 생각해서였다.

장례와 유품 정리 비용을 제하고 남은 돈, 즉 유산은 앞으로 받게 될 공제보험금 100만 엔까지 합쳐서 200만 엔. 생각보다 훨씬 적었다.

어머니가 상당히 쪼들렸다는 것을 겨우 깨달았다. 나를 위해, 아니 오직 나만을 위해 어머니는 안간힘을 썼던 것이다. 그 탓에 건강이 나빠졌을 가능성도, 어쩌면 있을 수 있다.

그리고 마지막에 또 한 차례 타격이 있었다. 충격이라고 할 정도는 아니다. 그래도 타격이 컸다.

필요한 여러 가지 절차를 간신히 끝냈을 때, 모토시 아저씨가 말을 꺼냈다.

"세이스케, 이런 말은 하고 싶지 않지만 말이야."

"네."

"나 실은, 다케요 누나에게 빌려준 돈이 있어. 50만 엔."

"그러세요."

"응. 세이스케가 도쿄로 갈 때 이래저래 돈이 많이 든 모양이야. 친척 사이에 오간 돈이라, 서면으로 남기지는 않았는데. 이렇게 덧없는 일이 생길 줄을 누가 알았겠어.

사실은 말하지 말까 하는 생각도 했는데. 내 사정도 빠듯
해서 말이야. 돌려주면 좋겠는데."

"아. 네."

50만 엔을 건넸다. 아니, 돌려주었다. 유산이 또 줄어
들었다.

그렇게까지 하는 데 2주일. 나는 그럭저럭 집을 비우
고, 열쇠도 반납했다.

그리고 도쿄로 올라가기 전에, 돗토리에서 두 번째 역
에서 내려 돗토리대학 학생 식당을 찾았다.

나카타니 씨와 비토 씨. 어느 쪽이든 있겠거니 했다.
마지막으로 한 번 더 인사를 할 수 있으면 된다. 그런 심
정이었다.

나카타니 씨는 없었지만, 비토 씨는 있었다. 누구에게
물어볼 것도 없었다. 바로 알았다. 식기를 반납하는 곳에
마침 비토 씨가 서 있었다.

말을 건네자, 잠시 기다리라고 하고는 나와 주었다. 조
리복을 입은 채로.

"여러 가지로 고마웠습니다. 신세 많이 졌습니다."

그리고 머리를 숙였다.

"신세랄 게 뭐가 있어. 그렇게 생각하지 마."

"죄송합니다."

"사과할 일도 아니고."

"죄송합니다. 아, 아니요, 네."

웃기려고 한 말이 아닌데, 비토 씨가 웃었다. 억지로다.

"도쿄에 갈 거야?"

"네. 학교가 도쿄라서요."

"언젠가 다시 내려올 생각은?"

묻기 전에는 생각지 못했다. 언젠가는 돗토리로 돌아올 것인가.

결론은 내가 내리지 않았다. 비토 씨였다.

"안 내려오겠네. 하기야 다시 돌아오면 도쿄에 간 의미가 없지. 이제 돌아올 이유도 없고."

어머니까지 돌아가셨으니, 라는 뜻이다. 비토 씨는 어머니와 사이가 좋았던 만큼, 아버지가 돌아가신 것도 알고 있었다. 어떻게 돌아가셨는지도.

"내가 뭐라도 해 줄 수 있는 일이 있으면 좋은데."

어머니가 돌아가셔서 처음 만난 비토 씨가 내게 해 줄 수 있는 일은 없었다. 없었을 텐데, 있었다. 비토 씨가 지갑에서 1만 엔짜리를 꺼내 준 것이다.

"봉투에 담아 줘야 하는데, 미안해."

조의금도 이미 받았다. 그런데 또 1만 엔.

"아닙니다."

사양했다.

"괜찮아. 내가 주고 싶어서 그래. 사실 더 있으면 더 주고 싶은데."

받았다.

"감사합니다."

고향 돗토리의 사람. 그러나 관계는 먼 사람. 그런 비토 씨가 준 1만 엔은 작별의 돈이 되었다.

돗토리대학은 JR 산인선, 돗토리대학 역 앞에 있다. 앞의 앞. 교문을 나서면 바로 역이다.

그런데 바로 도착하지 못했다. 캠퍼스를 걸어가는데 갑자기 눈물이 흘렀다. 줄줄은 아니고 뚝뚝. 그래서 일부러 벤치를 찾아 앉았다. 두 손바닥으로 얼굴을 덮고 고개를 숙였다. 소리를 내지 않으려고 꾹 참았다. 주위 사람들 눈에는 여자 친구에게 차여 상심한 남학생으로 보였을지도 모른다.

그 전에도 울컥한 적은 있었다. 눈시울이 뜨끈해진 적도 몇 번이나 있었다. 그러나 눈물을 흘리는 선까지는 가지 않았다. 장례를 치를 때도, 임대주택의 방에서도. 그런데 하필 이런 곳에서.

그 학생 식당에서 비토 씨와 함께 일하는 어머니 모습을 상상했다. 나는 울음이 터질 만큼 슬픈데, 상상 속의 어머니는 웃는 얼굴이다. 일이 힘겨웠을 것이다. 몇백 명분의 식사를 매일 준비하려니 버거웠을 것이다. 요리라는 일상적인 말에 걸맞지 않는 중노동이었을 것이다.

그런데도 어머니는 웃었을 것이다. 나를 도쿄로 보낼 때도 그랬다. 배웅 나온 돗토리 역에서도 웃었다. 그런 장면에서 환하게 웃을 수 있는 사람이었다. 아버지가 돌아가셨을 때만 울었다. 그때 평생 울 걸 다 울었다, 하고 나중에 당신 입으로 말했다.

내가 캠퍼스 벤치에서 운 시간은 대략 20분. 그럭저럭 진정되어 고개를 들고, 휴대전화로 돗토리대학 앞 역의 전철 시간표를 검색했다.

눈물을 뚝뚝 흘린 후에 바로 검색. 참 매정하네, 하고 생각했다. 하지만 그런 것이다. 드라마 같을 수는 없다. 어떤 장면에도 그 뒤가 있다.

전철을 타고 돗토리 역으로 돌아가, 인터넷카페에서 시간을 보냈다. 그리고 심야 버스를 타고 도쿄로 돌아갔다. 돗토리에서 이케부쿠로까지 6,500엔. 비토 씨가 내게 준 1만 엔에서 잔돈이 남았다.

버스에서는 잠을 이루지 못했다. 한숨도 자지 못했다. 심야의 고속도로를 하염없이 달리는 버스. 그 어둠 속에서 이런저런 생각을 했다.

나는 가시와기 세이스케. 스무 살 나이에 천애 고아가 되었다. 아무리 발버둥을 쳐도, 그 상황은 달라지지 않는다. 그러나 아무튼, 살아가야 한다.

가시와기라는 성. 실은 아버지의 어머니가 결혼하기 전의 성이다. 어렸을 때 부모님이 헤어져, 아버지 성이 가시와기가 되었다. 출생 당시에는 스루가. 그러니 내 이름이 스루가 세이스케가 되었을 가능성도 있다.

그 얘기는 중학생 때 들었다. 평소 말이 별로 없던 아버지가 난데없이 그런 얘기를 꺼냈다. 고등학생 때는 스루가 세이스케라는 이름이 더 멋지다고 생각했다. 같은 학년 여학생이, 가시와기라는 성이 멋지다고 해서 의외라 여겼던 기억이 있다.

아무튼, 가시와기. 스루가도 아니고, 어머니의 결혼 전 성인 이치오카도 아닌 가시와기. 가시와기는 이제 나 혼자다. 불과 3년 사이에 그렇게 되었다. 셋이었던 가족이, 하나.

도쿄로 돌아오자마자 조사해 보았다. 가정에 급변이 생겼을 때 학교에서 주는 장학금이 있다는 걸 알았다. 급변 중에서도 급변이다. 나 정도면 받을 수 있을 것이라고 생각했다. 그러나 가령 받는다 쳐도, 앞으로 남은 2년 반을 계속해서 받기는 어렵다.

그래서 결단을 내렸다. 의외로 망설임은 없었다. 대학을 중퇴했다. 지금까지 학자금 대출을 받지 않기를 잘했다고 생각했다. 정말 그랬다. 그런 의미에서도 어머니가 고마웠다.

정리할 수 있는 건 다 정리하자. 그렇게 다짐하고 베이스 기타를 미련 없이 그만두었다. 역시 주저하지 않았다. 사정이 사정인지라. 베이스도 악기점에 팔려고 했다. 그런데 5년 전에 5만 엔을 주고 산 악기에 매겨진 값이 고작 3,000엔. 그때는 주저했다. 주저하고 주저하다가, 결국 팔지 않았다.

하지만 연주는 하지 않기로 했으니, 밴드도 그만뒀다.

그다음, 이제 어쩌지, 하고 생각했다.

일자리를 찾을 수밖에 없다. 이사는 할 수 없으니, 근처에서 찾아야 한다.

고졸. 스무 살. 자격증 없음.

니혼바시에 있는 카페를 찾아가 다시 일을 시켜 달라고 해 볼까. 늘 모집하니까 써 줄 것이다. 사회보험이 보장되는 계약직 사원이 되는 것도 한 방법일 수 있다. 하지만 그다음은.

사고가 거기에서 정지되었다.

일하지 않으면 안 된다. 그러나 조급하게 굴어서도 안 된다. 적당히 아무 일이나 시작했다가 나중에 곤란한 일이 생길 수도 있다. 적절한 예는 아니지만, 미즈카와 사귀었을 때처럼.

어머니 죽음의 여파도, 시간을 두고 천천히 밀려왔다. 아버지의 죽음까지 새삼스럽게. 네, 이제 끝내죠. 마음을 다잡죠. 앞을 보고 살겠습니다. 그렇게 간단치 않다. 뒤에 너무 많은 것이 남아 있다. 그걸 무시하고 앞만 본다. 그런 재주는 피울 수 없다.

아무것도 결정하지 못한 채 시간만 흘러, 결국은 초조해졌다. 초조한 나머지, 길거리를 어슬렁어슬렁 돌아다녔다. 미나미스나마치 역 반대쪽에 있어서, 그때껏 한 번도 가 보지 않은 스나마치긴자 상점가에도 발을 들여놓았다.

그러다, 이렇게 되었다. 일하게 해 주세요, 하고 말하고 말았다.

뜨거운 멘치의 힘이 아니다. 다노쿠라 도쿠지 씨가 말을 걸어 준 덕분이다.

그렇다. 나는 이때, 오랜만에 사람과 얘기를 나누었다. 그야말로, 돗토리대학 학생 식당에서 비토 씨와 얘기를 나눈 후로 처음인지도 모른다.

말을 하겠다고 생각지 않으면 아무와도 얘기하지 않은 채 지낼 수 있다. 혼자라는 건, 요컨대 그런 것이다. 돈을 내는 손님으로서나 입을 연다. 아, 젓가락 부탁합니다, 특제 말고 그냥 싼 고기만두 주세요. 그런 말밖에 할 필요가 없어진다.

그건 무서운 일이다. 그 무서움에 짓눌리고서야 겨우 앞을 조금씩 보게 되었다.

*

에이키 씨가 오지 않는다. 출근 시간이 되었는데도 오지 않는다.

도쿠지 씨는 전혀 불안해하지 않는다. 하지만 나는 불안하다. 어머니 경우 같은 일도 있다는 걸 알기 때문이다.

일하는 사람이 출근 시간이 되어도 오지 않는다. 연락도 없다. 그러면, 올 수 없는 상태에 있을 가능성을 생각해야 한다.

돗토리의 나카타니 가네마사 씨와 비토 후키코 씨는 하루를 기다렸다. 그런 경험을 했으니, 다음에는 기다리지 않을 것이다. 나도 기다리고 싶지 않다.

에이키 씨는 남자다. 그러니 여자가 동행할 필요는 없다. 나는 상상한다. 도쿠지 씨와 함께 에이키 씨 아파트를 찾아가는 자신을.

주인 혹은 관리인에게 사정을 설명한다. 보조 열쇠로 문을 연다. 만약 체인이 걸려 있으면, 그때는 아직 깨지 않았을 뿐이기를 바라면서도 각오는 해 둬야 한다.

기다리다 늦을 수도 있습니다, 하고 지금도 도쿠지 씨에게 말하고 싶다. 그렇게만 말해도 도쿠지 씨는 이해할 것이다. 내 사정을 전부 얘기했으니까. 그런 걱정을 하는 나를 절대 허풍쟁이라 여기지 않을 것이다.

하지만, 출근 시간에서 겨우 10분이 지났는데 그렇게 말하는 건 너무 이르다. 그렇다면 몇 분이 지나면 괜찮을까. 30분? 1시간? 3시간? 5시간? 아니면 이제 안 지 겨우 한 달밖에 안 된 선배를, 그렇게까지 걱정할 필요가 없는 것일까.

그런데, 출근 시간에서 15분이 지났을 때. 에이키 씨가 휑하니 나타났다.

"좋은 아침."

"좋은 아침이 다 뭐야. 하나도 좋지 않구만."

도쿠지 씨가 말한다.

"버스가 늦게 왔는데 어쩌라고요. 내가 아니라, 버스 때문입니다, 버스."

"그럼 걸어오면 되잖아. 20분이면 오는데."

"아니죠. 도중에 버스가 앞질러 갈 텐데. 그거 바보짓 이잖아요. 정기권도 있는데."

"그래도 최소한 연락은 해야지."

"15분 늦는데요?"

"15분이라도 지각은 지각이야. 그리고 걱정하잖아, 우리가."

"걱정이요?"

"네 녀석이니까 그렇게 많이는 안 하지만, 조금은 한다고. 적어도, 오지 않으면 가게 일은 어쩌나 하는 걱정은 한다, 이 말이야."

"와, 심하네요. 내 걱정도 좀 하셔야죠."

"아무튼, 늦게 다니지 마. 시간을 지키라고. 세이스케에게 체면이 안 서잖아."

"세이스케는 괜찮습니다. 지난 한 달 동안 충분히 봐서 알잖아요. 그래도 뭐, 세우라고 하면 세우죠, 뭐."

그리고 에이키 씨는 내게 말한다.

"야, 세이스케. 너는 지각하지 마라. 걸어서도 금방 오니까, 버스 핑계를 댈 수도 없는데."

"거참, 녀석 하곤."

도쿠지 씨가 어이없다는 듯이 말한다.

"에이키 씨, 혼나지 않게 조심해."

우타코 씨도 한마디 거든다.

"에이키 씨는 아무튼 요령이 좋다니까. 슬쩍슬쩍 비켜 가는 걸 잘하잖아."

가즈미 씨도 한마디.

"보통 직장 같으면 연락도 없이 지각하는 거, 있을 수 없는 일이야. 여차하면 해고라고."

"덜된 인간이, 덜된 만큼 요령이 좋은 법이죠, 뭐."

에이키 씨가 말을 받는다.

"우와. 딱 헤어진 전남편처럼 말하네."

모두가 이런 말을 거리낌 없이 할 수 있으니, 관계는

나쁘지 않다. 그 점은 내가 이 가게에 들어와 상당히 안도한 부분이다. 사람끼리 관계가 좋지 않은 직장은 일하기 힘들다. 사람이 몇 명 없는 직장은 더욱 그렇다.

한 달 전, 가게 주인인 도쿠지 씨는 두말 않고 나를 채용해 주었다.

멘치를 70엔이나 깎아 준 다음 날, 나는 이력서를 준비해서 다시 다노쿠라 반찬가게를 찾아갔다.

"뭐야. 정말 왔어?"

도쿠지 씨는 놀란 듯이 말했다.

"하루 지나면 마음이 바뀔 줄 알았는데."

멘치는 깎아 주었고, 햄커틀릿은 공짜로 주었다. 그걸로 충분하다고, 내가 그렇게 생각할 거라고 여긴 모양이었다.

"우리 같은 가게에서 일해도 되는 건가? 그냥 반찬가게인데."

"모쪼록 부탁드립니다."

"뭐, 자네가 좋다면야. 음."

도쿠지 씨가 이력서를 보면서 말했다.

"그렇지. 성이 가시와기라고 했지."

그러나 이력서를 본 것은 그때뿐. 바로 서랍에 넣어 버렸다.

"내일부터 올 수 있겠어?"

"네. 문제없습니다."

"그럼, 채용하지."

"정말 괜찮으세요?"

"그럼. 주 5일에 40시간 근무. 괜찮겠어?"

"네."

"수요일은 정기 휴일. 그리고 하루 더 쉬는 날은 매주 정하고 있어. 단, 주말은 일이 바쁘니까 아마 안 될 거야. 괜찮나?"

"네."

"영업시간은 오전 10시에서 저녁 8시. 2시간 전부터 준비를 해야 하니까, 오전 8시에서 오후 5시까지 일하거나 오전 11시 반에서 저녁 8시 반까지, 2교대를 하는 식으로. 어느 시간대에 일할지도 상황을 봐서 매주 정하고 있어. 괜찮나?"

"네."

"뭐야. 다 괜찮다는 거야?"

"일만 할 수 있으면 다 좋습니다. 가타부타 따질 처지가 아니라서요."

"그럼, 잘 부탁하지. 무턱대고 뭘 만드는 것부터 할 수는 없으니까 당분간은 11시 반부터. 주로 파는 쪽을 맡아 줘야겠어. 어서 오십시오, 하는 말은 할 수 있겠지?"

"할 수 있겠죠."

"전에는 카페에서 일했다고 했나?"

"네."

"어서 오십시오, 하면서 괜히 폼 잡지 마."

"걱정 마세요. 어디에나 있는 그냥 체인점이었어요."

"체인점에서도, 폼은 잡잖아."

"뭐, 그렇기야 하지만."

"뭐 궁금한 거 있나?"

"네. 한 가지. 여기서 일하면, 실무경험증명서에 도장받을 수 있나요?"

"뭐?"

"여기서 틀림없이 일했습니다, 하고 도장을 찍는 건데요."

"아아. 이 기간 동안에 여기서 일했다, 하고 가게 주인이 도장 찍는 그거 말이군?"

"네, 맞습니다."

흥분해서 도쿠지 씨에게 일하게 해 달라고 한 후, 집에 돌아가 곰곰 생각해 보았다. 나쁘지 않은 시도라는 걸 알았다.

대학 졸업장은 딸 수 없다. 앞으로도 딸 수 없을 것이다. 그렇다면 뭘 해야 하나? 학교를 그만둔 지금, 나는 백수. 고등학교를 졸업하고도 1년 반이나 어영부영 논 백수로 볼 수도 있다. 지식도 없다. 가진 기술도 없다. 지금 와서 새삼스럽게 지식을 쌓기는 어렵다. 기술을 배워야 하지 않을까. 그리고 그럴 수 있다면, 어떤 기술?

대답이 수월하게 나왔다. 요리사.

지금껏 전혀 생각지 못했다. 그런데 바로 요리사라는 대답이 나왔다. 이유는 말할 것도 없다. 아버지가 요리사였으니, 요리사라는 직업에 익숙해서다.

인터넷으로 조사해 보았다. 전문학교에 가는 것이 가장 빠른 길이다. 그러나 가지 않고도 방법이 있다는 걸 알았다. 음식점 영업이나 음식 제조업, 어패류 판매업을 하는 시설에서 2년 이상 실무 경험을 쌓으면, 요리사 시험을 볼 수 있는 자격이 생긴다. 아르바이트인 경우, 2년간 주 4일씩 하루에 6시간 이상을 일했다는 근무 실적이 필요한 듯하다. 여러 가게에서 일했을 때에도 합산해서 2년이 넘으면 가능하다.

"언젠가는 요리사 시험을 볼 생각이거든요. 자격증이 있는 편이 좋을 것 같아서요. 도장, 받을 수 있을까요?"

"물론 찍어 주지. 그런 계획이면 일찍부터 만드는 일도 시작하는 게 좋겠군."

"그래 주시면 저야 더없이 좋죠. 잘 부탁드립니다."

그렇게 해서, 나의 새로운 생활이 시작되었다.

우선은 가게 앞에 나가서 파는 일이지만, 하얀 조리복을 입고 모자도 썼다. 각종 튀김을 집게로 집어 큰 접시에 진열하고, 손님이 주문하면 투명한 플라스틱 용기에 담아야 하기 때문이다.

어서 오세요, 감사합니다, 하는 인사말도 입에서 술술 나왔다. 어째 카페에서 일하는 사람 같다고 가즈미 씨가 한마디 했다. 나도 그렇게 느꼈다. 뭔가가 걸맞지 않다. 그냥 자연스럽게 좀 거칠게 하면 돼, 하고 에이키 씨도 말했다. 그렇다고 억지로 그럴 필요는 없고. 곧 그렇게 될 거니까.

지난 한 달 동안에 그럭저럭 말이 입에 붙었다. 자연스럽게, 거칠게 하라는 의미도 알았다. 요컨대 폼을 잡지 않으면 된다.

바로 앞길을 걸어가던 손님이 가게 앞에 진열된 반찬

을 보고 걸음을 멈춘다. 어서 오라고 하고 싶지만, 그때
는 참는다. 손님은 아직 자기가 손님이라고 생각지 않는
다. 어서 오라는 말 때문에 본의 아니게 손님이 되고 싶
지 않다. 그리고 한 걸음 앞으로 다가와 상품이 진열된
접시와 트레이를 들여다보게 되었을 때, 오가는 사람에
서 손님으로 변신한다. 그때 말한다. 어서 오십시오.

　자신이 다니게 되면서 알았다. 스나마치긴자 상점가는
신기한 장소다. JR 지하철이 사방팔방으로 달리고 있는
도쿄 23구 내. 어느 역에서도 멀다. 그런데도 복작복작
오가는 사람이 많다. 이 지역 사람들이 매일 장을 보기
위해 이용하는 데다, 외부 사람들이 일부러 찾아오기도
한다. 이 끝에서 저 끝까지는 대략 670미터. 천천히 걸어
서 10분. 길다. 그러나 너무 길지 않다. 절묘하다.

　반찬가게 다노쿠라는 마루하치 길 쪽에서 상점가로 들
어가 2분 정도 걷는 거리에 있다. 절대 넓지 않다. 가게
앞에서 튀김과 조림과 샐러드 등을 판다. 그게 전부다.
밥을 다루지 않기 때문에 주먹밥이나 도시락은 없다. 오
로지 반찬. 그것도 주로 튀김이다.

　안쪽에 주방이 있다. 칸막이는 따로 없어, 밖에서도 보
인다. 여름에는 덥고, 겨울에는 추운 듯하다. 튀기고 조리

는 탓에, 여름 내내 가게 전체가 후끈거리고 겨울에는 발이 시리다. 냉난방 장치는 없다. 있어 봐야 의미가 없기 때문이다. 늘 문이 열려 있으니.

주방에는 냉장고 세 개에 냉동고가 하나 있다. 물론 튀김기도 있다. 그리고 커다란 냄비를 두 개 동시에 올릴 수 있는 가스레인지와 가스오븐레인지. 모두 업소용에 모두 대형이다. 화장실은 주방 안쪽에 있다.

2층에는 방이 두 개. 한 방은 사무실 겸 창고. 도쿠지 씨와 우타코 씨가 장부를 정리하고 사무를 볼 때 사용한다. 다른 방은 옷을 갈아입고 쉴 때 사용하는 휴게실이다. 모두 거기서 옷을 갈아입고, 또 쉰다.

일하는 사람은 나를 포함해서 다섯 명.

가게 주인인 다노쿠라 도쿠지 씨와 부인 우타코 씨. 도쿠지 씨는 예순일곱 살이고 우타코 씨는 예순다섯 살. 부부는 오래전부터 상점가 근처에 있는 아파트 단지에 살고 있다. 주택공사에서 운영하는 임대아파트다. 자식은 없다.

두 사람은 하루 종일 가게에 있다. 우타코 씨는 가끔 집안일을 하러 집에 가지만, 도쿠지 씨는 계속 있다. 정기 휴일인 수요일 외에는 늘 그렇다. 그런 생활을 30년 이상 지속해 왔다.

마누라 덕분에 둘 다 큰 병 앓지 않아서 그럭저럭 해 올 수 있었지, 하고 도쿠지 씨는 말한다. 우리처럼 이렇게 작은 가게를 하면서 가장 두려운 건 병이야. 가게 주인이 장기 입원이라도 해 봐. 당장 가게 문을 닫아야 한다고.

점원이 둘 있다. 스물네 살인 이나미 에이키 씨와 서른일곱 살인 세리자와 가즈미 씨.

에이키 씨가 지각한 것을 나는 처음 보지만, 아까 도쿠지 씨의 말투로 봐서는 상습적으로 그러는 듯하다.

한 달에 한 번꼴이라도 상습이라 여겨지기 때문에, 나도 카페에서 아르바이트를 할 때는 무척 주의했다. 감기에 걸려 결근한 적은 있어도 지각한 적은 없다. 아니다, 딱 한 번 전철이 늦게 와서 지각한 적이 있었지만, 물론 전화를 걸어 사정을 설명했다. 에이키 씨처럼 15분 정도 지각이었지만, 그래도 전화를 걸었다.

들자 하니, 에이키 씨는 도쿠지 씨 친구의 아들이라고 한다. 도쿠지 씨가 종종 언급하는 다미키 씨라는 사람이 그 친구다. 이나미 다미키 씨.

에이키 씨는 삼수를 한 끝에 턱걸이로 대학에 들어갔

다. 그러고는 반년 만에 자퇴하고 프리터가 되었다. 한없이 백수에 가까운 프리터다. 그래서 앞날이 걱정된 다미키 씨가 도쿠지 씨에게 아들을 맡겼다고 한다.

지금은 에도가와 구의 이치노에에서 혼자 살고 있다. 도영 신주쿠선을 타고 니시오지마까지 와서, 거기에서 버스를 갈아탄다. 오늘 그 버스가 늦게 왔다는 것이다.

가즈미 씨 말대로, 에이키 씨는 요령이 좋다. 대단하다고 칭찬하고 싶을 만큼 좋다. 어떻게 표현하면 좋을까. 사람을 움직인다고 할까, 사람을 잘 부린다.

나는 신입이라서, 에이키 씨에게 이런저런 일을 배운다. 가르쳐 준 일은 열심히 한다. 그러다 좀 익숙해지면, 그다음 일을 배운다. 또 열심히 한다.

그럴 때쯤에 에이키 씨가 앞서 배운 일을 좀 더 편하게 할 수 있는 요령을 가르쳐 준다. 와, 이렇게 하니까 훨씬 편한데, 하고 나는 감탄한다. 처음부터 이렇게 하라고 가르쳐 주었으면 좋잖아, 하는 생각은 하지 않는다. 숙달된 감각이 있으니, 앞서 배운 그 일도 계속해서 한다. 그러다 에이키 씨는 뭘 하나 싶어 보면, 쉬고 있다. 빠져나가는 타이밍이 절묘하다.

카페에서 아르바이트를 할 때도 그런 사람이 있었다.

대개 금방 알아챌 수 있다. 저 사람은 자기 일을 남에게 떠넘긴다, 하고 뒤에서 말들이 많았다. 그러나 에이키 씨는 그렇지 않다. 일을 이쪽에 떠넘긴다는 것은 알아도, 투덜대지 않는다. 도쿠지 씨도 말했지만, 참 너란 녀석은, 하게 만든다.

특히 우타코 씨에게 귀여움을 받고 있다. 에이키 씨는 가게 주인의 부인인 우타코 씨에게도 슬쩍슬쩍 일을 맡긴다. 자기 실수의 뒷수습을 부탁하기도 한다. 할 수 없지 뭐, 하면서도 우타코 씨는 웃는 얼굴로 뒤처리를 한다. 가끔은 도쿠지 씨가 눈치를 채고, 어이, 에이키 끝까지 책임지고 해야지, 하고 잔소리를 하는 일도 있지만, 에이키 씨는 80퍼센트 정도는 눈치채지 못하게 한다.

그런데 그 80퍼센트를 전부 알아차리는 사람이 있다. 가즈미 씨다.

그렇다 보니, 에이키 씨도 가즈미 씨에게는 일을 떠넘기지 않는다. 아니 떠넘기고 자시고 할 것도 없다. 가즈미 씨는 자기가 할 수 있는 일은 하나에서 열까지 다 한다. 도저히 혼자 할 수 없는 일만 에이키 씨에게 부탁한다. 그리고 에이키 씨는 그 일을 내게 떠넘긴다. 그런 흐름이 생겼다.

가즈미 씨는 오지마의 임대주택에 살고 있다. 역으로 하면 니시오지마이지만, 선로 이쪽이기 때문에 에이키 씨와 달리 버스를 타지 않고 걸어서 가게에 다닌다. 고용주인 도쿠지 씨에게 교통비 부담을 주지 않기 위해서라는 게 암암리에 전해진다.

가즈미 씨는 남편이 없다. 결혼한 적은 있어, 아이가 있다. 이름도 안다. 준야다. 열네 살. 중학교 2학년. 가즈미 씨는 혼자 몸으로 준야를 키우고 있다. 그래서 팔고 남은 반찬을 싸 간다. 최대한 남지 않도록 조절하고 있는데, 도쿠지 씨와 우타코 씨가 일부러 남긴다는 느낌도 있다. 가즈미 씨는 매일 고맙다고 말한다.

나도 때로 크로켓을 얻어 간다. 우리 가게 크로켓은 맛있어서, 매일 먹어도 물리지 않는다. 하지만 가끔은 물린 척한다. 그러지 않으면 가즈미 씨가 내게 크로켓을 양보하려 들기 때문이다.

반찬가게 다노쿠라는 모든 반찬을 직접 만들어 판다. 튀김이나 조림뿐만 아니라, 감자샐러드와 마카로니샐러드도 그렇다. 특히 감자샐러드는 눈을 속일 수 없다. 직접 만들지 않으면 기성품이라는 걸 금방 안다.

예를 들어서 편의점이나 슈퍼마켓에서 파는 도시락 한

귀퉁이에 조금 들어 있는 감자샐러드. 그건 양이 그러니 맛있게 먹을 수 있다. 사발 가득 담겨 있다면, 절대 먹고 싶지 않다.

하지만 반찬가게 다노쿠라의 감자샐러드는 먹을 수 있다. 우선, 맛이 진하지 않다. 그리고 감자의 사각거리는 식감이 살아 있다. 도쿠지 씨 말로는 일부러 그렇게 만든단다. 조금 딱딱하다 싶게 삶고, 지나치게 으깨지 않는다. 그 정도를 맞추기가 쉽지 않다고 가즈미 씨는 말한다. 나도 집에서 만들어 먹기 때문에 잘 알거든. 미묘하게 다르다니까. 저녁 반찬으로 내놓으면, 준야가 뭐라는지 알아. 얻어 온 감자샐러드 달래.

지난주부터 나도 감자 껍질을 벗기는 작업을 하게 되었다. 감자샐러드와 크로켓에 사용하는 감자는 삶은 후에 껍질을 벗기기 때문에, 조림용이다. 도쿠지 씨가 부엌칼로 벗기라고 해서 그렇게 했다가, 바로 손가락을 베었다. 오랜만에 자기 피를 보고는 섬뜩해졌다.

거참, 재주도 없군. 도쿠지 씨는 그렇게 말했지만, 우타코 씨는 달리 말해 주었다.

"재주가 없기는. 처음인데 보통은 이렇게 못 해."

"그래요. 재주 있어 보이는데, 뭐."

가즈미 씨도 한마디 거든다.

에이키 씨는 감자샐러드를 피로 물들게 하면 안 되지, 하고 빈정거렸다. 실제로 그렇기도 해서, 첫날은 거기서 끝냈다.

그러나 상처에 딱지가 앉고부터는 매일 감자 껍질을 벗기고 있다. 손놀림도 매끄러워졌다.

"역시 재주가 있네. 이렇게 일을 빨리 익히게."

가즈미 씨가 도쿠지 씨에게 그렇게 말하자, 옆에서 에이키 씨가 우타코 씨에게 징징거렸다.

"큰일 났군. 한 달 지나면 나를 앞지르겠어."

감자샐러드도 맛있지만, 다노쿠라에서 가장 인기 있는 품목은 뭐니 뭐니 해도 크로켓이다. 내가 처음 이 가게를 찾았을 때 먹지 못한 크로켓. 폼 나게 말하면, 플레인. 단순한 감자크로켓.

가격은 50엔. 다른 가게에서는 더 싸게 팔기도 한다. 40엔짜리도 있고, 30엔짜리도 있다. 그런데 50엔. 먹어 보면 안다. 비싸게 느껴지지 않는다. 옛날부터 계속 50엔인 듯하다. 그러니 실질적으로는 가격이 내린 셈이다. 소비세가 8퍼센트로 올랐을 때도 가격을 바꾸지 않았다. 반찬가게 다노쿠라의 크로켓은 50엔. 그 이미지를 지킨 것이다.

감자샐러드처럼 크로켓도 감자의 식감이 살아 있다. 그리고 너무 달지 않다. 단맛으로 맛을 포장한 싼 크로켓이 많은데, 그렇지 않다. 역시 절묘하다.

튀김옷은 바삭거린다. 정육점에서 파는 크로켓 같은 바삭거림. 어느 정도 시간이 지나도 눅진해지지 않는다. 좋은 기름을 사용하기 때문이다. 싼 기름을 사용하는 것과는 차이가 크다고 한다.

한 번은 먹방 프로그램에서 여자 아나운서가 가게 주인에게 하는 것처럼, 도쿠지 씨에게 이런 질문을 툭 던져보았다.

"반찬 만들면서, 고집하는 거 있으세요?"

"없어, 그런 거."

"고집하는 게 없다는 게 고집이다, 그런 말이네요."

에이키 씨가 끼어들었다.

"그런 것도 없어. 말이야, 우리 크로켓이라서 맛있는 게 아니라고. 크로켓이 원체 맛있는 거야. 그런 크로켓을 만들 뿐인 거지."

"오호. 도쿠지 씨, 폼 나는데요."

에이키 씨의 그 말에 우타코 씨도 가즈미 씨도 웃었다.

나도 웃었지만, 실은 남몰래 감동했다. 이 사람은 믿을 수 있겠어. 그렇게 생각했다.

"그러니까 괜히 시험하지 마. 세이스케."

"네?"

"갓난아기에게 크로켓 먹이면 큰일 난다고."

"아. 네. 안 그럴게요."

상점가 사람들 중에도 반찬가게 다노쿠라의 크로켓 팬이 많다. 겨우 한 달 지났지만, 그렇다는 걸 알 수 있다. 여성복전문점 데지마의 데지마 다키코 씨. 리큐어숍 고보리의 고보리 신사쿠 씨, 유사쿠 씨, 치사토 씨, 치나쓰. 이름을 기억하는 사람만도 다섯 명이다.

원래는 주문도 받지 않고 배달도 하지 않지만, 다키코 씨 가게에는 종종 배달을 간다. 배달 담당은 신입인 나다.

말이 여성복전문점이지, 프레타포르테 같은 가게가 아니다. 상점가에 있다 보니, 주로 나이 대가 있는 여자 옷을 다룬다. 원하시면 호피 무늬도 갖다 놓죠, 하는 식의.

가게는 예순두 살 된 다키코 씨 혼자 하고 있다. 가끔 남편인 사다아키 씨라는 사람이 일을 도와주러 나오는 모양인데, 나는 아직 마주친 적이 없다. 앞으로도 보는 일 없을 거야, 하고 다키코 씨는 말한다. 처음에는 매일 나와서 거들었는데, 요즘은 건들거리기만 하네.

정년이 되기 전에 회사를 그만두고 가게 일을 거들었는데, 요즘은 가게 일이 바쁘지 않아 그런지 경마와 파친코로 바쁘게 지내는 듯하다. 쓰는 돈은 내가 빡빡하게 고삐를 쥐고 있지만, 하고 다키코 씨는 내게 설명했다. 그선을 넘어서면 곧바로 이혼이지, 이혼.

도쿠지 씨는 그 부부가 이혼하는 일은 절대 없을 거라고 했다. 뭐라 뭐라 투덜거리기는 해도 거기 남편은 다키코 씨밖에 몰라. 일편단심이라고. 그 정도 거리를 두는게 오히려 좋지.

일주일에 한 번 여성복전문점 데지마에 반찬을 배달한다. 다키코 씨는 비지크로켓을 좋아한다. 다른 가게에는 없는 것이고, 맛이 좋다. 그래 봐야 두부를 만들 때 생기는 찌꺼기. 그냥 버리기도 하는 비지. 그런데 크로켓 속으로 들어가 되살아난다. 좋은 사이클이라고 생각한다.

여성복전문점 데지마에는 가끔 고양이가 어슬렁거린다. 나는 지금까지 다섯 번 갔는데, 두 번 있었다. 길고양이가 아니다. 오동통하게 살찐 집고양이다. 하얀색과 검은색이 섞인 얼룩이다. 다키코 씨가 근처에 있는 집에서데리고 나오는 것이다. 매일 하는 운동은 그것뿐. 살이

쩌서 거의 움직이지 않는다. 가게 안에 있는 긴 의자에 몸을 웅그리고 자는 게 전부다.

나는 고양이에게 다가가지 않는다. 그쪽을 거의 보지 않는다. 다행히, 고양이도 내게 관심이 없다. 눈길 한 번 주지 않는다. 주고 말고 할 것도 없다. 대개 눈을 감고 있다. 야옹거리며 하품을 할 때나 눈을 뜬다.

싫지는 않다. 그렇게까지는 말하지 않는다. 하지만 아버지 사고 후로, 고양이가 껄끄러워졌다. 귀엽다고 순순히 생각할 수 없게 되었다. 강아지와 고양이, 어느 쪽이 좋아? 그 대답이 강아지로 바뀌었다.

리큐어숍 고보리에는 반찬 배달을 하지 않는다. 다키코 씨처럼 혼자 가게를 보는 게 아니라서, 그럴 필요가 없다. 언제나 누가 사러 온다. 치사토 씨가 치나쓰를 데리고 점심 반찬을 사러 온다. 그럴 때가 많다.

치사토 씨는 서른 살 전후. 딸인 치나쓰는 세 살. 꼭 깨물어 주고 싶을 정도로 귀엽다. 치나씀다, 하고 늘 말한다. 아직 어려서 발음이 부정확한 게 아니라, 그렇게 확실하게 발음한다. 그게 옳다고 생각하는 것이다.

치나쓰가 오면 도쿠지 씨는 크로켓 하나를 덤으로 얹어 준다. 우타코 씨는 두 개를 더 준다. 그걸 노리고 일부러 데리고 오는 것 같다면서 치사토 씨는 웃는다. 뭐가 뭔지 모르는 채 치나쓰도 웃는다. 해바라기처럼 환하게 웃는 그 얼굴을 보면, 누구라도 덤을 주고 싶어진다. 나는 치나쓰를 스나마치 상점가의 천사라고 부르고 있다.

리큐어숍 고보리는 원래 고보리주점이었다고 한다. 몇 년 전에 가게를 개조하면서 이름도 바꿨다. 배달할 수 있는 범위를 확대하고, 취급하는 와인의 종류도 늘렸다. 가격으로는 할인 매장과 겨룰 수 없으니, 다른 방면으로 대항할 수밖에 없다고 한다.

주인은 고보리 신사쿠 씨. 지금은 아들 유사쿠 씨와 그의 부인 치사토 씨 셋이서 가게를 꾸려 가고 있다. 도쿠지 씨는, 가게 이름을 바꾸는 일로 그 부자 사이에 충돌이 있었다는 얘기도 해 주었다. 신사쿠 씨는 반대했다. 유사쿠 씨는 아버지를 설득했다. 젊은 층은 고보리주점에서 와인을 사고 싶어 하지 않는다. 시대의 변화에 따라 바꿀 수 있는 것은 바꿔야 한다. 그 결과, 고보리는 남기고 주점을 리큐어숍으로 변경했다. 쌍방이 절충안을 놓고 타협한 것이다.

늘 반찬을 사러 와 주기 때문에, 며칠 전에 나도 리큐어숍 고보리에서 맥주를 샀다. 제3의 맥주가 아니라 보통 맥주. 500밀리리터짜리 캔 두 개. 힘 좀 썼다.

가게에서 마주친 치나쓰는 치사토 씨가 가르쳐 주는 대로, 감사함다, 하고 말해 주었다. 그 한 마디에 슈퍼마켓보다 비싼 만큼 되돌려 받은 기분이 들었다. 치나쓰가 가게에 있으면 하루 매상이 오르지 않을까. 진짜 그런 생각을 했다. 나중에 도쿠지 씨에게 그렇게 말했더니, 그렇게 녹록지가 않지, 라고 했다. 그래서 매상이 오를 것 같으면 신사쿠 씨나 유사쿠 씨가 치나쓰를 종일 가게에 있게 할걸.

*

에이키 씨가 지각한 그날. 오랜만에 쓰루기가 우리 집에 와서 잤다. 대학에서 함께 밴드 활동을 할 때 기타를 맡았던 쓰루기다.

대학을 그만둔 후로 처음 만났다. 어쩌면 두 번 다시 만나는 일이 없을지도 모르지, 하고 생각하고 있었다. 그래서 괜스레 긴장했다. 하지만 역시 쓰루기. 긴장이 바로 풀렸다.

"에, 뭐야. 잘 지내고 있잖아, 세이스케."

"잘 지내고 있는 건가."

"사회인 생활, 어때?"

"사회인이라고 할 수 있는 수준이 아니지. 그냥 아르바이트인데."

"무슨 소리야. 어엿한 사회인이지. 스스로 벌어서 생활하고 있는데 사회인이 아니고 뭐겠어."

"생활은 하고 있지만, 허리띠 졸라매서 겨우 버티는 정도야."

"내가 할 수 있는 거 있으면 말해 봐. 하긴, 말이 그렇지 내가 할 수 있는 게 있겠느냐만."

말은 그렇게 하지만 쓰루기는 이미 자기가 할 수 있는 일을 해 주었다. 캔 맥주와 안줏거리로 자카리코(맥주 안주로 좋은 길쭉한 감자 스낵 - 옮긴이)를 사 들고 온 것이다. 자러 올 때는 늘 그렇다. 자기 집에서 사는 데다 아르바이트도 하고 있어서 인심이 좋다.

니토리에서 산 조그만 테이블 앞에 마주 앉았다. 각기 깔고 앉은 방석도 역시 니토리에서 산 것이다.

캔을 따서 건배를 하고, 자카리코를 오독오독 먹는다. 샐러드 맛과 치즈 맛. 두 봉지를 한꺼번에 뜯었다. 늘 똑같다. 기간 한정으로 출시된 상품이 있으면, 쓰루기는 그것까지 사 온다.

맥주를 마시고, 자카리코 한 개를 오독오독 씹으면서, 쓰루기가 말한다.

"어, 지금 봤네. 베이스, 아직도 있잖아. 판 거 아니었어?"

소프트 케이스에 든 베이스 기타가 방구석에 세워져 있다. 악기점에 들고 갔다가 도로 들고 온 후로 한 번도 꺼내지 않았다.

"악기점에 갔는데, 팔지 않았어. 겨우 3,000엔 준다고 해서."

"3,000엔! 야, 저거 한 5만에 사지 않았냐?"

"응."

"지레짐작을 했군. 일부러 들고 온 걸 봐서, 싼값을 매겨도 팔 거라고."

"글쎄. 아무튼 안 팔겠다고 했는데도 값은 올리지 않았어."

"인터넷에 올려 봐."

"그 생각도 했는데, 귀찮아서. 악기다 보니까, 군소리도 많이 할 것 같고. 생각보다 흠집이 많다느니, 며칠 지나니까 소리가 잘 안 난다느니."

"그럼 밴드, 다시 할 수 있겠다."

"그러긴 힘들지. 건드리지도 않았는데."

"팔지 않았다는 건, 미련이 있다는 뜻이잖아."

"없어. 그럴 여유도 없고. 지금은 베이스 기타를 연주하느니 감자 껍질을 하나라도 더 깔 거야. 하루빨리 칼을 잡고 요리하고 싶어."

"세이스케 정도면 아무 문제없지. 베이스 실력도 좋았는데, 뭐."

"베이스와 칼이 무슨 상관이라고."

"아니지, 상관이 왜 없어. 악기를 잘 다루면 요리도 잘한다고. 손재주가 있다는 거니까."

"그럼, 너도 해라."

"나는 안 되지. 기타도 엉망인데. 사실, 사과 껍질도 잘 못 까, 나. 바나나나 귤껍질 정도나 겨우 벗기지. 그리고 오렌지도 깔 수 있군. 그런데 껍질이 두꺼운 팔삭귤은 무리. 엄마가 껍질에 칼집을 내 줘야 깔 수 있어. 반드시 엄마가 있어야 하지. 아, 미안하다."

"뭐가?"

"엄마가 있어야 한다고 한 말. 세이스케에게 할 말이 아닌데."

"괜찮아. 말하지 않았으면 몰랐을 거야."

실은 알고 있었다. 하지만 그렇게 말했다. 앞으로도 한동안은 이럴 것이다.

"아버지가 요리사였지?"

"응."

"그래서, 너도 요리사가 되려는 거야?"

"결과적으로는 그런 셈이지."

얘기가 일단락되자, 쓰루기가 리모컨으로 텔레비전을 켰다. 먹방 프로그램을 하고 있다. 어느 가게의 뭐가 맛있다고 소개할 뿐, 이라고 한다.

여자 아나운서가 장어구이집 주인에게 정말 이런 질문을 했다.

"가게를 하면서 반드시 고집하는 게 있으시다면?"

불쑥. 주인이 뭔가를 지키려고 고집하는 게 있다고 말한 것도 아닌데, 첫 질문이 그렇다. 가게 주인에게는 당연히 고집하는 게 있을 것이다. 어차피 그렇잖아요? 하는 식이다.

"우리 가게가 올해로 창업 50년이 되는데요. 창업 당시에 만든 소스를 베이스로 사용하고 있습니다."

"호오. 비전의 소스. 그래서 맛있는 거군요."

여자 아나운서가 왜 그런지 반색한다.

그래서 맛있는 거겠지, 하고 나도 생각한다.

쓰루기의 반응은 이렇다.

"50년이나 묵은 소스에 또 새로 부어서 사용한다는 거잖아. 비위생적이지 않냐?"

웃었다. 그렇기도 하겠다고 생각한다. 기존의 소스에 새 소스를 더하면 맛있다고 하는 근거를 나는 모른다. 그런데 텔레비전에서 이렇게 몇 번이나 같은 말을 듣다 보니까 그렇게 믿었다. 예를 들어 카레는 만든 다음 날이 더 맛있다거나 라면은 포장마차에서 파는 게 더 맛있다는 것처럼.

"비위생적이어도 좋으니까, 장어 먹고 싶다."

"난 아마 평생 못 먹을 거야."

"야, 그런 가슴 아픈 소리 하지 마라."

"아니 뭐, 그렇게 좋아하는 것도 아니라서."

"정말? 얼마나 맛있는데, 장어구이."

"맛은 있지만, 결국은 소스 맛으로 먹는 것 같아서."

"하긴, 그렇지. 그냥 장어 맛이 어떤지는, 잘 모르는지도 모르지."

"이제 컵라면 먹을까? 이온마트에서 산 건데."

"괜찮겠냐?"

"그럼. 너도 맥주하고 자카리코 사 왔잖아."

"그럼 고맙게 먹어 주지. 그런데 너, 낮에는 집에 없지?"

"그런데?"

"일을 낮에 하니까, 여기 없지?"

"응."

"쉬는 날은 언젠데?"

"수요일하고, 다른 요일에 하루. 당분간은 월요일이 될 가능성이 많아."

정기 휴일인 수요일을 끼고 이틀을 계속해 쉬고 싶다고 해서, 에이키 씨는 화요일, 가즈미 씨는 목요일에 쉬는 경우가 많다.

"그럼, 그 수요일이랑 월요일 아닌 날 낮에는 집에 없는 거지?"

"그렇겠지."

"그럼, 가끔 여기 와서 자도 될까?"

"잔다고?"

"응. 나, 아르바이트 밤에 하잖아? 수업이 2교시에 끝나는 날에는 시간이 엄청 비거든. 그래서 그런 때 여기 와서 잘 수 있으면 좋겠는데."

쓰루기는 도요초에 있는 다이닝바에서 일하고 있다. 학교는 이다바시에 있고 집은 니시후나바시. 도자이선을 타면 갈아타지 않고 바로 오갈 수 있다. 그래서 아르바이트를 중간 지점에서 하고 있다. 전에 내가 니혼바시에서 일했던 것처럼.

도요초는 미나미스나마치 옆이다. 거기서는 이 집까지 걸어서 20분이면 올 수 있다. 그러니 쓰루기가 전에도 간간이 와서 자곤 했던 것이다. 아르바이트가 끝나고. 집에 돌아가기가 힘들다고.

"금요일에는 수업이 2교시면 끝나거든. 그런데 가게는 또 엄청나게 바빠서, 그 전에 잠을 좀 자 두는 게 좋아서. 12시 40분에 2교시가 끝나고, 니시후나바시까지 갔다가 5시에 또 도요초로 돌아오는 거, 바보짓이잖아. 진심, 부탁한다. 뭐하면 돈을 좀 내도 되고."

"아니야, 돈은 됐어. 늘 이렇게 뭐 사 들고 오는데."

"앞으로는 자카리코 말고도 안줏거리 사 올게. 응? 괜찮지?"

"그래. 그래도 낮에만이다."

"아싸. 진심 감사. 세이스케, 네가 최고다!"

맥주를 꿀꺽 들이켜고, 쓰루기는 말한다.

"열쇠는 어떻게 할래?"

"우편함에 넣어 둘까? 번호 키도 있으니까, 누가 들어올 일도 없고."

"번호, 가르쳐 주고 싶지 않을 텐데."

"네가 오는 건데 뭐, 괜찮아."

"그건 내가 미안하지. 나도 가능하면 알고 싶지 않고. 잊어버릴 수도 있잖아. 그리고, 금요일 아닌 날에 갑자기 휴강이 되면, 어떻게 할 방법이 없잖아."

"그럼, 보조 열쇠 줄까?"

"있어?"

"응. 만들어 둔 게 있어."

"여친 생길 때를 대비해서?"

"그런 거 아니야."

"내가 이런 부탁할 것 같아서 만들어 둔 것도 아닐 텐데?"

그렇다. 미즈카에게 건넬 일이 있을까 해서 만들었다. 건네지 못하고 끝났지만.

"신세 지는 마당에 그런 심술궂은 소리 하면 안 되지. 아무튼 세이스케, 너는 다르다. 인간이 참 됐어. 고맙다. 절대 어지르지 않을게. 예금통장도 절대 보지 않는다고 맹세하마."

"괜찮아, 봐도. 잔액이라 봐야 얼마 없으니까. 100만하고 조금?"

"100만하고 조금? 와, 대단하다."

"대단하지 않아. 생각해 봐. 사람 하나의, 아니지 한 세대의 전 재산이 고작 그거야. 집은 월세. 하는 일은 아르바이트. 부모님도 없고. 상당히 위태로워. 무슨 일 생기면 끝이라고."

니토리에서 산 수납 박스에서 보조 열쇠를 꺼내 쓰루기에게 건넨다.

"너, 진짜 좋은 놈이다. 보통은 친구에게 보조 열쇠 안 주잖아."

"네가 달라고 한 셈이잖아."

"그렇긴 하지만. 설마 이렇게 정말 줄 줄은 몰랐지. 진짜 괜찮겠냐? 나, 네가 그만둔 학교 친구야. 어디서 굴러먹다 온 말 뼈다귀인지도 모르는 놈에게."

"어디서 굴러먹었는지는 알아. 니시후나바시잖아."

그 말을 듣고 쓰루기가 웃는다. 나도 웃는다. 웃을 수 있을 때는 웃고 싶다.

학교도 밴드도 그만둬서, 인연이 끊겼다고 여겼다. 쓰

루기가 이렇게 놀러 와 줄 줄은 몰랐다. 게다가 이래저래 내가 도움을 받고 있다. 쓰루기가 있어서, 도움이 크다.

*

반찬가게는 도시락가게와 달라서 점심 전에 손님이 한꺼번에 몰리는 일은 없다. 간혹 몰리는 일은 있어도 극단적이지 않다.

점심때가 지나가면 손님의 발길이 줄어들지만, 딱 끊기지도 않는다. 드문드문 지속적으로 온다. 그리고 오후 5시가 지나면 슬슬 몰려들기 시작한다. 저녁 반찬을 사려는 사람들이다. 그런 손님들에게도 갓 튀긴 상품을 제공하기 위해 오후에도 조리를 한다.

가게 문은 밤 8시에 닫는다. 폐기하는 상품이 생기지 않도록 최대한 양을 조절한다. 그 양을 가늠하는 것도 도쿠지 씨 일이다. 비가 오면 손님이 줄고, 매상도 준다. 날씨 등도 고려해야 한다. 가게 앞에 진열한 트레이와 접시가 빨리 빈다고 좋은 것이 아니다.

오후 4시 전. 나는 여성복전문점 데지마에서 돌아와, 휴식 시간에 들어간 에이키 씨를 대신해 가게 앞에서 판매를 시작한다.

평일 이 시간대에도 상점가에는 그런대로 사람이 있다. 걸어가는 사람. 자전거를 타고 가는 사람. 둘이 나란히 걷는 젊은이도 있다. 근처에 사는 사람 같지 않다. 멀리서 일부러 찾아온 분위기. 옷차림으로 대충 알 수 있다. 여기로 외출한 느낌.

그런 남녀가 다노쿠라 앞에서 걸음을 멈춘다. 주르륵 진열된 각종 튀김을 쳐다본다.

언제나 그렇지만, 나는 그 시점까지는 두 사람을 보지 않는다. 우선은 느긋하게 보도록 한다. 어떤 종류가 있는지, 가격은 어느 정도 하는지.

여자가 말한다.

"역시."

목소리가 다소 크다. 옆에 선 남자가 아니라, 상품 진열대 안쪽에 있는 내게 말하는 것처럼 들린다.

힐금 본다. 예상했던 대로, 여자가 이쪽을 보고 있다. 반사적으로 말한다.

"에?"

"가시와기 세이스케 맞지?"

"아, 네."

여자의 얼굴을 본다. 뚫어지게 보지 않도록 주의한다.

"아쉽네. 못 알아보는 거야?"

그렇게 말해서, 어쩔 수 없이 똑바로 쳐다본다.

"혹시, 음, 야에가시?"

"그래. 지금은 야에가시가 아니지만, 아무튼 야에가시 아오바 맞아. 지금은 이자키. 다행이다. 기억해 줘서."

"야에가시 아오바였지?"

"응."

성은 야에가시, 이름은 아오바다. 고등학교 동창생. 그러니까 돗토리 출신. 3학년 때 같은 반이었다. 졸업하고 이제 1년 반. 바로 알아보지 못한 것은 머리 스타일이 달라졌기 때문이다. 그렇다고 당시 머리 스타일을 정확하게 기억하고 있는 것은 아니다. 조금 더 긴 생머리였던 것 같다. 지금은 레이어 보브 컷이라고 하나. 그런 스타일이다.

"그런데 여긴 어떻게?"

"놀러 왔어. 이 상점가, 텔레비전에서 소개했거든. 그래서."

"아아."

"길거리 음식으로 유명하잖아, 여기."

"응. 사실, 걸어 다니면서 먹는 건 권하지 않지만."

"그러니?"

"응, 일단은 그래. 강요할 수는 없지만."

"그야 그렇겠죠. 상대가 손님이니까."

동행인 남자가 말한다.

"다카세 료야."

아오바가 내게 소개한다.

다카세 료는 훤칠하다. 나보다 10센티미터 가까이 키가 크다. 180 이상 될지도 모르겠다.

그 다카세 료를 향한 채, 아오바가 말을 계속한다.

"이쪽은 가시와기 세이스케. 고등학교 3학년 때 같은 반이었어."

"그럼, 돗토리에서?"

"응."

"사구 친구로군."

"그렇지 않아. 나, 사구에는 두세 번밖에 간 적 없다고. 세이스케, 너는?"

"나도 그래."

"그 지역 사람들은 그렇겠지. 내가 도쿄에 살면서 도쿄 타워에 간 적이 없는 것처럼."

"그래. 그거야."

그리고 다카세 료가 불쑥 질문한다.

"어디지?"

"에?"

되묻는다.

"대학교, 어디야?"

"아. 음, 어느 대학도 아닌데. 그만둬서."

"어? 호세이였잖아? 그만뒀어?"

"응."

"호세이라. 그럼 6대 대학 친구겠군. 나는 게이오."

"우와."

그런 말이 절로 나온다.

한심하게. 그렇게 생각하지만, 도쿄대, 와세다대, 게이오대, 하면 그만 그런 말이 나오고 만다. 나는 원서를 내보지도 못한 대학교니까.

다카세 료가 다니는 대학만 궁금해하는 것도 이상해서, 이번에는 이렇게 묻는다.

"아오바, 너는 어디였더라?"

"슈토대학 도쿄."

"아, 맞다. 옛날에 도립대학이었던 데지?"

"응. 거기 건강복지학부. 2학년 되면 아라카와 캠퍼스에서 수업이라, 지금은 나도 아라카와 구민. 너는? 너는 지금 어디 사는데?"

"이 근처야. 그러니까 고토 구."

"아, 그렇구나. 조금 전에 우리, 길에서 스쳐 지나갔는데, 기억해?"

"아니."

"내가 앞에서 자전거 타고 오는 아줌마를 피하려고 했거든. 그랬더니 네가 길을 쓱 비켜 주었어."

"그랬나."

"응. 그때 얼굴 보고, 너다 싶었지. 그런데 차림새가 그렇잖아. 그래서 죽 지켜보았더니, 이 가게로 들어가길래 온 거야."

차림새가 그렇잖아. 하얀 조리복이다. 데지마에 배달하러 갈 때는 모자만 벗는다. 가게에 있을 때 차림으로 그냥 간다. 상점가만 벗어나지 않으면 위화감이 없으니까.

"여기서 일하는구나?"

"응. 아르바이트지만. 이제 학교도 안 다니니까, 거의 풀타임으로 일하고 있어."

"그만뒀구나, 학교. 돗토리에는 자주 가니?"

"아니, 안 가. 갈 수 없다는 게 정확하겠지만."

"왜?"

"돌아갈 장소가, 없어서."

"무슨 뜻이야?"

"아니, 그게, 얘기하자면 길어."

불온한 기운을 감지했는지, 아오바가 입을 다문다. 더 이상 묻지 않는다.

"이런 데 오는 것도 가끔은 좋은데."

다카세 료가 아오바에게 말한다.

"이제 그만 갈까?"

"응. 크로켓 먹고 싶지만, 미안. 조금 전에 다른 가게에서 먹어서. 다음에 와서 먹을게."

"그러지 않아도 돼."

"연락처, 알 수 있을까?"

"어, 그래."

아무리 그래도 지금은 일하는 중. 여기서 스마트폰을 만지작거릴 수는 없다. 그래서 라인 아이디를 가르쳐 주었다. 다카세 료에게도 같이 가르쳐 주는 꼴이 되었다.

"그럼, 또 보자."

연락하겠다는 말은 없다. 당연하다. 고향 친구를 도쿄

에서 우연히 만났다. 예의상 연락처를 묻지 않는 것도 이상하다. 그래서 물었다. 그뿐. 아마, 연락은 오지 않을 것이다.

그렇게 생각했는데, 왔다. 의외로 빨리. 다음 날 밤에. 게다가 전화로.

한차례 인사말을 하고는, 아오바가 말했다.

"어제는 얘기도 마음껏 못 나눴으니까, 우리 어디서 만날래?"

"나는 좋은데, 그 사람은 괜찮은 거니?"

"괜찮아. 전 남친이야."

"그래도, 괜찮겠어?"

"그럼. 전 남친은 그냥 아는 사람이랑 똑같은 건데, 뭐."

"똑같은 건가."

"그렇지. 내가 그렇다는데."

"뭐, 그렇다면."

"언제가 좋아?"

"가게가 쉬는 날이라서, 나는 수요일이면 좋겠는데. 다음 주면 월요일도 되고."

"그럼, 수요일로 하자. 수업이 5교시까지 있어서, 7시쯤 될 텐데 괜찮아?"

"응. 힘들면 5교시 수업 없는 다른 요일도 괜찮아. 요일에 따라서는 5시에 끝나는 날도 있으니까."

"그런 날은 나도 아르바이트가 있어서."

"그렇구나. 그럼, 수요일."

"너, 그 근처에 산다고 했지?"

"응. 미나미스나마치. 상점가 근처."

"그럼, 중간쯤으로 해서, 도쿄 역에서 만날까?"

"도쿄 역이 중간쯤이니?"

"그렇지 않나? 나, 작년에는 미나미오사와라는 곳에 살았고 지금은 아라카와라서, 솔직히 잘 몰라. 도쿄 지리, 아직 전혀 몰라."

"그래, 그럼 도쿄 역에서 보자."

"역이 넓지? 돗토리 역의 몇 배나 되려나."

"열 배는 안 되겠지만, 다섯 배 정도? 신칸센만 해도 이십 몇 번까지 있을 건데."

"중앙 출구는 너무 넓을 것 같으니까, 야에스 출구에서 볼까?"

"그래. 거기면 도자이선 오테마치 역에서도 가깝고."

"그럼, 거기에서. 수요일 저녁 7시에 도쿄 역 야에스 출구, 개찰구 밖. 만나서 카페에 가자."

"좋아."

그리고 그 수요일. JR 도쿄 역 야에스 출구에서 아오바와 만났다.

도자이선을 타고 오테마치 역까지 가려고 했는데, 바로 앞 역인 니혼바시에서 내리면 30엔이 싸다는 것을 알고, 실제로 그렇게 했다. 도쿄 역까지는 니혼바시에서 걸어가도 10분이 걸리지 않는다.

내가 도착했을 때, 아오바는 벌써 와서 거기 있었다.

"아, 기다렸어?"

"아니야. 아직 5분 전. 노선도 보면서 왔는데도, 너무 일찍 도착했어."

"저녁, 먹을 거지?"

"응."

"뭐 먹지?"

"뭐든 좋아. 차도 마실 거니까, 바로 카페로 갈까. 카페에도 푸드 메뉴는 있으니까."

"그럼, 그러자."

밤인데 밖으로 나가 가게를 찾기도 뭐해서, 지하로 내려갔다. 야에스 지하도다.

체인점이 몇 군데 있었지만, 돗토리 출신이라 스타벅

스에는 익숙하지 않은 탓에 얌전히 카페드크리에에 들어
갔다.

나는 달걀샌드위치를 주문한다. 음료도 세트로 주문할
수 있으니 가성비가 나쁘지 않다. 아오바는 연어샌드위치
를 주문했다. 여자들이 좋아할 법한 크리미레몬소스라는
것이 끼얹어져 있다. 음료는 둘 다 블렌드커피를 시켰다.

2인용 테이블석에 마주 앉아 먹기 시작한다. 실내가
그렇게 넓지 않아서, 아오바와 거리가 가깝다. 새삼스레
긴장한다.

"미안하네. 불러내서."

"아니야, 괜찮아. 나도 쉬는 날이고."

"며칠 전에는 다카세 씨가 있어서 얘기도 잘 못 했잖
아. 그런데 여러 가지로 좀, 궁금한 게 있어서."

"나도 솔직히, 궁금했어."

"성이 바뀌었으니, 그야 궁금하겠지."

"그래."

솔직하게 고개를 끄덕인다.

"엄마가 재혼했어. 그래서 야에가시에서 이자키가 된
거야."

"그럼, 고등학교 다닐 때는 엄마랑 둘이 산 거였어?"

"응. 몰랐니?"

"몰랐어."

"하기야, 모를 만도 하지. 그런 얘기는 잘 안 했으니까."

특히 남학생에게는 하지 않았을 것이다. 어쩌다 같은 반이 된 남학생에게는.

"처음에는 소노였어. 태어났을 때 성, 소노 아오바. 그런데 중학생 때 엄마가 이혼해서 야에가시. 그리고 고등학교 다닐 때 재혼해서, 지금은 이자키. 대학 붙어서 도쿄로 올라오게 된 김에 바꿨어. 안 그러면 귀찮은 일이 많으니까."

"아, 그렇게 된 거구나."

"혹시 너, 내가 다카세 씨랑 결혼이라도 한 줄 알았니?"

"그건 아니야."

"지금 아빠는 이자키 헤이타 씨. 자동차회사에 다녀. 공장에서 일하고."

"호오."

"남 일처럼 말하고 있지만, 좋은 사람이야. 엄마랑은 병원에서 알게 되었고."

"병원에서?"

"응. 우리 엄마, 간호사거든. 간호사와 입원 환자로 만난 거야. 드라마 같아서, 웃음이 나왔지만."

"야, 정말 있구나. 그런 일이. 그럼 지금 다니는 학부도 엄마 영향이니?"

"음, 그렇다고 할 수 있지. 일단은 간호사가 되려고."

"간호사. 일이 힘들겠지?"

"일은 힘들지만, 그 대신 연봉이 그런대로 괜찮아. 취직도 잘되고. 엄마가 이혼해서 둘이 살 때도 별로 쪼들리지 않았어."

"돗토리대학에도 그쪽 관련 학과가 있지 않나?"

"의학부 보건학과 말이지?"

"사립으로는 돗토리간호대학도 있고."

"응. 그래도 초중학생도 아닌데, 어느 정도 떨어져 지내야 엄마 아빠랑 관계가 좋아지지 않을까 했어."

새아빠에게 괜히 신경 쓰게 하고 싶지 않았다는 뜻인지도 모르겠다.

"도쿄에 오고 싶은 생각도 있었고. 그런데 엄마 아빠가 다 좋다고 해서. 최대한 부담을 주지 않으려고 아르바이트도 하고 있어. 마치야에 있는 구두가게에서."

"아라카와 구민 다 됐네."

"응. 집은 학교 바로 근처. 아라카와 유원지도 가까워."

"아라카와 유원지? 뭐 하는 덴데?"

"아이들 놀이 공원. 좁지만 그래도 관람차나 제트코스터 같은 탈것도 있어. 하긴 제트라고는 할 수 없겠다. 우리 나라에서 가장 느리다고 들은 것 같은데."

"오, 그거 재미있겠는데."

"응. 아직 못 가 봐서, 조만간 가 보려고 해. 아, 미안. 내 얘기만 계속 늘어놓아서. 네 얘기를 듣고 싶었는데."

아오바는 일부러 자기 얘기를 꺼냈을 것이다. 남의 얘기를 들으려면 자기 얘기를 먼저 털어놓아야 한다고 생각해서.

실제로 아오바가 그런 식으로 판을 깔아 줘서, 나는 얘기하기가 훨씬 편해졌다. 샌드위치를 먹고, 커피를 마시고, 그리고 얘기한다.

"부모님이, 돌아가셨어."

아오바의 얼굴에 긴장감이 퍼진다. 무슨 일이 있나 보다고 예상은 했을 테지만, 그런 일이라고는 생각지 않았는지도 모른다.

"너도 엄마랑 둘이 살았지?"

"그건 알고 있었어?"

"응. 아버지가 돌아가신 거, 고등학교 다닐 때였잖아."

"응. 2학년 때."

"3학년 때 같은 반이 되고, 들었어. 아버지가 막 돌아가 셨다고."

"그랬구나."

"그럼, 엄마도 돌아가셨다는 말이니?"

"응."

그다음부터는 단숨에 얘기했다.

엄마가 돌연사 했다는 것. 원인은 끝내 알 수 없었다는 것. 그래도 엄마가 다니는 직장 사람들 덕분에 빨리 발견 했다는 것. 장례를 치르기 위해 돗토리로 내려갔다는 것. 먼 친척 아저씨가 여러 가지로 도와주었다는 것. 유품 정 리다 뭐다 해서 2주일 가까이 돗토리에서 지냈다는 것. 그리고 다시 도쿄로 돌아와, 학교를 그만둔 것. 한동안 아무것도 손에 잡히지 않았다는 것. 반찬가게 다노쿠라 에서 멘치를 70엔이나 깎아 주었다는 것. 그 자리에서 일 하게 해 달라고 부탁했다는 것. 그렇게 채용되었다는 것.

먼 친척에게 50만 엔을 건넸다는 사실과 돗토리대학 캠퍼스에서 울었다는 말은 하지 않았다. 그런 일은 곁가 지라고 판단했다.

생각보다 담담하게 얘기할 수 있었다. 부모님의 죽음

에 부수되는 여러 가지 일에 대해 이렇게 정리해서 한꺼
번에 얘기하기는 처음이다. 도쿠지 씨와 우타코 씨에게
도 얘기했지만, 어디까지나 조금씩이었지 한꺼번에는 아
니었다.

야에가시 아오바와는 고등학교 3학년 때 같은 반이었
다. 그래서 알게 되었다. 그 전에는 얼굴이나 겨우 아는
정도였다.

가시와기라는 성, 멋지다. 그런 말을 해 주었던 동급생
이 사실은 아오바였다. 이어서 이런 말을 했다. 나도 네
글자인 건 같은데, 한자로 쓰면 세 글자. 너무 길어. 쓰기
도 힘들고.

지금은 이해할 수 있다. 야에가시(八中樫) 전에는 소노
(園), 한자로 하면 한 글자였다. 그러니 괜히 더 그렇게 느
껴졌는지도 모른다.

아오바와 딱히 친하게 지낸 건 아니다. 애당초 나는 쓰
루기와 달라, 여학생과 거리낌 없이 얘기하는 편이 아니
다. 고등학교 시절에는 지금보다 심했다. 같은 반이면서
도 아오바와 한 학기 내내 거의 얘기한 적이 없었다. 9월
들어 2학기가 되고 바로 문화제가 있어, 그때 겨우 말을
텄다.

문화제 이벤트에 라이브 연주가 있었다. 우리도 신청해서 참가했다. 에버그린 밤부스의 카피 밴드로 출연했다.

밤부스의 보컬은 사토미 노부다케. 남자. 그러나 우리의 보컬은 여자였다. 밴드 이름은, 무지 부끄럽다. 처음에는 나기사로 하려고 했다. 그 여자 보컬의 이름이 오타 나기사였기 때문이다. 그런데 나기사 자신이 싫다고 해서 포기했다. 그다음 등장한 것이 세이세이세이.

기타의 사카베 세이, 베이스 기타의 가시와기 세이스케, 드럼의 몬마 고세이. 멤버 전원의 이름에 '세이'가 들어 있어서 그렇게 되었다. 리더인 사카베 세이가 정했다.

내가 다녔던 고등학교에는 경음악부가 없었다. 라이브는 뜻있는 학생들이 신청해서 출연했다. 그 외에 각 반에서 준비하는 이벤트도 있었다. 여학생이 많은 탓에 카페를 하게 되었다. 책상을 테이블 삼고, 간단한 먹거리와 음료를 제공한다.

나는 라이브 공연 때문에 연습을 해야 해서 그 준비를 거의 돕지 못했다. 창피한 마음에 같은 반 아이들에게 라이브에 출연한다는 말도 하지 않았다. 그 결과, 이유 없이 웨이터 당번을 거부. 분위기가 험해지고 말았다.

그런데, 어디서 들었는지 아오바가 이렇게 말해 주었다.

"세이스케, 너 라이브에 참가한다면서. 미리 말해 줬으면, 처음부터 웨이터를 부탁하지 않았을 텐데."

"아, 미안하다."

순전히 내 잘못이었다. 그런데도 아오바는 그렇게 말해 주었다. 문화제 당일, 카페로 변한 교실 발코니에 혼자 드러누워, 공연 시작을 기다리며 잠깐 눈을 붙이고 있던 내게 팔아야 하는 콜라를 갖다 주기까지 했다.

그때는 정말 놀랐다.

사용하지 않는 책상과 의자는 전부 발코니에 나와 있었다. 그래서 나는 책상 밑에 들어가 누워 자고 있었던 것이다.

위에서 목소리가 들렸다.

"이런 데에서 뭐 해?"

눈을 떠 보니, 여학생이 있었다. 누구인지 바로는 몰랐다. 아오바였다. 한 걸음 더 다가오자 치마 속이 보일 것 같아서, 얼른 몸을 일으켰다.

"왜?"

"왜? 가 뭐야. 내가 물었는데. 뭐 하느냐고."

"아. 자고 있었어."

"그건, 보면 알지."

아오바는 손에 든 종이컵을 내밀었다.

"자, 마셔. 콜라."

"아, 아니야. 그거 파는 거잖아."

"어차피 남을 텐데, 뭐. 다 남게 샀어."

"그럼, 아, 응, 고마워."

받아 들고, 마셨다. 한데서 선잠을 자서 목이 칼칼했는
데, 찌릿하고 시원했다.

"라이브, 보러 갈게."

"아니야, 괜찮아."

"왜 괜찮은데?"

"아니, 그냥."

"관객이 많으면 좋잖아. 다 같이 갈게."

"아니야, 정말 다 같이 안 와도 돼."

"여기도 일이 있으니까, 갈 수 있는 애들이랑 갈게."

그리고 정말 왔다. 앞치마를 두른 웨이트리스 차림 그
대로. 여학생 여섯 명이 객석에 조르륵 서서, 기묘한 춤을
췄다. 가시와기 세이스케~를 외치며 응원해 주었다. 베
이스 기타를 연주하면서, 웃었다. 왜 풀네임이지? 싶어서.
조금 기뻤다. 아니, 무척 기뻤다. 여학생 파워를 느꼈다.

그러나, 그뿐이었다. 그 후에는 아무 일도 없었다. 얘기

를 몇 마디 나누게 되었을 뿐. 그것만 해도, 같은 반 여학생들과 거의 얘기하지 않는 나로서는 진보였다.

졸업을 한 후, 세이는 돗토리대학 지역학부, 나기사는 오카야마대학 문학부, 몬마 고세이는 긴키대학 공학부로 진학했다. 그리고 나는 호세이대학 경영학부. 고향에는 세이만 남았다. 내가 돗토리대학 캠퍼스에서 울었을 때, 세이 역시 그 캠퍼스 어딘가에 있었을지 모른다.

고등학교를 졸업한 후에는 세이도 고세이도 나기사도 만난 적이 없다. 그러니 졸업 후에 만난 고등학교 동창생은 아오바가 처음이다. 기분이 좀 묘하다. 두 번 다시 만나지 않아도 이상할 게 없었다.

그런데. 텔레비전에서 우연히 보고 스나마치긴자 상점가를 찾았다. 그리고 아주머니가 타고 가는 자전거를 비키려고 했다. 그때 나를 보았다. 그리고 다노쿠라 반찬가게.

우연은 우연이다. 하지만 잘 생각해 보면, 별 우연도 아니다. 텔레비전을 보고 길거리 음식을 먹어 보려고 왔다면 둘러보는 가게는 한정되어 있다. 다노쿠라 앞에서도 걸음을 멈췄을 것이다. 내가 가게 앞에서 크로켓을 팔고 있다면, 알아봤을 것이다. 아오바가 몰라봤다면 내가 알아봤을 수도 있다.

다만, 그 시간에 데지마에 갔다가 다노쿠라로 돌아와 다행이었다. 마침 다키코 씨가 손님을 상대하고 있어서, 얼른 계산을 끝내고 가게 밖으로 나왔던 것이다. 그때 상황이 그렇지 않았다면, 아마 다키코 씨와 얘기를 나눴을 것이다. 손님이 없어 한가하면, 다키코 씨가 내게 차를 끓여 주기도 하니까.

"대학 가서는 밴드 안 했어?"

"했지. 동아리에 들어서, 밴드 구성해서."

"지금도 하고 있어?"

"아니, 그만뒀지. 음악이나 하고 있을 때가 아니라서."

"그렇구나. 고달프네."

"이제 익숙해졌다고 하고 싶지만, 전혀 그렇지가 않아. 지금도, 다 거짓말 같아."

그러면서, 억지로 웃는다.

"보통은, 3년 사이에 다 돌아가시지 않잖아. 사고를 당해서 한꺼번에 죽으면 몰라도, 두 번에 나뉘어 그렇게 되는 일은."

"의지할 사람도 없어?"

"부모님의 부모님은 일찍 돌아가셨고, 교류가 잦은 친

척은 없어."

"장례 때 도와줬다는, 그 먼 친척은?"

"친척은 친척이지만, 엄마가 돌아가셔서 처음 만났을 정도니까."

샌드위치의 마지막 한 입을 먹고, 커피를 마신다. 내가 해야 할 얘기는 일단 다 했다. 물어봐도 괜찮을까, 하고 생각하면서 말을 꺼낸다.

"그 사람."

"응?"

"그, 게이오 다닌다는."

"아. 다카세 료 씨."

"지금은, 안 사귀는 거야?"

"응. 끝났어."

"그래도 만나기는 하는구나."

"오랜만에 밥이라도 같이 먹자고 연락이 와서. 어쩔까 망설였는데, 텔레비전에서 본 그 상점가가 기억나서. 혼자 가기는 좀 뭐하다 싶어서, 말해 봤지. 거기 가는 거는 괜찮다고. 그랬더니 네가 등장. 가길 잘했지."

그리고 아오바는 다카세 료 얘기를 해 주었다.

사는 곳은 무사시 고야마. 단독주택. 무사시 고스기처

럼 가나가와 쪽인 줄 알았는데, 도쿄라고 한다. 메구로 구에 가까운 시나가와 구. 도립고에서 게이오대학 경제 학부로 진학, 지금 3학년. 그러니까 아오바와 나보다 한 살 위. 작년까지는 히요시 캠퍼스에서 공부하다가 올해 부터는 미타 캠퍼스.

그리고 슈토대학 도쿄 건강복지학부에 다니는 아오바 도 올해 미나미오자와 캠퍼스에서 아라카와 캠퍼스로 이 동했다.

새 캠퍼스에 적응할 무렵, 역시 새 캠퍼스에 익숙해진 다카세 료에게 연락이 왔다고 한다. 새 캠퍼스는 어때? 하고. 그 후에도 라인으로 연락을 주고받다가, 이렇게 되 었다. 둘이 스나마치 상점가를 찾았다가, 나를 발견.

"미팅에서 처음 만났어."

아오바는 그런 것까지 툭 털어놓는다.

"작년에 미나미오자와 캠퍼스에 다닐 때 만났어. 그때 내 나이 열여덟. 그래서 술도 못 마시고. 실제로 안 마셨 어."

"그렇구나."

"응. 술 냄새, 별로 좋아하지 않거든. 술은 마시지 않아 도 된다고 해서 그냥 친구 따라갔어. 머릿수 맞추려고 그런 거지, 뭐."

"그래. 작년에 나도 동아리 선배에게 그런 말 많이 들었어. 머릿수 맞추려고 가자는 거니까 괜히 헛물켜지 말라고. 결국 안 갔지만."

"안 갔어?"

"응. 아르바이트 있어서 못 간다고 했어. 그리고 거짓말이 안 되게, 그 시간에 아르바이트했고."

"그냥 거짓말로 놔둬도 되는데."

아오바가 웃는다.

"그래도, 좀."

"얌체같이 친구 따라갔다고 했지만, 사실 나, 가 보고 싶었어. 솔직히, 호기심을 느꼈거든. 상대가 게이오다 보니까. 다양한 사람과 알고 지내는 것도 좋겠다 싶었고. 역시 얌체 같은 말이지만."

히요시는 가나가와현 요코하마 시다. 미나미오자와에서 가까운 줄 알았는데, 그렇지도 않은 듯하다. 그래서 미팅은 중간 지점인 마치다에서 했다. 그 마치다도 나는 계속 가나가와현인 줄 알았다. 실은 도쿄라고 한다.

남녀 모두 상당한 거리를 이동했다. 게이오 쪽 역시 건강복지학부에 이끌렸는지도 모른다. 남자는 여전히 간호사에 약하다. 쓰루기라면 니시후나바시에서 마치다까지 마다 않고 달려갔을 것이다.

"이건 그냥 말하는 건데, 술, 정말 안 마셨어."

"와, 대단하네."

"대단할 거 없지. 스무 살이 안 되었으니까. 그런데 다카세 씨에게도 같은 말을 들었어. 대단하다고, 굉장히 좋은 자세라고. 그 말 듣고 왠지 간질간질했지만."

그 자리에서 연락처를 교환했다. 다카세 료에게서 연락이 왔고, 사귀게 되었다고 한다.

"나, 좀 놀랐어. 미팅 해서 남친이 생기는 경우도 있다는 게."

"게다가 처음 나간 미팅이었잖아."

"응. 기껏 도쿄에 왔는데 남친 정도는 있어야 하지 않나 싶어 초조했나. 그럴 생각은 없었는데."

"초조하지 않아서 오히려 좋았던 거 아닐까?"

"무슨 뜻이야?"

"여유가 있지 않았을까 해서. 남자는 상대 쪽에서 밀고 들어오면, 뒤로 물러나는 일도 있거든."

"음, 조금은 밀고 들어갔을지도 모르겠네."

"진짜 그랬어?"

"응. 다들 엄청 흥분했었거든. 가는 전철 안에서 게이오야 게이오, 하고 계속 떠들었고. 그래서 나도, 게이오가 그렇게 대단한 건가 하고 같이 흥분했고."

"술은, 아직도 안 마셔?"

"응. 그래도 작년만큼 거부감이 있지는 않아. 만 스무 살 생일이 되면 마셔 볼까 해. 술 마시는 사람들, 신나 보이기도 하고. 뭐랄까, 표정이 좋은데, 작위적이지 않잖아."

"그래, 그럴 수도 있겠다."

"주정은 곤란하지만."

"응. 생일, 아직이구나. 언젠데?"

"3월. 나, 생일이 빨라서 손해 보는 것 같아. 학교도 일찍 들어갔고."

"글쎄, 손해일까. 득일 것 같은데."

"어떻게?"

"다른 사람들보다 일찍 많은 걸 끝낼 수 있잖아. 취직도 그렇고. 젊어서 그럴 수 있다는 건, 이득 아닐까?"

"와. 그런 말 처음 듣는다."

"나도 처음 해 보는 말이야."

커피를 한 잔 더 마실까, 하고 생각한다. 하지만 세트가 아니라서 한 잔 값을 다 내야 하는데 출혈이 크지, 하고 생각한다.

망설이고 있는데 아오바가 말한다.

"그런데 결국 헤어졌어. 반년 만에."

"왜 헤어졌는데?"

묻고 나서 덧붙인다.

"아니, 저, 얘기하고 싶지 않으면 안 해도 돼."

"글쎄, 뭐라고 하면 좋을까. 뭔가가 있지, 좀 달랐어."

"달랐다?"

"응. 직접적인 원인은 교통약자석."

"교통약자석?"

"응. 전철에."

"아아, 노약자석."

"데이트할 때 전철 타잖아. 그런데 다카세 씨, 노약자
석에 아무렇지 않게 앉는 거야."

"그래도 되는 거 아닌가? 거기만 비어 있으면."

"다른 자리가 비어 있는데도 거기 앉아. 그게 싫어서,
내가 여기 노약자석이니까 다른 데로 가자고 말해. 그러
면, 다카세 씨는 복잡해지면 옮겨도 된다고 하는 거야.
그런 일이 몇 번 있었어. 실제로 사람들이 많이 타서 복
잡해질 때까지 계속 앉아 있는 일은 없었는데, 그때 처음

그랬어. 우리 앞에 일흔 정도 된 사람들이 서 있었어. 아마 부부였겠지. 할아버지 할머니 정도는 아닌 사람들."

"아저씨 아줌마라고도 할 수 없는 사람들이었구나."

"응. 노약자석이 아니면 일어날까 말까 고민하게 되는. 그런데 거기는 노약자석이잖아. 그래서 내가 옆구리를 쿡쿡 찔렀어. 일어나자고. 그랬더니, 다카세 씨가 앉은 채로 두 사람에게 묻는 거야. 앉고 싶으세요? 하고. 나, 너무 놀랐어."

"진짜 놀랐겠다."

"당연히 아저씨나 아줌마나 괜찮다고 했지. 그리고 다카세 씨는 내게 괜찮다고 하잖아, 라고 했고. 결국 계속 앉아 가다가 우리가 먼저 내렸어. 그래서 내가 화를 좀 냈어. 너무 심했다고. 다카세 씨가 뭐랬는지 알아. 앉고 싶다고 했으면 양보했을 거래. 보란 듯이 앞에 서서 자리를 양보해 주기를 기다리는 거, 그게 싫다면서."

"음."

글쎄. 크게 잘못된 일은 아니다. 노약자석이라는 제도가 규칙이라면 잘못된 거지만 매너라면, 아슬아슬하게 잘못이 아니다.

"다카세 씨, 머리가 엄청 좋아. 나쁜 사람은 아니야. 사실, 내게 정말 잘해 줬고. 그런데, 그런 면이 좀 있어."

그런 면. 굳이 말하자면, 착하지만 높은 곳에 있는 탓에 둔감한 기질, 이라고 할 수 있을까. 높은 하늘에서는 지상에서 벌어지는 일이 잘 보이지 않는다. 그런 유?

"그 일 때문에 헤어진 거야?"

"응. 나도 그때는 감정적으로 굴어서."

"그런데, 다시 연락이 온 거구나."

"응. 그때는 미안했다고 우선 사과했어. 그런데 어이 없게 난, 내가 잘났다고 생각했어. 좋은 사람도 아무것도 아닌데. 좋은 사람 같으면, 혼자서라도 자리를 양보했어야지."

"그러기는 힘들지. 그림이 이상해지잖아."

"물론 그럴 수도 있겠지만. 그래서 아무튼 반성했어. 나도 참 마음이 좁다고. 그런 태도를 용납할 수 없으면 용납할 수 없다고 분명하게 말해야 하는데. 그래서 지금 은 화해를 할까 고민 중이야."

어려운 부분이다. 사람은 타인에게는 올바르고 바람직 한 것을 요구한다. 자기가 그랬으면 적당히 핑계를 둘러 대고 넘어갔을 좋지 않은 일도, 타인이 그러면 비난하게 된다. 가령 태우는 쓰레기에 태울 수 없는 쓰레기를 섞어

버린다거나, 쓰레기를 수거 날이 아닌 날에 내놓는다거나.

"전철 탔구나. 나는 게이오 다니는 사람은 데이트할 때 차 가지고 데리러 오는 줄 알았는데. 빨간 스포츠카 같은 차 말이야."

"얘는. 그거 어느 시대 얘기니?"

"우리 부모님 세대가 젊었을 때쯤 되려나."

"지금도 그런 사람이 있기야 하겠지. 차 얘기가 나와서 하는 말인데, 다카세 씨는 차 별로 안 좋아해. 도쿄도 23구 안에 살면 차는 필요 없다고 하는 사람이야."

"돗토리 같으면, 없으면 곤란한데."

"그래. 그러니까 역시 도쿄 사람이라는 기분도 들어. 이렇게 고향 사람 만나니까, 왠지 마음이 푹 놓인다. 그전에는 의식하지 못했는데, 그 상점가에서 너를 만났을 때, 진짜 그런 생각이 들더라. 그래서 연락한 거야. 부담 됐니?"

"설마."

그렇다. 설마.

도쿄에서 돗토리를 느낄 수 있어 반갑다. 새삼스레 알았다.

혼자만의 겨울

어렸을 때부터 해마다 한 번은 감기에 걸린다. 아무리 조심해도 걸린다.

유아기 때는 어땠는지 모르겠지만, 초등학교 때부터는 매년 걸렸다. 12월부터 2월 사이에 한 번은 반드시. 가령 12월과 1월을 무사히 넘겼다고 치자. 그래서 2월 하순쯤, 이번 겨울은 무사히 넘어가려나 싶다가도 월말이면 어김 없이 걸린다. 2월은 28일까지밖에 없는데.

전날 밤부터 좀 수상했다. 목이 따끔거리고, 머리가 조금 아팠다. 하룻밤 자고 났는데도 양쪽 다 여전했다. 더 아파지지는 않아서 평소대로 출근했다.

그날은 11시 반 출근. 가게 앞에 서서 각종 반찬을 팔았다.

12월의 낮. 바람을 그대로 맞아야 하는 가게 앞. 하얀 조리복 위에 다운재킷을 입었는데도 춥다. 한기가 드는 게 아니라 실제로 날이 추우니 추운 거라고 생각했다. 그런데 갑자기 어쩔했다. 어어, 하고는 두세 걸음 비틀거리다 간신히 기둥을 붙잡았다.

뒤에 있던 가즈미 씨가 말했다.

"어머, 세이스케 씨, 괜찮아?"

"괜찮습니다."

"괜찮지 않은데. 얼굴이 빨개. 열 있는 거 아니야?"

"아니요. 그렇게, 많이는."

"거봐. 많이는 아니라고 하잖아."

가즈미 씨 말을 듣고 나온 우타코 씨가 말한다.

"여러 가지로 일이 많아, 피로가 쌓인 거겠지."

뒤늦게 나온 도쿠지 씨도 말한다.

"오늘은 그만 됐어. 집에 가."

"아니요, 괜찮습니다."

"세이스케, 하라는 대로 해. 네가 괜찮다고 하면 다 괜찮은 게 아니라고. 혹시 독감일지도 모르잖아. 만약 독감이면 우리까지 옮아서 전멸할 수도 있다고."

에이키 씨다.

"그게 아니라, 손님에게 옮기면 안 되니까."

가즈미 씨다.

"아아. 그건 그렇네요."

"거봐. 영 맹하잖아."

"그러게요."

에이키 씨도 동조한다.

"평소보다 맹한데. 안 되겠다, 빨리 집에 가."

"정말 괜찮으니까, 병원 가 봐. 돈 아까워하지 말고. 뭐 하면 그 정도는 내줄 수도 있으니까."

"아닙니다."

"아무튼, 집에 가서 좀 쉬어."

"네. 죄송합니다."

"내일도, 힘들다 싶으면 안 와도 돼."

"네. 정말 죄송합니다."

그리고 2층 휴게실에서 옷을 갈아입고, 인사를 한 다음 가게에서 나왔다.

이렇게 되면 인간은 참 약해진다. 속옷에다 플리스 재 킷에 다운재킷. 두껍게 껴입고 왔는데도 으슬으슬 춥다. 걸음걸이도 휘청휘청. 자신을 환자라고 인정하는 순간, 그렇게 되고 만다.

오후 2시가 조금 넘은 시간. 태양도 아직 높이 떠 있다. 그럭저럭 런치타임은 버텨 낸 것 같다. 11시 반에 나와서 12시 대와 1시 대에 자리를 떴으면, 더 큰 누를 끼칠 뻔했다.

가능하면 병원에 가고 싶지 않다. 그러나 가지 않을 수 없다. 독감이면 며칠 쉬어야 하니, 병원에 가서 확인해야 한다.

잃어버릴까 봐 평소에는 의료보험증을 가지고 다니지 않는다. 그러니 일단은 집에 가야 한다. 어차피 병원의 오후 진료는 3시에 시작될 것이다.

어딘가에 부딪치지 않도록 조심하면서 나의 원룸 아파트, 렌토 미나미스나를 향해 걸어간다. 서두르지 않는다. 천천히 걷는다.

앞에서 까마귀가 날아온다. 길거리에서 나는 것치고는 몹시 낮다. 사람에게 익숙한지 나와 비슷한 눈높이에서 이쪽을 향해 날아오고 있다. 그리고 몇 미터 앞에서 상승한다.

퍼드득, 퍼드득, 날갯짓 소리가 분명하게 들린다. 그것도 의외로 크다. 평소에는 들리지 않는 소리. 가까우니, 들린다. 생각해 보면, 그렇기도 하다. 저 몸을 공중에 띄

우고 이동한다. 꽤 큰 힘이 작용할 것이다.

눈으로 쫓으며 돌아본다. 걸어가면서 보기가 힘들어, 걸음을 완전히 멈춘다.

까마귀가 가로등에 앉는다. 전신주에서 고개 숙여 인사하듯 차도 위로 쑥 튀어나온 가로등이다. 그야말로 인사하는 사람의 뒤통수에 앉아 있는 느낌이다.

까마귀만이 아니다. 그 가로등에는 다른 새도 앉아 있다. 그래서 그 밑 차도가 늘 새똥으로 허예진다. 다른 가로등과 뭐가 다른지 모르겠다. 새 입장에서는 그 가로등이 유독 앉기 편하든, 아무튼 좋은 점이 있는 것이리라.

거기까지 생각하다 문득, 지금 그런 생각을 할 때인가?

사고를 통제할 수 없다. 역시, 멍한 것이다.

방향을 틀고 다시 걷기 시작한다. 바로 나온 네거리에서 걸음을 멈추고 신호가 바뀌기를 기다렸다가 횡단보도를 건넌다. 조금 더 걸어가면 아파트에 도착한다.

방은 2층에 있다. 계단을 천천히 올라가 열쇠로 문을 열었다.

살아 돌아왔다.

고 생각했는데, 안에 사람이 있다.

쓰루기. 와, 또 한 사람. 여자.

놀랐는데, 열이 있어서 그런지, 그 놀람이 표현되지 않는다.

방이 따뜻하다. 난방을 틀어놓은 듯하다.

바닥은 마루. 침대는 없다. 거기에 이부자리를 깔고 잔다. 그 이부자리가 깔려 있다. 둘은 그 위에 있다. 들러붙어 자고 있다. 나를 보고, 벌떡 일어난다. 손으로 꽉 눌렀다가 놓은 스프링처럼.

"왜 그래?"

여자가 말한다.

"놀랐잖아."

쓰루기가 말한다.

놀란 쪽은 나다. 그런데 역시 열 때문인지, 목소리가 나오지 않는다.

다행히 둘은 옷을 입고 있다. 아니, 옷까지는 입고 있지 않다. 속옷은 입고 있는 상태. 쓰루기는 팬티만. 여자는 위아래. 하기 전, 이 아니라 후인 듯하다.

여자가 이불을 끌어당겨 몸을 가린다. 내 이불이다. 작년에 니토리에서 샀다.

손을 뒤로 돌려 문을 닫는다. 하지만 안에는 들어가지 않는다. 좁은 현관에 그냥 서 있다.

"아니야, 세이스케. 이쪽은, 내 여친."

"뭐가 아니라는 거야?"

그 여친이 따진다.

"그러니까 전화 걸어서 여자 부르는 거. 그렇게 부른 게 아니라는 거지."

"뭐라고? 내가 그런 여자라는 거야?"

"내가 언제 그랬어. 사람이 하는 말을 똑바로 들어야지. 그런 게 아니라고 했잖아."

이어서 쓰루기가 내게 말한다.

"이 녀석은 가노. 나리마쓰 가노야."

"뭐? 이 녀석이라고?"

그 나리마쓰 가노가 또 몰아세운다.

"지금은 어쩔 수 없잖아."

"안 돼. 언제든 절대 안 돼."

"알았어. 세이스케, 가노야. 이 녀석이 아니라, 가노."

"응."

"전에 왜 내가 말한 적 있잖아? 우리 밴드에 보컬로 데려오자고 했던. 그게 이 녀석. 이 아니라 가노."

"아아. 사귀고 있었구나."

"밴드에 합류하지 않게 돼서. 그렇다면, 하고."

"무슨 얘기야? 나는 처음 듣는데."

"아니, 전에 얘기했잖아. 술 마시면서."

"기억이 없는데. 언제?"

"언제였는지, 그것까지는 나도 기억이 안 나."

그렇다면, 그거였군. 멍한 머리로 생각한다. 기요스미와 내가 찬성하지 않았기 때문에 가노는 밴드에 들어오지 못했다. 그래서 지금 이런 일을 당하게 된 것이다. 이런 일. 아르바이트 가기 전에 방에서 자게 해 달라더니, 내 방을 러브호텔로 이용하고 있었다.

"왜 지금 집에 온 건데?"

가노가 쓰루기에게 묻는다.

"허락받았다고 했잖아."

"허락은 받았어. 맞지, 세이스케? 좋다고 했잖아? 방을 사용해도 좋다고."

"사용해도 된다고 한 게 아니라, 자도 된다고 했지."

"그래서 잔 거잖아, 둘이."

"너 좀 멍청한 거 아니니? 진짜 한심한 소리 한다."

내가 아니라, 가노가 한 말이다.

"처음부터 이럴 생각은 아니었어."

쓰루기가 또 변명을 늘어놓는다.

"이거 정말이야. 몇 번 와서 자다 보니까, 한 사람 늘어도 마찬가지지 않나 하고."

"마찬가지가 아니지. 그건, 전혀 다른 얘기야."

"역시, 허락을 안 받은 거네."

"화내지 마, 세이스케."

"화를 내는 게 아니야. 하지만, 이런 건 좀."

"미안하다. 이제 안 할게. 오늘이 처음이었어. 그렇지? 가노."

"세 번째야."

"야, 너, 그런 건 입 좀 맞춰라."

"뭐야, 그 명령형은. 그리고 너라고 하는 것도."

"아니 그게, 지금은 괜찮잖아."

그리고 쓰루기는 화제를 바꾼다.

"그러고 보니까 너, 왜 이렇게 빨리 온 건데?"

"감기. 열도 있는 것 같고. 가게에서 오늘은 그만 가고 해서."

"아, 그랬구나. 좀 더 빨리 왔으면 큰일 날 뻔했네. 현장을 들킬 뻔했어."

가노가 베개로 쓰루기를 친다. 내 베개다. 그것도 니토리에서 샀다.

"감기 걸렸으면 술 못 마시겠다."

"마시고 싶지 않아. 전혀 그럴 마음 없어. 생각만 해도 속이 울렁거린다."

"밤에는?"

"힘들어. 그때까지 좋아질 리 없고. 너는 아르바이트 없어?"

"없지. 아무리 그래도 아르바이트하러 가는 길에 이럴 수는 없지 않냐."

그 윤리관이 잘 이해되지 않는다.

"여기서 우리 셋이 마셔도 괜찮은데. 사과 차원에서 내가 편의점에 가서 술 사 올게."

"아니, 안 돼. 돌아가."

"화내지 말라니까, 그러네."

"화를 내는 게 아니라, 독감이면 옮을 수 있어서 그래."

"아. 그런 말이구나."

"나, 모레 시험 있어. 괜히 학기말 시험 잘 못 봐서 학점 못 따는 일을 피하고 싶네."

"나도 내일 시험이야."

그런데 이런 데에서 이런 짓을 하다니. 과연 쓰루기다.

"할 수 없지. 그럼 가야지. 세이스케, 왜 거기 서 있어.

자기 집인데, 들어오지 않고."

"아직 안 돼. 옷 입을 거니까 기다려. 뒤로 돌아서서."

가노가 하라는 대로 몸을 돌린다. 현관문이 바로 코앞에 보인다.

지은 지 30년 된 아파트. 그 문. 색은 베이지. 칙칙한 베이지. 전에는 훨씬 더 하얬을까.

2분 후에 쓰루기가 말한다.

"응, 됐어."

돌아본다. 둘 다 옷을 입고 있다.

"화장도 해야 해, 나."

가노가 쓰루기에게 말한다.

"가노는 화장 안 해도 예뻐."

"지금은 그런 말 듣고 싶지 않아."

"그럼, 다음에 할게. 그러니까 오늘은 화장 안 해도 괜찮지? 세이스케, 들어와."

"응."

들어간다. 겨우 내 집에. 돗토리 시절도 포함해서, 자기 집에서 이렇게 오래 기다리기는 처음이다. 이번 한 번으로 끝이기를 바란다.

"쓰루기에게 방을 빌려주니까 이런 일이 생기지."

가노가 내게 말한다.

"무슨 말을 그렇게 해."

"쓰루기가 이런 짓을 할 줄 몰랐어?"

"몰랐어."

"정말?"

"정말."

가노가 무슨 말을 하고 싶은 건지 모르겠다.

"몰카 같은 거 없지?"

"뭐?"

"몰카. 카메라 몰래 설치해 놓은 거 아니겠지?"

"설마. 아니야."

"쓰루기도 한 패인 거 아니지?"

"너, 그거 진심으로 하는 말이냐?"

"너라고 하지 말랬지."

"내가 좀 섹시하기는 하지만, 성인 비디오 배우가 될 만한 배짱은 없다고. 그럴 기술도 없고. 게다가 몰카를 찍을 정도면 처음부터 가노에게 부탁했을 거야. 찍게 해 달라고."

"부탁한다고 찍게 할 리 없잖아, 바보."

"아무튼 나는 그런 짓 안 해. 뭐, 이런 일이 생길 줄 알고 세이스케가 미리 카메라를 설치했을 가능성이 아예 없지는 않지만. 아, 이건, 농담이야. 진담으로 듣지 마, 세이스케."

"알아."

"그럼, 가노를 버스 정거장까지 데려다줄게."

쓰루기는 스마트폰으로 가메이도 역으로 가는 버스 시간을 검색했다. 세 번째다 보니, 과연 익숙하다. 쓰루기 자신은 도자이선을 이용하니까 버스를 타지 않는데, 가메이도 역 앞행이라는 말이 바로 나왔다.

그리고 쓰루기는 실제로 가노를 버스 정거장까지 데려다주러 갔다.

그리고 돌아왔다. 이부자리를 정리한 내가 의료보험증을 손에 들고 방을 나서려는 바로 그 찰나였다.

"어, 뭐야. 세이스케, 나가는 거야?"

"병원."

"아, 그렇구나. 걸어서?"

"응."

"그럼 나도 중간쯤까지 같이 갈게."

"역 반대 방향인데."

"그럼, 저기 모퉁이까지."

둘이 계단을 내려가 밖으로 나간다.

쓰루기가 말한 모퉁이는 정말 코앞에 있다. 100미터도 되지 않는다. 나란히 보도를 걷는다.

"와, 나, 가노가 말해서 겨우 알았어."

"뭘?"

"몰카다, 셀카다 하는 거. 마음을 그렇게 먹으면 찍을 수도 있다는 거."

"셀카는 다른 말이지."

"나랑 네가 손잡으면, 정말 엄청난 걸 찍을 수도 있었잖아."

쓰루기의 얼굴을 본다. 빤히.

"아니 아니, 진담으로 하는 말 아니야. 듣고 보니까 그렇다고 생각했을 뿐이라고. 안 해, 그런 짓. 믿어. 아니지, 말만 갖고는 안 되겠구나. 방도 멋대로 사용했고."

모퉁이가 다가와서 그런지, 쓰루기의 말이 빨라진다.

"그런데 세이스케. 이런 짓은 이제 안 할 테니까, 방에서 자는 건 괜찮지?"

"괜찮아. 하지만 사전에 말해 줘."

"당연하지. 오늘은 가노가 있어서, 말을 못 한 거야."

"그 사람도 같은 학부야?"

"아니, 다른 학교. 국제학부인가, 아마 그럴 거야. 여동생이 있는데, 고등학생. 사노. 이름이 사노야. 그래서 자기는 성이 사노인 사람과는 결혼 안 할 거래. 사노 사노가 되니까."

"만난 적 있는 거야?"

"아니. 가노에게 들었어. 스마트폰에 든 사진은 보여줬지만. 그런데, 진짜 귀엽더라고. 솔직히 가노 이상."

"노래 잘해?"

"거기까지는 몰라."

가노 이상. 쓰루기, 이 녀석 괜찮은 걸까.

모퉁이. 네거리에 도착했다. 횡단보도를 건넌 다음, 쓰루기는 오른쪽으로 나는 왼쪽으로 간다.

신호가 파랑으로 바뀌기를 기다린다.

"밴드 하고 있니?"

"하고 있지."

"베이스는?"

"센고. 1학년이야."

"음, 이시이 센고구나."

"응. 1학년끼리 밴드 활동하는 거 심드렁해하는 눈치여서, 내가 데리고 왔어. 막 입학했을 때보다 실력이 늘었어. 너보다는 한참 못하지만, 내 기타보다는 나아."

경음악 동아리 노이즈의 이시이 센고(千五). 아버지는 주고(十五)라고 한다. 줄곧 장난으로 하는 말인 줄 알았는데, 사실인 듯하다.

학교에 자퇴서를 내던 날, 캠퍼스에서 우연히 마주쳤다. 가시와기 선배, 학교 그만두는 거예요? 하고 물었다. 지금 서류 내고 나오는 길이야, 이제 학생도 아니다, 하고 대답했다. 할 말이 없어서 내가 물었다. 아버지 이름, 진짜 뭐냐? 진짜 주고인데요.

신호가 파랑으로 바뀌었다. 다시 걷는다. 횡단보도를 다 건넜을 때, 쓰루기에게 말한다.

"나는 이쪽으로 간다. 그럼."

"그래. 정말 미안했다, 세이스케."

오른손을 슬쩍 들고서, 쓰루기가 멀어져 간다. 내가 기다리는 신호를 같이 기다려 주지는 않는다. 쿨하다. 쓰루기의 좋은 점이다.

그리고 걸어서 병원에 갔다. 30분을 기다려서 겨우 진찰을 받았다.

검사를 한 다음 또 15분을 기다리자, 결과가 나왔다.

의사 선생님이 말했다.

"독감은 아니군요."

*

자명종 시계는 없다. 도쿄에 처음 올라왔을 때, 살까 말까 하다가 사지 않았다. 요즘은 태양전지를 사용하는 자명종도 2,000엔이면 살 수 있는데, 그 2,000엔이 아까웠다.

그래서 매일 아침 스마트폰 알람 소리에 잠을 깬다. 배터리가 떨어질까 봐 겁나지만, 그것만 조심하면 아무 문제없다. 한 번은 출석을 중시하는 수업에 지각한 적이 있는데, 그때도 잠에서 깨지 않은 것은 아니었다. 알람을 끄고 다시 잠든 것이 원인이었다.

나처럼 에이키 씨도 스마트폰의 알람을 사용했던 것 같다. 그러다, 저지르고 말았다. 알람을 끄고 다시 잠든 게 아니라, 애당초 설정을 하지 않았다. 완전히 초보적인 실수다.

그 결과, 2시간이나 지각. 덕분에 준비에 차질이 생겼다. 도쿠지 씨와 우타코 씨는 이번에도 그 패턴이려니 했다. 15분이 지나도 에이키 씨가 나타나지 않았지만, 그런데도 이쪽에서는 전화를 걸지 않았다. 도쿠지 씨는 걸어

보라고 한 듯한데, 지금쯤 버스 타고 오고 있겠지, 하고
는 우타코 씨가 전화를 걸지 않았다.

30분이 지났을 때, 도쿠지 씨가 제 손으로 걸었다. 에
이키 씨는 그 전화벨 소리에 잠이 깬 듯하다.

아, 죄송합니다. 바로 갑니다.

그런데, 실제로 온 것은 그로부터 1시간 반이 지나서.

에이키 씨가 사는 이치노에에서 다노쿠라까지는 전철
과 버스로 30분. 그 너그러운 도쿠지 씨가 화를 냈다.

"늦잠을 잔 건 어쩔 수 없지. 잘못은 잘못이지만, 어쩔
수 없으니 백보 양보한다 치자. 그러나 그다음이 너무 늦
잖아. 10분 만에 뛰어나왔어야지."

"나왔습니다. 바로."

"그럼, 30분은 더 빨리 올 수 있었을 텐데."

"아침에는 잘 움직이지 않는다고요, 몸이."

"늦잠을 잤으면 억지로라도 움직여야지. 그게 안 되면
빨리 자든지."

"앞으로 그렇게 하겠습니다."

"그리고, 이런 때는 역에서 버스도 기다리지 말고. 뛰
어오면 되잖아. 겨우 세 정거장인데."

"버스가 꽤 자주 온다고요. 뛰어와 봤자 2분밖에 차이

가 없는데.'

"2분이라도 빨리 올 수 있으면 빨리 와야지."

"맞는 말이지만요. 1시간 반 지각이나 1시간 28분 지각이나, 별 차이 없잖아요?"

"그건 지각한 놈이 할 말이 아니지. 세이스케에게도 폐를 끼쳤다고."

"아, 아닙니다. 저는 딱히."

내가 끼어들었다.

"세이스케는 집이 가깝잖아요."

"네놈도 멀다고는 할 수 없어."

나는 에이키 씨가 30분이 지났는데도 나타나지 않은 시점에, 그러니까 도쿠지 씨가 에이키 씨에게 전화를 건 직후에 불려 나왔다. 선견이 있었던 도쿠지 씨가 내게도 전화를 건 것이다. 세이스케, 미안하지만 바로 나올 수 있겠나? 하고.

나도 그 전화 때문에 잠이 깼지만, 에이키 씨도 말했다시피 집이 가까워서 30분 후에는 벌써 가게에 나와 있었다. 아직은 고기를 다지고 각종 샐러드를 만들 수 있는 정도. 그래도 없는 것보다는 낫다고 생각했다.

그런데 상황이 이렇게 돌아가다 보니, 어째 에이키 씨

에게 미안하다. 마치 에이키 씨의 지각을 부각하기 위해 헐레벌떡 뛰어온 것 같다.

"네가 만약 혼자 가게를 하고 있었다면 어떻겠어?"

도쿠지 씨가 에이키 씨에게 추궁한다.

"이 정도 일 하나에도 여차하면 가게 문을 못 열 수도 있다고. 손님이 일부러 여기까지 사러 왔는데, 가게 문을 못 열어 봐. 정기 휴일도 아닌데, 셔터에 뭐라고 쓴 종이 한 장 안 붙어 있고. 그런 가게는 금방 망해."

"지금 나 혼자서 하는 거 아니잖아요. 그랬으면 이렇게 지각하지 않죠."

"자기 가게가 아니니까 지각도 할 수 있다는 거야?"

"그런 말이 아니고요."

"내 가게는 망해도 좋다는 거야, 뭐야?"

"여보."

우타코 씨가 얼른 중간에 나선다.

"그렇게 심한 말이 어디 있어."

"당신이 오냐오냐하니까, 저놈이 이래도 되나 보다 하는 거라고. 대충 해도 된다고 말이야."

"아니, 그게."

"그게 뭐?"

"아무것도 아니에요."

"말해 봐."

"오래 같이 일하다 보니까, 자식 같은 기분이 들어서 그래요."

"자기 자식이면 더 철저하게 가르쳐야지."

도쿠지 씨와 우타코 씨는 자식이 없다. 아이가 생기지 않았다. 생길 수 없다는 것을 알고도 도쿠지 씨는 우타코 씨와 결혼했다. 가즈미 씨가 말해 주었다. 가즈미 씨는 우타코 씨 본인에게 직접 들은 듯하다.

"에이키."

도쿠지 씨가 말한다.

"네."

"한 번 더 이러면, 나도 생각을 다시 할 거야. 네 아버지 다미키와 친구이기는 해도, 이건 별개의 얘기야."

"해고하겠다는 말씀인가요?"

도쿠지 씨는 대답하지 않는다. 그런 말이 에이키 씨 입에서 나왔다는 것에 놀란 듯 보인다.

우타코 씨가 걱정스러운 표정으로 두 사람을 번갈아 본다.

나는 그런 세 사람을 본다. 속으로, 조마조마하다.

벌써 오전 10시가 넘은 시간. 그날의 첫 손님이 온다.

"어서 오십시오."

그렇게 인사하면, 겨우 몸이 움직인다.

이런 시작은 별로 좋지 않다. 가게에서 일한 적이 있는 사람은 이해할 수 있을 것이다. 가게 문을 열 때 분위기가 좋지 않으면, 그 여파가 꽤 오래간다.

*

그리고 며칠 지나서, 집으로 뜻밖의 손님이 찾아왔다.

나는 요리사 자격시험 공부를 하고 있었다. 밤 9시가 조금 넘어, 삐웅삐웅 인터폰이 울렸다. 누구지 싶어 약간 긴장했다. 쓰루기일지도 모른다는 생각에 수화기를 들었다.

"세이스케, 오랜만이다. 나, 종숙이야."

"에?"

"돗토리의."

"아, 네."

현관문을 열었다. 틀림없는 후나쓰, 후나쓰 모토시 아저씨. 나의 종숙. 오랜만이라고 할 정도는 아니다. 그때에서 아직 반년이 지나지 않았다.

"웬일이세요?"

"도쿄에 올 일이 있어서, 너는 잘 지내나 하고."

"그러세요."

"좀 들어가도 되겠니?"

"들어오세요."

집 안으로 들였다. 이미 깔아 놨던 니토리의 이부자리를 접어 공간을 만든다.

그리고 일단, 차를 대접한다. 병에 든 녹차를 머그잔에 따라 레인지에 데운다. 쓰루기가 왔을 때도 그런다. 아니, 쓰루기가 제멋대로 그렇게 한다.

미니 테이블 좌우로 모토시 아저씨와 마주 앉는다.

"8시 전에 한 번 왔었어. 그런데 없는 것 같더라."

"아, 그러세요. 그때는 아직 일하는 중이라서."

"무슨 일을 하는데?"

"반찬가게요. 상점가에 있는."

"호오. 가게 이름이?"

"다노쿠라입니다."

"오오, 딱 반찬가게 같은 이름이군. 아르바이트?"

"네. 앞으로 요리사 자격시험을 볼까 해서."

"그렇구나. 뭐가 되었든 자격증을 따면 좋지."

모토시 아저씨가 머그잔에 든 녹차를 마신다.

"아르바이트지만, 그래도 일은 착실하게 하고 있는 거구나."

"그런대로."

"생활도 걱정 없겠고."

"빠듯합니다."

"그래도 다행이다. 안심이야."

"감사합니다."

"내가 도쿄에 대해서 잘 몰라 그러는데, 이 부근이 살기 좋은 곳이냐?"

"좋은 곳이라고 할 정도는."

"월세, 얼마지?"

"5만 6,000엔이요."

"오호, 생각보다 싼데. 돗토리만큼은 아니어도."

"도쿄에 무슨 볼일이 있었는데요?"

"볼일이라고 하면 볼일인데. 나도 여기서 일할까 싶어서."

"그쪽 일은 어떻게 하고요?"

홈센터 일이다.

"이쪽에서 좋은 일자리를 찾으면 그만둘 거야. 뭐하면 지금 이대로 그만둬도 되고. 어차피 시간제로 하는 일이니까 말이지."

"그건 별로."

"좋지 않다?"

"음, 뭐."

"상관없어. 회사도 시간제는 적당히 다루니까. 정규직으로 전환될 수도 있다고 하지만, 그게 다 겉만 번지르르한 거짓말이지. 대학교 막 졸업한 신규 채용이나 다를 바 없이 조건이 까다롭다고. 그래서 누가 정규직이 될 수 있겠느냐고."

모토시 아저씨가 방을 돌아보며 말한다.

"그래서 말인데."

"네."

"30만 엔 정도, 좀 빌려줄 수 없을까."

"네?"

"30만. 돈, 있지? 공제보험금도 나왔잖아. 네 엄마의."

"아, 그거요. 그래 봐야 100만인데."

"100만. 충분하잖아. 그중에 30만만, 도와줘."

왜요? 하고 따지고 싶어진다. 도와 달라는 말이 돈을

빌리겠다는 뜻이 아니라는 걸 알았다. 표정으로 그게 전해졌을 것이다. 모토시 아저씨가 말한다.

"장례식 때도 그렇고, 유품 정리다 뭐다 내가 많이 도와줬잖아. 아니지, 거의 내가 한 거나 다름없잖아? 업자 부를 때도, 내가 돈을 얼마나 깎았는데. 원래 같으면 그 돈으로는 안 되는 거라고. 그러니까, 그 정도는 해 줘도 되지 않겠어? 그래도 내가 네 사정 봐서 30이라고 하는 거야. 50은 줘야 한다고 생각하지만."

"아니, 그건."

"그건, 뭐?"

"아무리 그래도 힘듭니다."

"50이 힘들면 30이라도 괜찮아."

"아니요. 30도."

"장례다 뭐다 해서 나도 일을 며칠이나 쉬었다고. 그만큼 벌이도 줄었고. 알아? 보통은 사촌 장례 때문에 일을 쉬지 않는다고. 그런데 나는 쉬었어. 그 정도는 생각해 줘도 되잖아."

"음."

"음, 이 아니지. 너, 내 은혜를 입었잖아."

은혜를 입었다. 굉장한 말이다. 은혜. 그야말로 은혜를 입은 쪽이 하는 말 아닌가.

좁은 원룸 안에 불온한 분위기가 흐른다. 쓰루기와 가노와 마주쳤을 때도 이 정도는 아니었다. 적어도 두 사람 중 하나는 친구 쓰루기라는 안도감이 있었다. 지금은 없다. 그래도 모토시 아저씨는 친척인데.

더 이상 분위기가 나빠지면 곤란하다. 하지만 말해 버린다.

"50만 엔. 엄마가 빌린 거 맞습니까?"

모토시 아저씨가 즉각 반응한다.

"뭐? 내가 거짓말을 했다는 거냐?"

난데없이 그런 말을 들으니 화가 난다, 는 뜻으로 해석할 수도 있다. 그러나, 아픈 곳을 찔려 당황했다, 는 뜻으로 해석할 수 없는 것도 아니다.

"허, 어이가 없군. 피붙이에게 의심을 받다니. 장례를 거들고 다른 일도 이래저래 도왔는데, 돈이나 후리는 사람 취급이라니."

그렇다고는 생각지 않는다. 처음부터 그럴 의도가 있었다고는 생각지 않는다. 하지만 어느 시점에 이용할 수 있겠다고 여기지 않았을까. 그렇게 의심하고 있다. 근거는 없다. 그런데 의심하고 있으니, 나 스스로를 비열한

놈이라고 생각한다.

　모토시 아저씨도 말이 없다. 침묵이 무겁다.

　억지로 입을 연다.

　"좀 생각해 보겠습니다."

　"생각할 일이야, 이게? 생각한다고 뭐라 달라지는데?"

　"모르겠지만, 아무튼."

　쳇, 하고 혀를 찬다. 숨길 뜻이 없는 쳇, 상대가 들으라고 하는 쳇. 피붙이에게서는 그다지 들을 수 없는 쳇.

　"그럼, 뭐, 생각해 봐."

　모토시 아저씨는 될 대로 되라는 식으로 말한다.

　"그래도 오늘 밤은 여기서 재워 주겠지?"

　"아니요, 그건."

　"그 정도는 할 수 있잖아."

　"친구가 오기로 했습니다."

　"지금?"

　"네. 아르바이트 끝나면."

　순간적으로 거짓말을 했다. 지금 이 집에 모토시 아저씨를 재우는 건 좋지 않다. 그대로 눌러살 수도 있다. 아니, 확실하게 그런 예감이 들었다. 그건 싫다.

　쓰루기를 상정했다. 전에는 아르바이트가 끝나는 길에

오곤 했다. 뭐하면 지금 정말 불러도 된다. 거짓말이 되지 않도록 하기 위해서라도. 이쪽에서 오라고 하면 쓰루기는 올 것이다.

모토시 아저씨도 기를 쓰고 있으려 하지는 않는다. 차를 다 마시고는, 일어선다.

"할 수 없지. 간다. 숙소를 찾아야 하니까."

"죄송합니다."

"그렇게 사과할 거면 그냥 재워 주면 되잖아. 아무튼, 그건 됐고. 빨리 생각해. 그럼, 또 보자."

마지막에 또가 붙는다. 역시 붙는구나 하고 생각하면서, 대답한다.

"네."

모토시 아저씨가 현관에서 천천히 구두를 신는다. 나간다.

현관문을 닫는다. 바로 잠그고 싶은데, 10초를 기다린다. 하나에서 열까지, 정확하게 센다. 그리고 소리 나지 않게 문을 잠근다. 이어서 도어체인도 건다.

도어체인. 걸 때마다 엄마가 떠오른다. 그러니까, 매일.

*

휴식 시간은 정해져 있지 않다. 조리의 진행 상황이나 손님들의 발길을 보고서 적당한 때에 쉰다. 기본적으로 한 명씩. 가끔 도쿠지 씨와 우타코 씨가 쉬라고 하는 적도 있다. 오늘은 도쿠지 씨.

"가즈미 씨와 세이스케, 같이 쉬어."

가즈미 씨와 나는 2층에 올라가 휴게실에서 쉰다. 둘이, 동그란 의자에 앉아서.

반찬가게 다노쿠라에서는 아무도 담배를 피우지 않는다. 옛날에는 도쿠지 씨가 피웠다는데, 우타코 씨의 20년에 걸친 설득이 드디어 결실을 맺어 끊었다고 한다. 그래서 휴게실에 재떨이가 없다.

휴식 중에는 딱히 뭘 하지 않는다. 기껏해야 스마트폰을 보는 정도.

"세이스케 씨, 중학교 때 동아리 활동 뭐 했어?"

"중학교 때요? 육상부였는데요."

"그렇구나. 종목은?"

"허들이요."

"호오. 대단하네."

"대단하기는요. 뭐든 하라고 하니까, 그냥 들어갔을 뿐입니다. 달리기도 잘 못 해서, 기술로 꼼수를 부릴 수 있지 않을까 해서 허들을 한 거죠."

"그래서, 꼼수가 통했어?"

"아니요, 전혀. 100미터 달리기를 잘하는 친구가 역시 허들에서도 나보다 빠르더라고요. 기술도 좀처럼 익혀지지 않았고. 2학년 돼서야 겨우 요령을 터득해서, 허들을 넘는 폼 하나는 깔끔하다는 소리를 들었어요. 그런데 그냥 깔끔할 뿐이지 속도는 없었다는. 그래서 대회에는 거의 못 나갔습니다."

"좋네. 빠르지는 않아도 깔끔했다는 게. 여기서 일하는 모습처럼. 아차, 이렇게 말하면 실례인가. 빠르지 않다는 건 좀 심했다."

"아닙니다. 빠르기는커녕 늦죠. 깔끔하지도 않고."

"그렇지 않아. 일을 얼마나 꼼꼼하게 하는데. 나보다 훨씬 꼼꼼해."

"설마요. 내가 가즈미 씨보다 잘하는 건, 무거운 걸 잘 드는 정도죠."

"에이, 무슨 소리."

가즈미 씨가 피식 웃는다.

"그런데, 동아리 얘기는 왜요?"

"아, 맞다. 준야가 4월이면 3학년이 되는데, 밴드를 하겠다는 거야."

"밴드요?"

"응. 이때껏 동아리 활동 하나 안 했는데, 지금 와서 느닷없이. 문화제 때 음악실이라나 시청각실이라나, 아무튼 그런 데에서 라이브 공연을 할 수 있다면서."

"중학교에서, 그거 좋은데요. 그래서 가즈미 씨는 반대인가요?"

"입시가 있잖아. 그런 한편으로 하라고 하고 싶은 마음도 조금은 있어. 준야가 제 입으로 뭘 하고 싶다고 말한 것도 처음이고. 그런데 얘기를 잘 들어 보니까, 어쩔 수 없이 하는 것 같아."

"그게 무슨 말이에요?"

"기타하고 보컬을 다른 아이에게 뺏겨서, 드럼과 베이스 중에서 골라야 한대. 그런데 또 다른 아이가 자기는 드럼이 좋다고 한 것 같아. 둘 중에 하나가 아니라, 거의 하나. 제일 수수한 베이스. 그래도 본인은 하고 싶어 하지만."

"나도 베이스 한 적 있어요."

"정말?"

"네. 여유가 없어서 그만뒀지만. 고등학생 때 시작해서

대학 그만둘 때까지 죽 했어요."

"미안하네. 제일 수수하다고 해서."

"괜찮습니다. 실제로 수수하니까."

"그럼, 밴드 활동도 했어?"

"했죠."

"밴드는 어때?"

"재미있습니다."

"도움이 돼?"

"되지 않을까요, 제대로 성실하게 하면."

"제대로 성실하게. 준야가 그럴 수 있을까 모르겠네."

"그리고 아마, 친구가 많이 생길 겁니다. 밴드라는 게, 신기하게 사이가 좋지 않은 사람끼리도 할 수 있거든요. 사이는 안 좋아도 소리는 잘 맞는 경우도 있고."

"호오, 그래."

"물론 사람도 소리도 잘 맞는 게 최선이지만요."

이 말은 정말이다. 예를 들어 쓰루기. 소리도 사람도, 나와 잘 맞지 않을지도 모른다. 그런데도 같이했다. 밴드가 아니었으면, 절대 못 했을 텐데.

"악기는, 시작하려면 빠른 편이 좋아요. 나도 중학교 때부터 시작했으면 실력이 좀 더 좋아졌을 거예요. 괜히 허들 같은 거 넘지 말고 베이스를 했으면 좋았을 텐데. 하기야, 고등학교 때 시작해도 늦지는 않지만요. 재능이 있는 사람은 별 시간 들이지 않고도 잘하니까."

"베이스, 어려워?"

"연주하는 곡에 따라 난이도가 완전히 달라요. 어이없게 간단한 곡도 있고, 진짜 어이없게 어려운 곡도 있고. 그런데 어려운 곡이라도 스스로 편곡하면 되니까 아예 할 수 없는 건 아닙니다. 좋은 베이스 라인을 만들었을 때는 얼마나 기분이 좋은데요."

"가격이, 얼마나 하려나?"

"비싼 것은 비싸지만, 2만 엔 정도 하는 싼 것도 있습니다."

"2만 엔이라. 싸다고 하는데, 내게는 그것도 비싸네."

"더 싼 것도 있기는 한데, 너무 싼 건 피하는 게 좋아요. 넥이 잘 휘기도 하고 튜닝을 해도 음정이 잘 안 맞는 경우도 있거든요."

"물건이 좋지 않다는 뜻이야?"

"그렇다고도 할 수 있지만, 악기는 같은 메이커에서 같은 모델로 나온 것이라도, 하나하나가 조금씩 미묘하게 다르거든요. 그런데 너무 싼 건 불량품일 가능성이 높아서."

"아, 그렇구나."

"그래도 요즘에는 2만 엔 정도 주면 그런대로 쓸 만할 겁니다. 미안합니다. 괜히 헷갈리게 해서."

"2만. 다음 달에나 사 줄 수 있겠네. 아니지, 다다음 달이나 되려나. 저녁 반찬도 늘 얻어 가는 처지라."

"아."

그런 반응밖에 할 수 없다.

나도 빠듯하게 살지만, 가즈미 씨도 빠듯한 것이다.

"미안해. 세이스케 씨에게 이런 푸념을 하면 안 되는데. 나보다 훨씬 힘들 텐데. 아니지, 힘들 거라고 내가 단정하는 것도 이상하네. 미안해."

"아닙니다. 괜찮아요. 실제로 힘들게 버티고 있으니까요."

그렇게 말하고서 생각한다.

"아니죠. 나야말로 힘들다고 하면 안 되겠죠. 나는 혼자지만, 가즈미 씨는 둘. 준야도 있잖아요."

"내 입장에서는 세이스케 씨가 훨씬 더 힘들어 보이지. 나는 준야가 있어서 힘을 낼 수 있고, 여차하면 의지할 수 있는 부모님도 있는데. 하기야 지금은 연금 생활을 하고 있어서 무턱대고 의지할 수는 없지만, 그래도."

가즈미 씨는 스무 살인 내게 그런 말까지 한다. 쓸데없는 허세를 부리지 않는다. 남녀 모두에게 벽을 만들지 않는 사람이다. 본받아야 한다.

"저, 가즈미 씨."

"응?"

"이런 거 물어서 어떨지 모르겠는데."

하면서도 묻고 만다.

"양육비는 보통 생활이 가능할 정도로 받을 수 있는 건가요?"

"무슨 소리, 절대 못 받아. 전남편이 연예인이나 사장 정도 되면 모를까, 양육비만으로는 못 살아. 일반 사람들은 아예 한 푼도 못 받는 사람이 더 많을걸."

"그런가요?"

"그래. 처음에는 주지, 그러다 이런저런 이유를 대면서 주지 않아, 보통. 이제 그만큼 하면 됐지, 하고 멋대로 생각하는 거지. 우리는 액수가 적어졌을 뿐이지만, 아예 못 받는 사람도 있다고 들었어."

"그래도 되는 건가요?"

"그러면 안 되지만, 현실적으로는 그렇지 않은 거지.

청구해도 상대가 무시하니까, 변호사를 찾아가 상담하고 어쩌고 하는 사이에 아내 쪽이 지쳐서, 아 몰라, 이제 상관하고 싶지 않아, 그렇게 되는 거 아니겠어. 변호사도 맨입으로 살 수 있는 게 아니니까."

"그렇, 겠죠."

"양육비는 지불하지 않으면서 자식은 만나게 해 달라고 하는 얌체 같은 전남편도 있대."

"가즈미 씨는?"

"우리는 별문제 없어. 뭐, 액수가 적어졌기 때문에 사실 만나게 해 주지 않아도 되지만."

"만나고 있나요?"

"응. 그건 준야의 권리이기도 하니까. 그래도 매달은 아니야. 지금은 반년에 한 번. 다음에 만날 때, 준야더러 아빠에게 베이스 사 달라고 조르라고 해 볼까. 하하, 물론 농담. 세이스케 씨도 이혼은 안 하는 편이 좋아. 정말, 힘들어. 후, 그래도 하게 되는 게 이혼이지. 하고 마는 게 인간이고."

"참고 차원에서, 궁금한 게 있는데요."

"뭔데?"

"하길 잘했다고 생각하나요? 이혼."

"글쎄. 안 하는 게 가장 좋겠지만, 하지 않을 수 없었으니까, 하길 잘했다고 봐야지. 하마나에서 세리자와로 돌아와서 얼마나 속이 후련하던지."

"하마나."

"예전 성이야. 본의 아니게 성이 달라져서 준야에게는 미안하지만. 그래도 하마나였던 기간보다 세리자와가 더 길어서, 이제는 익숙해졌나 봐. 준야가 초등학교에 들어갈 때쯤에 바꿨어."

하마나에서 세리자와가 된 준야. 우리 아버지와 똑같다. 아버지도 스루가에서 가시와기가 되었다.

나는 아버지와 어머니를 모두 잃었지만, 성은 한 번도 바뀌지 않았다. 그나마 다행일 수도 있다. 아오바처럼 두 번이나 바뀌는 사람도 있으니까.

"세이스케 씨는 지금 내가 한 얘기 참고하지 않게 해."

"네?"

"이혼하지 않게 하라는 말."

"아, 네."

"뭐, 세이스케 씨는 괜찮겠지."

"그건 모르죠."

"이혼해도, 양육비는 꼬박꼬박 줄 것 같아."

"그렇게 보이면 다행이죠."

"뭐지, 우리 이 대화."

가즈미 씨가 웃는다. 웃어도 되는 일일까? 하고 생각하면서 나도 웃는다.

"가즈미 씨, 미안한데. 좀 내려와 줄 수 있을까?"

1층에서 우타코 씨 목소리가 들린다.

"네."

가즈미 씨는 동그란 의자에서 일어난다. 나도 따라 일어난다.

"세이스케 씨는 좀 더 쉬어."

"아닙니다."

그리고 둘이 좁은 계단을 내려간다.

가게로 돌아오는 이 순간을, 나는 이제 좋아한다. 카페에서 아르바이트를 할 때는 느끼지 못했던 감정이다. 그 무렵에는 늘, 아, 쉬는 시간 벌써 끝났어, 하고 생각했다. 손님 좀 없으면 좋겠다, 하고도. 지금은 손님 좀 많이 안 오나, 하고 생각한다. 만에 하나라도 반찬가게 다노쿠라가 망하지 않도록.

*

월요일. 오늘은 에이키 씨가 쉬는 날이다. 드문 일이다. 월요일에는 늘 내가 쉬었는데, 가끔은 연휴를 쓰라면서 에이키 씨가 화요일을 양보해 주었다.

상점가에는 수요일이 정기 휴일인 가게가 많다. 여성 복전문점 데지마도 수요일. 하지만 쉬지 않는 가게도 있다. 리큐어숍 고보리는 연중무휴. 설날에만 쉬는 듯하다. 신사쿠 씨와 유사쿠 씨 부자가 그럭저럭 꾸려 나가고 있는 것이다.

월요일 오후 3시가 조금 지난 무렵. 상점가가 잠시 소강상태에 들어가는 시간대. 가게 앞에 서 있는데, 한 여자가 다가왔다.

걸음을 멈추고, 우선은 튀김 종류를 죽 살펴보고, 그리고 나를 본다.

너무 뚫어져라 쳐다봐서, 말하고 만다.

"어서 오십시오."

20대 초반. 나보다 조금 많은 정도. 그 나이 대의 여자가 혼자 오는 일은 많지 않다.

잠시 틈을 두고서, 여자가 말한다.

"네가 수하로구나?"

"네?"

"에이키 씨가 그러던데, 자기 수하라고."

"수하, 라고요?"

"응. 처음 생긴 후배. 그래도 수하는 좀 심했지. 하지만 좋아하는 표정이었어. 보통은 가게 얘기 잘 안 하는데, 놀랐어."

"에이키 씨를 잘 아세요?"

"응. 지인. 여친."

"에?"

"그래서 많이 알아. 이치노에서 여기로 다니고 있고, 지각을 잘한다는 것도. 너에 대해서도 조금 들었어. 여러 가지로 힘들다는 것도 그렇고, 에이키 씨랑 달라서 지각 하지 않는다는 것도. 뭐, 그건 내가 물은 거지만. 에이키 씨가 수하라고 해서."

"저, 오늘 에이키 씨는 쉬는 날인데요."

"알아. 그래서 온 거야. 주인 어르신 계셔?"

"네. 불러 드릴까요?"

"부탁할게."

2층에 대고 소리를 지르려는데, 마침 도쿠지 씨가 내려왔다.

"도쿠지 씨, 손님이 왔는데요."

"알았어."

도쿠지 씨가 이쪽에 와서 내 옆에 선다.

"음, 어느 분이지?"

"처음 뵙겠어요. 노무라라고 합니다. 노무라 안나예요."

노무라 안나 씨, 라고 한다.

"에이키 씨의."

내가 말을 꺼냈는데,

"여자 친구예요."

안나 씨가 말했다.

"아, 그래요."

"에이키 씨가 신세를 많이 지고 있죠?"

"아니 뭐, 내가 오히려 그렇지. 그런데, 무슨 일이지? 오늘 에이키는 쉬는 날인데."

도쿠지 씨도 나와 똑같은 말을 한다.

"네. 그래서 찾아뵀어요."

안나 씨도 똑같은 대답을 한다. 그리고 얼른 머리를 숙인다.

"지난달에는 죄송했습니다."

"에? 무슨 말인지?"

안나 씨가 머리를 들고 말한다.

"에이키 씨가 말도 안 되게 지각을 해서요."

그러고는 또 머리를 숙인다.

"아, 그게 벌써 지난달인가."

이번에는 안나 씨가 5초 정도 기다렸다가 겨우 머리를 들었다.

"2시간이나 지각했다면서요? 에이키 씨에게 듣고는, 저도 놀랐어요. 그리고 화 많이 냈어요. 바보 아니냐고, 우리 가게 같았으면 그 자리에서 잘렸을 거라고요."

"우리 가게?"

"아, 제가 아르바이트하는 가게요. 쓰키시마에 있는 햄버거숍에서 일해요."

쓰키시마. 몬자야키(해산물과 각종 채소를 섞어 철판에 구워 먹는 로컬 음식. 오코노미야키와 비슷하지만 다소 묽어, 풀 같은 형태 – 옮긴이)로 유명한 곳이다. 아마 주오구일 것이다.

"에이키 씨가 지각한 거, 제 탓이에요. 전날 밤에 둘이 술을 꽤 마셔서. 그날이 제 생일이었거든요. 그래도 그런 건 이유가 안 되죠. 정말 죄송합니다. 그래서, 저, 이걸."

안나 씨가 손에 들고 있던 종이 백을 도쿠지 씨에게 건넨다.

"이게 뭐지?"

"과자예요. 쿠키."

"아니, 이런 걸 왜?"

"같이 드세요. 에이키 씨 빼고요."

"그럼, 사양은 않겠지만. 그 생일날 몇 살이 되었지? 아
차, 여자 나이 묻는 건 실례인가."

"괜찮아요. 스물셋입니다."

"그럼 에이키보다 한 살 아래군."

"네."

"그런데 에이키보다 훨씬 야무지군."

"아니에요. 그렇지도 않아요. 에이키 씨가 야무지지 못
한 건 분명하지만요. 그날도 좀 흥분한 탓에 술이 과했어
요. 그래서 알람을 설정하는 걸 깜박한 모양이에요."

"그럼, 그 녀석이 잘못한 거지."

그렇게 말하는 도쿠지 씨 목소리에 웃음기가 섞여 있
었다.

"정말, 정말 죄송합니다. 제가 두 번 다시 지각하지 않
도록 할게요. 그러니까 용서해 주세요. 해고하지 마세요."

"해고라니, 에이키 그놈이 그러던가?"

"네. 다음에 또 한 번 지각하면 해고라고요."

"그건, 그놈이 하는 말이지. 나는 다음에 지각하면 생

각해 보겠다고 했어. 물론, 그렇게 말하면 에이키 그놈은 그렇게 받아들일 거라는 건 알고 있었지만."

그러고는 휙 돌아본다.

"세이스케 너도 그렇게 해석했지?"

"음, 글쎄요. 그런 것 같기도 하고, 아닌 것 같기도 한데요."

"걱정 마. 자르지 않을 테니까. 그래도 이 가게가 망하면 해고고 뭐고 없으니까, 그렇게 되지 않도록 나도 힘쓰지."

"에이키 씨도 열심히 하라고 할게요. 그리고 저, 제가 사과하러 왔다는 말은 에이키 씨에게는 비밀로 해 주세요. 그 과자도 가능하면. 이런 거, 에이키 씨가 싫어할 거예요."

"알았어. 말하지 않지. 과자도, 상점가 아는 사람에게 받았다고 하고."

"감사합니다."

이어 안나 씨가 내게도 말한다.

"수하에게도 잘 부탁할게."

"네. 말 안 할게요."

수하인 나도 말한다.

"그럼, 가 볼게요. 일하시는데 방해해서 죄송합니다."

"아니야. 이 시간대에는 좀 한가하니까. 혹시 다이어트하나?"

"아니요. 하려고는 하는데, 아직 시작 안 했어요."

"그래. 그럼, 튀김도 먹고?"

"네."

"그럼 크로켓 좀 가져가. 세이스케, 서너 개 담아 봐."

"네."

대답하고는 바로 집게를 잡는다.

"아, 아니에요. 제가 살게요."

"그럴 거 없어. 여기까지 일부러 찾아왔는데."

"좋아하는 거 있어요?"

"아무거나 다 좋아해."

내가 묻자, 안나 씨가 대답한다.

"그럼, 크로켓과 게살크림, 햄커틀릿, 치킨커틀릿. 그리고 멘치도."

도쿠지 씨가 읊은 다섯 가지를 플라스틱 용기에 담는다. 치킨커틀릿과 멘치는 크기가 커서, 용기가 두 개가되었다. 고무줄을 끼우고 하얀 비닐 봉투에 담아 안나 씨에게 건넨다.

"감사합니다. 제가 사야 하는데."

"무슨 소리. 밤에 간식으로 먹어 봐. 데우면 그런대로 맛있을 거야."

"에이키 씨도 그렇게 말하던데요. 우리 가게 튀김은 다시 데워도 맛있다고요."

"흠, 다이어트는 안 해도 여자가 밤에 튀김을 먹는 건 좋지 않으려나."

"저는 아무렇지 않아요. 생일날 밤에도 에이키 씨랑 밤 늦게까지 마셨는데요, 뭐. 그럼, 감사히 받겠습니다. 안녕히 계세요."

마지막으로 한 번 더 머리를 숙인 후, 안나 씨가 돌아섰다.

그 모습이 완전히 보이지 않을 때까지 기다렸다가, 도쿠지 씨가 말한다.

"정말 참한 아가씨로군."

"네."

"에이키 그놈에게는 아까워."

그렇다고 동의할 수 없어, 말한다.

"글쎄요, 어떨지."

"사람 생일에 떠들썩하게 노는 거 좋군."

"네?"

"자기 생일 말고, 다른 사람 생일 말이야."

"아, 네."

"에이키 녀석에게 저렇게 좋은 여자 친구가 있었군."

"그러네요. 부럽습니다."

"세이스케는 없어?"

"없습니다. 연애할 때가 아니죠."

"그렇게 생각할 거 없어. 돈이 없어도, 여자 친구는 있는 편이 좋다고."

"그야, 뭐."

"참 알 수 없단 말이야. 형편없는 남자가 여자 복이 있는 경우가 더러 있어. 나도 그렇고."

"와, 그랬어요?"

"어. 그 여자 친구가 우리 마누라. 가즈미 씨 휴식 시간 끝나면 세이스케도 쉬어."

"네."

"2층에 신사쿠 씨가 준 캔 커피가 있으니까, 그것도 마시고."

"네, 잘 마실게요."

도쿠지 씨가 주방으로 돌아간다. 저녁 반찬을 사러 오

는 손님을 위해 또 크로켓을 튀겨야 한다.

"아, 참."

주방에서 도쿠지 씨가 말한다.

"세이스케도 다음 주부터 크로켓 튀겨 봐."

"와, 그래도 되는 겁니까?"

"그래. 자네가 튀겨 주면, 나도 일손을 덜어 좋지."

*

모토시 아저씨가 가게로 찾아온 것은 그다음 주. 바로 내가 처음 크로켓을 튀긴 날이었다.

집으로 찾아온 후로 연락이 없어서, 포기했나 여겼다. 돗토리로 돌아갔을지도 모른다고 내게 유리하게 생각했다. 내가 그렇게 반응했으니, 기대도 하지 않았을 것이라고.

나는 평소대로 가게 앞에 나와 있었다. 걸어가는 모토시 아저씨의 모습을 보았을 때, 아아, 하고 생각했다. 놀란 표정이었을 것이다. 그 놀람이 낙담으로 바뀌는 것을 숨길 수 없었다.

"오, 정말 일하고 있군."

"그야, 당연히 그렇죠."

가볍게 대답하려 했는데, 말투가 다소 강해졌다.

"어때? 생각해 봤어?"

질문에는 대답하지 않고, 거꾸로 물었다.

"계속 도쿄에 있었나요?"

"그렇지. 아는 사람이 전혀 없는 건 아니거든."

"다니던 가게는 어떻게 하고요?"

"그만뒀어. 여기도 비슷한 가게가 있으니까, 그런 곳에서 일할 거야."

"그러세요."

"크로켓, 50엔이군. 어디 하나 줘 봐."

"네."

"그냥 줄 수 있지?"

"아니요. 내 마음대로 할 수 없습니다."

"농담이야. 나도 50엔 정도는 낼 수 있다고."

50엔짜리 동전을 받아 들고, 크로켓을 기름종이에 담아 건넨다.

내가 처음 튀긴 크로켓을 먹는 모토시 아저씨. 세상에는 참 묘한 인연도 있다. 별 의미는 없는데 마음을 뒤흔드는, 그런 우연이.

"여기서 먹어도 되지?"

"네. 가게 앞에서 드세요. 걸어가면서 먹으면, 다른 사람에게 방해가 되고 길도 더러워집니다."

"그래도 먹는 사람, 없어?"

"있기는 하지만, 일단은 그렇게 부탁드립니다."

"흐음."

모토시 아저씨가 크로켓을 한 입 먹는다.

"오호. 맛있는데. 하기야 크로켓은 다 맛있지만."

기대하지 않은 칭찬이라, 별로 기쁘지도 않다. 내가 튀겨서 맛있는 게 아니다. 크로켓 자체가 맛있는 거다. 하지만 맛있다고 칭찬해 주면, 만든 쪽은 뿌듯하다. 보통은 그런데.

"그래서 말인데, 어떻게 좀 해 봐, 30만. 100만 엔 중에 30만이라고. 그 정도는 줘도 되잖아. 이런 말은 하고 싶지 않은데, 전에 받은 50만도, 이자를 치지 않은 거라고. 50만 빌려주고 50만을 돌려받은 거야. 원래 같으면 이자를 꽤 붙여서 받아야 하는데. 1년 반은 지났으니까, 10만이 넘어. 악덕 업자 같으면 훨씬 더 받지."

뭐가 어찌 되었든 가게로는 오지 마세요. 그렇게 말하고 싶은데, 말하지 못한다. 크로켓을 사 준 바람에 더욱이 말하지 못한다. 50엔을 내 돈으로 낼 걸 그랬다.

그때, 에이키 씨가 로스커틀릿 트레이를 들고 나왔다. 상품 진열대 구석에 트레이를 내려놓는다. 평소 같으면 내게 뭐라고 말하면서 건넬 텐데, 손님을 상대하고 있다 여긴 모양이다. 그런데 그 상대가 내 앞에서 크로켓을 먹고 있다. 그래서 이번에는 아는 사람이라고 여긴 듯하다.

"누구야?"

내게 묻는다.

"아, 음, 친척입니다."

"친척? 돗토리의?"

"네."

"안녕하세요."

에이키 씨가 인사한다.

"처음 뵙겠소이다."

모토시 아저씨도 인사한다.

그 이상은 어느 쪽도 아무 말하지 않는다. 모토시 아저씨가 뭐라고 말을 할 줄 알았는데, 하지 않는다. 잠자코 있다. 그것도 또 이상하다. 친척이니까, 우리 세이스케가 신세를 많이 지고 있습니다, 하는 말 정도는 해야 한다.

에이키 씨가 주방으로 돌아가기를 기다렸다가, 모토시

아저씨가 내게 말한다.

"가게로 찾아오는 거, 싫지? 나도 오고 싶지 않았어. 정말, 어떻게 해 보라고. 괜히 시간 끌지 말고."

후, 짧게 숨을 내쉬고, 말한다.

"10만 엔 드리죠. 그 돈으로 끝내세요."

"뭐? 아니, 30만이 왜 10만이 되는 거야."

30만은 아저씨가 멋대로 정한 거잖아요. 그런 말을 하지 않는다. 대신 이렇게 말한다.

"그 이상은 드릴 수 없습니다."

모토시 아저씨가 나를 빤히 쳐다보고는, 크로켓을 마저 먹는다. 그리고 빈 기름종이 봉투를 꾸깃꾸깃 구겨서 내게 내민다.

나는 그걸 받아 들고, 발치에 있는 조그만 쓰레기통에 넣는다.

"알았어. 그럼, 줘."

"지금요?"

"지금."

지금은 곤란하다고 생각했다가, 마음을 바꿨다. 지금이 낫다. 빨리 끝내고 싶다. 가게에도 집에도 오게 하고 싶지 않다.

"잠깐 기다리세요."

주방에 있는 에이키 씨에게 말한다.

"저, 먼저 쉬어도 될까요?"

친척이 와서 그런가 보다 했는지, 에이키 씨가 토를 달지 않는다.

"좋아. 천천히 다녀와. 도쿠지 씨에게는 내가 잘 말해둘게."

"괜찮습니다. 오래 끌지 않아요."

오래 걸리지 않는다. 10분 안에 끝낼 생각이다.

"그럼, 죄송합니다. 잠시 나갔다 올게요."

그렇게 말하고 밖으로 나왔다. 하얀 조리복을 입은 채다. 지갑은 바지 뒷주머니에 들어 있다. 현금카드도 그 안에 있다.

"가죠."

모토시 아저씨에게 말한다.

"어디로?"

"우체국이요."

대답을 기다리지 않고 걷기 시작한다. 우체국은 상점가를 벗어나 마루하치 길을 건너면 바로 있다. 도착할 때까지 아무 말도 하지 않는다. 모토시 아저씨의 얼굴도 보지 않는다. 성큼성큼 걸어가면서, 돌아보지 않는다. 마침 신호도 바뀌어, 멈추는 일 없이 우체국에 도착한다.

모토시 아저씨를 밖에서 기다리게 하고, ATM에서 돈을 인출한다. 아이러니하게도, 열 장 전부 신권이다.

밖으로 나와, 그 돈을 그대로 건넨다.

"이 돈은 갚지 않아도 됩니다. 사실 여러 가지로 도움을 받은 건 맞으니까요."

그리고 덧붙인다.

"하지만, 우리 엄마에게 50만 엔 빌려줬다는 거, 정말입니까?"

"또 그 소리. 당연히 빌려줬지."

"정말입니까?"

"정말이라니까."

세상에는 정말이라고 하면서 거짓말을 하는 사람도 있다. 하는 사람이라기보다, 할 수 있는 사람이다. 태연하게 거짓말을 할 수 있는 사람. 상대가 거짓말이라는 것을 알아차려도 조금도 동요치 않을 수 있는 사람.

그렇다. 나는 모토시 아저씨의 말을 거짓말로 여기고 있다. 확신하고 있다. 엄마는 모토시 아저씨에게 돈을 빌리지 않았을 것이다. 모토시 아저씨만이 아니다. 지금이 조금은 있었기 때문에 누구에게도 빌리지 않았을 것이다.

하지만 지금도 여전히 근거는 없다. 그러나 근거 따위는 필요 없다. 남이 한 말을 거짓말이라고 처음 단정했다. 의외로 죄책감은 없다. 그렇다는 걸 아쉽게 생각한다.

조금 전에 건너온 횡단보도의 신호가 파랑으로 바뀌었다.

"그럼, 여기서."

그렇게 말하고 뛴다.

역시 모토시 아저씨의 얼굴을 보지 않는다. 씁쓸한 기분을 곱씹으면서 나는 상점가로 돌아온다. 스나마치긴자, 라고 쓰인 아치 밑을 지나가는 순간, 돌아왔다는 생각이 든다. 어디로? 나의 진지로. 홈으로.

그날, 일을 끝내고 집에 돌아가, 오랜만에 베이스를 쳤다.

5년 정도 사용했고, 끝내 악기점에 팔지 못한 아이바네즈 베이스 기타다. 보디는 검정.

요즘은 전혀 손을 대지 않아, 현이 녹슬었다. 손가락에 가슬가슬한 느낌이 있다. 무엇이든 그렇다. 도구는 사용하지 않으면 퇴화한다.

10만 엔, 엄청난 출혈이다. 정말 뼈아프다. 역시 이 베이스를 팔아 버릴까. 3,000엔이라도 있으면 보탬이 된다. 엿새치 식비가 될 수 있다. 아니, 과연. 엿새치 식비밖에 되지 않는다고 생각해야 할까.

자작곡이 될 수 있을까 해서 차곡차곡 쌓아 둔 프레이즈들을 반복해서 친다. 잊지 않았다. 아니, 치면 바로 떠오른다.

다만, 손가락이 마음대로 움직여 주지 않는다고 느낀다. 벌써 다섯 달이나 치지 않았으니 그럴 만도 하다. 왼손의 집게손가락과 가운뎃손가락과 약손가락과 새끼손가락, 그리고 오른손의 집게손가락과 가운뎃손가락. 딱딱하게 군살이 앉았던 손가락이 야들야들해졌다.

앞으로는 손가락 전체 피부가 두꺼워져야 한다. 어느 정도 열에 견딜 수 있으려면, 도쿠지 씨의 손가락처럼 되어야 한다. 베이시스트의 손가락을 요리인의 손가락으로 바꾸는 것이다.

앰프 없이 베이스를 붕붕 친다. 작심하고 치면, 이 붕붕거리는 소리도 커질 수 있다.

가장 굵은 네 번째 현의 저음부에서 가장 가는 첫 번째 현의 고음부로 휘리릭 올라갔다가, 다시 내려온다. 그리고 마지막으로 네 번째 현의 E 음을 퉁긴다. 두둥우우우

우웅.

그 음에 덮어씌우듯, 후우우우 길게 숨을 내쉰다.

"끝."

마지막 연주다.

*

다음 날. 가게에서 얼굴을 마주하자마자 가즈미 씨에게 불쑥 말했다.

"베이스, 아직 안 샀죠?"

"응?"

"준야 베이스 기타요."

"아. 안 샀지. 아마 다음 달이나 되어야 살 수 있을 거야."

"우, 다행이다. 그럼, 줄게요."

"뭐?"

"내가 사용하던 거라도 괜찮으면."

"안 되지, 그건. 세이스케 씨도 필요하잖아."

"이제 안 할 겁니다. 밴드도 그만뒀고, 베이스 자체도 그만뒀어요. 그러니까 준야가 대신 써 주면 더 좋죠. 중

고지만, 아직은 그런대로 사용할 수 있습니다. 5만 정도
주고 산 거라, 물건은 꽤 괜찮아요."

"받을 수 없지, 그런 걸."

"아닙니다. 받아 주세요. 5만이라고 해야, 벌써 5년 전
에 산 건데요, 뭐. 작년에 악기점에 가져가서 팔려고 했
더니, 가격을 쳐주지 않아서 못 팔고 그냥 갖고 있었어
요. 한동안 전혀 치지 않았습니다. 그러니까 신경 쓰지
마세요. 악기는 하고 싶은 사람이 갖고 있는 게 맞아요."

"그렇다고 해도, 그냥 받을 수는."

"아닙니다. 정말 괜찮아요. 받아 주면 저도 후련할 겁
니다. 실은 좁은 방에서 거치적거렸거든요. 원룸인데, 공
간을 차지해서."

"그럼, 1만 엔이라도 낼게. 그 정도만 해도 나는 득이
니까."

"아닙니다. 정말 괜찮아요."

"그럼, 5,000엔."

"아니에요. 그러면 오히려 비싸게 파는 꼴이 되는걸요.
그럴 생각 없으니까, 그냥 받아 주세요."

"정말 괜찮겠어?"

"네. 음, 어떻게 할까요? 케이스에 들어 있는데, 베이스

가 제법 무거운 악기라서, 가즈미 씨가 들고 가기는 힘들 거예요. 내가 집까지 갖다 드릴 수도 있는데."

"아니야. 준야더러 가지러 가라고 할게."

"에이, 그러면 내가 미안하죠."

"무슨 소리야. 준야도 고맙다는 인사를 해야지."

"그러지 않아도 됩니다. 뭘 대단할 걸 했다고."

"아니지. 대단하지."

결국, 준야가 다노쿠라에 가지러 오기로 했다.

녹슨 현을 교체하지 않고 그대로 주자니 마음에 걸려, 역 건너편에 있는 쇼핑몰 스나모의 악기점에 가서 현을 사 와 교체했다. 그날이 이른 당번이라서 다행이었다. 늦은 당번이었으면 악기점 영업시간에 맞춰 가기가 힘들었을 것이다.

다음 날 오후. 준야가 학교에서 돌아오는 길에 가게에 들렀다. 아는 것은 이름뿐. 처음 만나는 세리자와 준야.

검은 다운 점퍼를 입고 있다. 아마, 스파 브랜드. 내가 입는 것과 똑같을 수도 있다. 얼굴이 가즈미 씨를 조금 닮았다. 꽤 잘생겼다. 보컬이나 기타를 맡았으면 인기몰이를 했을 것 같다. 그런데 베이스를 맡았다는 게 반갑다. 본의는 아니더라도, 기쁘다. 이왕 하는 거 잘해 주면 좋겠다.

"어머나. 못 보는 사이에 이렇게 멋있어졌네."

우타코 씨가 반갑게 맞는다.

"남자는 엄마를 많이 닮나 보군."

도쿠지 씨가 말한다.

"우리 가게 크로켓 먹고 컸으니까 이렇게 멋진 거죠."

에이키 씨도 한마디.

"애, 준야. 세이스케 형에게 고맙다고 인사해야지."

"감사, 합니다."

준야가 어색함을 고스란히 드러낸 채 말한다.

"뭘, 아니야. 앰프 없이 쳐 봐서 잘 모르겠지만, 소리는
잘 날 거야. 마음껏 써."

"혹시 모르는 게 있으면, 물어봐도 돼? 돼요?"

"응. 내가 아는 거면 가르쳐 줄게."

"너, 베이스 말고 공부를 가르쳐 달라고 해."

"아, 씨."

짜증이 아니다. 쑥스러워 하는 말이다.

중학생과 엄마. 안다. 중학생인 남자에게 엄마는 잔소
리꾼이다.

그리고, 그 엄마가 젊어서 죽을 수도 있다는 생각은 아

예 못 한다. 생각할 필요가 없는 것이다. 보통, 그런 일은
잘 생기지 않으니까.

*

이자키 아오바와 가끔 라인으로 연락을 주고받는다.
오늘, 연락이 왔다.

- 세이스케, 아라카와 유원지에 가지 않을래?
- 집 근처에 있다는 거기?
- 응. 가까운데 아직 못 가 봤어. 혼자 유원지 가기가 뭐
  해서
- 유원지는 좀 그렇지
- 그러니까 같이 가 줄 수 있을까? 일 쉬는 날
- 또 수요일이나 월요일이 될 것 같은데
- 기적적으로 춘분이 수요일. 공휴일도 가게 문 여니?
- 그날은 쉬어
- 그럼, 갈까?
- 네가 좋다면
- 좋고말고. 갈 수 있으면 나는 대환영

- 그럼, 가자

- 무리하는 거 아니지?

- 응, 아니야

무리하는 건 아닌데, 좀 신경이 쓰이는 부분이 있다. 비용이다. 하지만 여자에게 그런 말을 할 수는 없다.

그런 생각을 했는데, 아오바가 말했다.

- 돈 걱정은 마. 아라카와 유원지 입장료 200엔

- 정말?

- 정말. 애들 놀이터 같은 곳이라서

- 유익한 정보, 감사

- 기대는 하지 마. 2시간이면 충분할지도

- 2시간에 200엔. 싸다

- 1시간이면 충분할 수도

- 그래도 싸

그렇게 해서, 3월 21일. 춘분날. 오후 2시에 아오바와 만나기로 했다. 도시 전철 아라카와선 아라카와 유원지 앞 역에서.

아라카와선은 전용 궤도를 달리는 노면전차다. 알고는 있었지만, 처음 탔다. 전차면서 버스 같다. 하지만 출발할 때는 땡땡, 종이 울린다. 오오, 땡땡 전차네, 하고 속으로 감동했다.

아오바는 걸어서 온 듯하다.

"집에서 1킬로미터도 안 되는데, 뭐. 미안해. 이렇게 먼 데까지 오게 해서."

"아니야. 마치야까지 30분. 마치야에서 여기까지는 금방이었고. 생각보다 가까웠어."

미노와에서도 올 수 있지만, 지하철 요금이 똑같아서 마치야를 통해 왔다.

역에서 아라카와 유원지까지는 외길. 걸어서 5분도 걸리지 않는다. 바로 근처에 노무라 안나 씨가 일하는 햄버거숍의 이 지역 체인점이 있고, 조금 더 가자 구멍가게도 있다. 아이들 놀이터 같은 유원지로 가는 길. 입지가 좋다.

주택가로 들어서자, 아라카와 유원지가 불쑥 나타났다. 뭐랄까, 학교 같은 분위기다. 울타리 너머 저쪽은 스미다강.

들어가서, 첫인상은 이랬다. 좁다. 공휴일이라 그런지, 그런대로 사람들이 북적거린다. 어디까지나, 그런대로.

어린이광장에 낚시광장, 동물광장, 만남의 광장 등등이 있다. 동물광장에서는 아이들이 말을 탈 수 있는 듯하다. 만남의 광장은 사람들이 만나는 곳인가 했는데, 사람이 염소와 양, 또는 토끼와 모르모트를 접할 수 있는 곳이다.

놀이 기구는 여섯 가지. 많지 않다. 패밀리 코스터와 관람차를 타기로 했다. 아오바는 커피잔도 타자고 했지만, 나 100퍼 멀미할 거야, 하고 사양했다.

패밀리 코스터와 관람차. 10분을 채 기다리지 않았다.

코스터는 우리 나라에서 가장 늦다는 걸 실감할 수 있을 만큼 안정적인 속도. 떨어져도 죽지 않을 만큼의 높이도 좋았다. 완전 느긋해지네. 아오바의 감상은 그랬고, 나의 감상은. 이걸 못 타는 사람은 없겠지.

관람차는 꽤 번듯했다. 원의 직경이 26미터에 높이는 32미터라고 한다. 끼익끼익 거리며 올라가, 짜릿한 스릴을 만끽할 수 있었다.

동네를 이렇게 볼 수 있어 좋네. 아오바의 감상은 그랬고, 나의 감상은. 이걸 못 타는 사람은 없겠지.

좁은 관람차에 아오바와 단둘이. 그런데도 별다른 긴장감은 없었다. 각 관람차 사이의 간격이 좁은 데다, 앞

뒤로 아이들이 타고 있어서였는지도 모른다. 그중 하나, 네다섯 살 되어 보이는 남자아이가 우리에게 손을 흔들어 주었다. 아오바가 손을 흔들고서야 나도 알아차리고, 그쪽을 보며 손을 흔들었다.

그다음에는 녹차를 사 들고, 잔디광장 옆에 있는 벤치에 앉아 잠시 쉬었다.

"정말 싸다."

"응."

"이런 데이트도 좋은데."

"이거, 데이트니?"

"데이트지. 남자와 여자가 둘이 외출했으면, 그건 데이트지. 가령 친구끼리라도."

"그렇구나."

"야에스 지하도에 이어서 아라카와 유원지. 이런 데이트를 좋아하지 않는 여자도 있겠지."

"대개가 그렇지 않을까."

"글쎄. 그런가. 나는 이런 데이트가 좋은데. 사람 많고 복잡한 유원지에서 2시간이나 기다리는 거, 그것만 해도 지치잖아."

"하긴, 그렇지."

"도쿄에 살아 그런지, 돗토리에 있을 때 사구에 좀 더 자주 가 봤을 걸 하는 생각이 들어."

"그래. 그 황량함은 귀중하지."

"맞아. 잔뜩 기대하고 오는 사람들은, 이게 다야? 하고 말하지만."

"생각보다 넓지 않다고 여기는 거지. 지평선이 보인다거나, 그런 게 아니니까."

"사막이 아닌데, 뭐."

"응. 그래도 그런 점이 일본답지 않니. 풍경이 사진 한 장에 쏙 들어오는 거."

"산도 강도 그렇다고 할 수 있지. 너무 크지도, 너무 넓지도 않으니까."

"도쿄도 그렇잖아. 엄청 큰 도시 같은데, 사실은 그렇게 넓지 않아."

"세이스케, 네가 사는 미나미스나마치도 돗토리로 따지면 꽤 가깝고."

"그런데 가깝다는 느낌이 안 드는 게 신기해. 사이에 사람과 건물이 많아서, 거리감이 헷갈리는 건가."

"그렇겠지. 그런데 금방 익숙해지잖아. 도쿄에 온 지 이제 2년인데, 사람이 바로 옆에서 걸어가도 아무 느낌이 없어졌어."

"그러게 말이야. 아침에 그 붐비는 도자이선을 타는 것
도 익숙해졌고. 싫기는 하지만, 그 싫다는 감정에도 익숙
해졌어."

"좋지 않네. 싫다는 감정에 익숙해지는 건."

"좋지 않지. 정말 좋지 않아."

"후, 되게 이상하다. 아저씨 아줌마 같아. 이게 스무 살
끼리 하는 얘기니?"

"그러게 말이다. 아이를 데리고 온 것도 아닌데 여기서
이러고 있는 건. 아, 그런데, 너 스무 살끼리라고 했지?"

나는 문득 떠올라 말했다.

"응."

"된 거야, 스무 살?"

"응, 됐어. 딱 일주일 전에. 14일. 내 생일이 화이트 데
이야. 그래서 다카세 씨가 화이트 데이 선물 겸 술 사 줬
어. 나는 밸런타인데이에 적당한 초콜릿을 대충 선물했
는데."

"초콜릿이라. 1년은 안 먹은 것 같다."

"치, 거짓말."

"아니야. 정말, 안 먹었을걸. 내 손으로는 사지 않으니

까, 초콜릿 같은 거. 특히 요즘 같아서는 순위가 저 아래야. 초콜릿을 사느니 포테이토칩을 사지. 그런데 포테이토칩도 안 사거든."

그런 얘기만 하는 데에도 시간이 흘렀다.

그러다 보니, 어느덧 오후 4시 반.

아오바가 스마트폰을 보면서 말한다.

"와. 2시간이 뭐야. 2시간 반이나 지났어. 음, 1시간에 얼마 꼴이지? 200 나누기 2.5?"

"입장료 외에 코스터와 관람차도 있어."

"그리고, 이 녹차 값."

"녹차 값은 포함시키지 않아도 되지 않나. 유원지에 오지 않았어도 차는 마시잖아."

"그런가. 그렇네."

"600 나누기 2.5 하면, 240엔. 그래도 싸다. 진짜 싸."

아라카와 유원지는 오후 5시 반까지 문을 연다. 사람들이 하나둘 돌아가고 있다. 우리도 벤치에서 일어나, 일찌감치 나왔다.

그때, 담당 직원이 감사합니다, 하고 말해서 우리도 고맙다고 말했다. 아오바는 600엔에 2시간 반이나 있어서 죄송합니다, 하는 말까지 했다.

둘이 아라카와선의 역까지 걸어간다.

"이렇게 주중에 쉬는 것도 좋다. 공휴일을 보통 주말에 붙여서 정하잖아. 연휴가 좋은 건 알지만, 나는 이렇게 주중에 쉬는 게 좋네."

"날짜가 해마다 바뀌면, 사실 공휴일의 의미도 희석되고."

"그래 맞아. 바다의 날 정도는 몰라도, 경로의 날에 정말 어른을 공경할 마음이 드나? 하는 느낌. 아, 또 이런 소리. 완전 아저씨 아줌마다. 나, 우리 엄마가 했던 말, 그대로 반복하고 있어."

왔을 때와 마찬가지로, 돌아갈 때도 겨우 5분. 아라카와 유원지 앞 역이 금방 보인다.

아직 오후 4시 반이 조금 넘은 시간. 나는 아오바에게 말한다.

"이제 술 마실 수 있지?"

"응. 얼마 전에 마신 그레이프푸르츠사워, 꽤 맛있었어."

"그럼, 우리 한잔 하러 갈까?"

나는 나름 용기를 내서 말했는데, 아오바는 아주 쉽게 대답했다.

"좋아. 가자."

"괜찮아?"

"그럼. 왜 또 물어?"

"아니, 정말 괜찮은가 해서."

"정말 괜찮아. 그리고 마시고 싶어. 사실은, 그런 말해 주지 않을까 하고 약간 기대하고 있었어. 힘들게 여기까지 왔는데 이렇게 끝내기도 좀 미안했고. 그런데 내가 말하기는 좀 민망해서, 기다리고 있었어."

"그럼, 잘됐네."

"아직 5시도 안 됐는데, 문 연 가게 있을까?"

"어디든 5시면 열지 않을까. 마치야에 가면, 가게 있지?"

"응. 선술집 체인점도 있고, 아주 많아. 마치야까지 걸어갈까? 30분 정도 걸리겠지만, 걷기 적당한 거리잖아."

"그래. 그러자."

"전철 값도 굳고."

"너는 정기권 있는 거 아니니?"

"없어. 집이 학교 근처에 있어서, 안 샀어. 마치야에서 아르바이트를 하는 것도 걸어갈 수 있기 때문인데, 뭐. 그러니까 지금도 걷고 싶어."

"다행이다. 나도 걷고 싶거든."

"과연 다르네. 다카세 씨 같으면 질색할 텐데."

"그 말, 칭찬같이 안 들린다."

"그러니? 나는 온 힘을 다해서 칭찬한 건데."

아라카와선 전용 궤도와 나란히 난 길을 따라 마치야로 천천히 걸어간다.

궤도 좌우에 있는 차도는 일방통행이지만, 보도가 있어서 걷기 쉽다. 그 일대는 생각보다 변두리가 아니다. 분위기가 미나미스나마치와 약간 비슷하다.

세 번째 역 앞, 우체국이 있는 모퉁이에서 아오바가 말한다.

"여기에서 왼쪽으로 돌아서 조금 가면 우리 집이야. 학교도 바로 근처에 있고."

그리고 또 15분을 걷는다. 합해서 30분. 역시 아오바가 말한다.

"자, 마치야 다 왔어."

왼쪽으로 돌아서 조금 더 가면 꼬치구이가 싼 체인점이 있다고 해서, 그곳으로 향한다. 그리고 3분쯤 지나, 가게에 들어선다.

공휴일, 막 문을 연 가게. 그런데 손님이 네다섯 팀 있다. 한동네에 사는 사람일지도 모르겠다.

나도 오늘은 맥주 마셔 봐야지, 하는 아오바와 함께 맥주를 주문했다. 그리고 양배추샐러드에 가슴살과 넓적다릿살과 경단.

바로 나온 맥주로 건배를 했다.

"수고했다."

"너도, 수고."

짱, 하고 잔을 마주치고 아오바가 한 모금, 나는 세 모금을 마신다.

"쓴데, 맛있다."

"응, 시원하다. 오늘은 내가 낼게."

"뭐? 괜찮아."

"아니, 낼게. 아까 마시러 가자고 할 때부터 그러려고 했어."

"왜?"

"왜는, 스무 살이 됐잖아. 내가 생일 선물을 주는 건 이상하니까, 그 대신."

"술 사 주는 거야?"

"응. 그러니까, 먹고 싶은 거 마음대로 주문해. 나도, 네 생일을 핑계로 오늘은 와구와구 먹고 싶다. 아, 고기 고기 고기."

"그래 봐야 닭고기뿐인데."

"고기 중에서는 닭고기가 최고야. 옛날에 우리 아버지가 꼬치구이집을 해서 그런가."

"그랬어?"

"응. 돗토리. 가게 이름이 돗토리(鳥取)의 한자를 닭 계(鷄) 자로 바꿔서 돗토리(鷄取). 언어유희지."

"그 가게, 혹시 역 앞길에서 시청 쪽으로 가는 곳에 있지 않았니?"

"맞는데."

"나, 간판 본 적 있어."

"내가 초등학교 다니던 때인데."

"나도 그때쯤 봤어. 엄마랑 걸어가다가, 저 한자 뭐라고 읽느냐고 물었던 기억이 나. 엄마가 도리토리라고 읽나, 했다가 아마 돗토리일 거라고 했어. 한자가 다르다고 했더니, 엄마가 그 글자도 도리라고 읽는다고. 그런 얘기를 하면서 걸어갔던 기억이 나네."

"그럼, 우리 가게 앞을 지났던 거구나."

"그 가게 앞은 누구나 한두 번은 지났을걸. 역 앞이잖아."

"그래. 그래서 월세가 비싸서, 결국 가게를 접은 것 같아. 목이 좋아야 한다고 해서 무리를 한 거겠지."

"도쿄와는 다르니까. 음식 장사는 목이 좋지 않으면."

"도쿄는 또 도쿄대로 힘들겠지. 그래서 가게를 차리려니, 어쩔 수 없어서 돗토리로 내려갔나 봐."

"아버지가 아니라, 어머니가 돗토리 사람이지?"

"응. 친척은 이제 없지만."

거의 없다, 가 아니다. 이제 없다, 하고 말한다.

그렇게 방향이 흘러, 나는 아오바에게 아버지 얘기를 했다. 지난번에 만났을 때, 야에스 지하도에서는 주로 어머니 얘기를 했다. 이번에는 아버지. 아오바가 아는 것은 내가 고등학교 2학년 때 아버지가 사고로 돌아가셨다는 사실뿐. 그 사고에 대해서 조금 더 자세하게 설명했다. 고양이를 피하려다 그렇게 되었다는 것 등등. 생일을 축하하는 술자리에 어울리지 않는 화제라고 생각하면서도.

"그런 거였구나. 자세히는 몰랐어."

"내가 보통 이렇게까지는 얘기 안 하니까."

"그런 경험을 하고, 지금은 혼자 헤쳐 나가고 있는 거구나. 그것도 도쿄에서."

"그럴 수밖에 없으니 이렇게 사는 거지, 헤쳐 나가고

있다고는 할 수 없어. 빨리 요리사 자격증을 따야지."

"요리사가 될 거야?"

"응. 그러려고."

"아, 그래서 지금 반찬가게에서 일하는 거구나."

"처음부터 그럴 생각은 아니었고, 어쩌다 우연히 그렇게 되었어. 뜨거운 멘치를 얻어먹다가, 나도 모르게 일하게 해 달라고 한 거야."

아오바에게 그 얘기도 했다. 닭꼬치를 먹으면서. 이번에는 조금 밝게 얘기할 수 있었다. 애초에 그 할머니에게 크로켓을 양보하지 않았더라면 지금 가게에서 일하지 않았을지도 모른다고.

"그렇게 된 거구나. 너도 아버지와 같은 길을 걷겠네."

너도. 아오바도 어머니와 같은 길을 걷게 될 테니 그렇게 말한 것이다.

"요리사 자격증 시험, 언제든 칠 수 있는 건 아니지?"

"응. 도쿄는 1년에 한 번. 그래서 단번에 붙고 싶어. 그리고 음식점에서 일하고 싶고."

"공부는 하고 있어?"

"일단은. 책 사서 하고 있어. 영양학, 식품학, 꽤 여러가지더라. 대학 입시 때만큼은 아니지만, 대학 다닐 때보다는 열심히 하고 있어."

"풀타임으로 일하면서 공부까지. 힘들겠다."

"당분간은 어쩔 수 없지, 뭐."

"도쿄에서 사는 거, 금전적으로도 힘들지 않니?"

"힘들지만, 이제 많이 적응했어. 도쿄에 와서는 늘 빠듯했으니까. 아까 초콜릿 얘기도 나왔지만, 사실은 지난 1년 동안 옷도 거의 안 샀어."

"나도 그래. 돗토리랑 달라서, 거리 전체가 멋진 옷과 액세서리로 넘쳐 나는데, 돈은 생활비로 다 사라지잖아. 아, 이 가혹한 모순!"

아오바가 웃으면서 말을 계속한다.

"다행히, 내가 사는 이 주변에는 그렇게 넘쳐 나지 않지만."

"나 사는 데도 그래."

나는 여성복전문점 데지마를 떠올리면서 말한다.

"얼마 전에, 상점가에 있는 옷가게에서 처음 호피 무늬 옷을 봤어."

"아줌마들이 입는 그거?"

"응. 가슴에 표범 얼굴이 그려진 티셔츠."

"표범이라. 나도 언젠가는 그런 옷을 입게 되려나."

"되지 않지. 실제로 입는 사람, 잘 안 보이던데, 뭐."

"입을 수도 있겠지만, 적어도 입었을 때 어울리는 사람이 되고 싶네. 어울린다면, 입을 수도 있잖아. 옷이란 게, 상당히 중요하잖아. 새 옷을 산다. 새 옷을 입는다. 기분이 업 된다."

"그렇긴 하다."

"싼 거라도, 자기 마음에 들면 기분이 업 되지 않을까. 새 옷은 물론 그렇겠지만, 헌 옷이라도. 있으면 좋겠지만, 돈이 없다고 전부 나쁘지만은 않은 것 같아. 신중하게 골라서 사게 되잖아."

"그 말도 맞네."

"너는 말랐으니까, 뭘 입어도 어울리겠다. 특히 타이트한 거. 진짜 여성스러운 디자인이 어울릴 수도 있겠어."

"내가 그런 걸 좋아하는 건지도 모르지. 여자 옷이라서 좋아하는 게 아니라, 마음에 들어서 보니까 여자 옷인 경우가 많았어. 디자인이 마음에 든 구두가 실은 여성용이어서 사이즈가 없는 일도 있었고. 고등학교 시절에 그런일이 몇 번 있었어."

"여자 옷이 어울리는 날씬한 반찬가게 청년. 멋진데."

"그런가. 반찬가게 사람은 왠지 좀 묵직해야 멋질 것

같은데."

도쿠지 씨가 전형적이다. 키는 크지 않아도, 묵직한 느낌이다. 멋지다.

"그래도 호리호리한 요리사, 멋지지 않니? 만들지만 먹지는 않는다는, 그런 철저한 느낌."

아버지가 바로 그런 사람이었다. 만들기만 할 뿐. 자신은 소식. 멋졌는지도 모른다.

"그럼, 나도 그 노선으로 가야겠다. 안 사니까, 옷으로 멋을 부릴 수는 없고. 유일하게 멋 부릴 수 있는 게, 살찌지 않는 거."

"우와!"

아오바가 소리를 지른다.

"너, 진짜 엄청난 말한다."

"왜?"

"여자들에게 그게 얼마나 힘든 일인 줄 알아?"

"아. 혹시 우리 가게 크로켓 열심히 먹다 나도 모르게 살이 찌려나."

"기름기도 칼로리도 90퍼센트 줄인 크로켓. 그런 꿈같은 걸 네가 발명해라."

"하고 싶지만, 어려울 거야. 그게 가능하다면, 벌써 누군가 했겠지. 기름기도 칼로리도 전부 무시하고 먹는 것에 튀김의 꿈이 있지 않을까. 오로지 먹는 즐거움만을 추구하는."

"아, 그러네. 옷이랑 똑같아. 튀김을 먹어도 기분이 업되지. 튀김의 꿈. 나, 지금 좀 감동했어."

"에이, 감동할 만한 말도 아닌데. 잘 안 풀리는 사람이 할 법한 말이잖아."

"가끔 안 풀리는 건 괜찮잖아."

"그렇지."

"그럼, 나, 안 풀리는 사람의 대표 격. 타르타르소스치킨 시켜도 돼?"

"좋은데. 주문하자. 타르타르소스치킨. 그리고 이 직화구이란 것도 주문하고."

"아, 그거 나도 궁금했는데. 고기 고기 고기 고기. 닭 닭 닭 닭. 소고기나 돼지고기에 비해서 많이 먹는다는 죄책감이 덜하잖아, 닭고기. 정말 여자를 울리는 게 닭고기라니까."

두 잔째 맥주와 함께 타르타르소스치킨과 직화구이를 주문한다.

또 바로 나온 맥주를 한 모금 마시고, 아오바가 말한다.

"나, 생각했어. 먼저 자기가 내겠다고 말하는 점이 너답다고."

"나답다고?"

"그래. 그렇게 말해 주는 편이, 얻어먹는 쪽도 즐겁거든. 마지막에 슬쩍 내면서 폼 잡는 남자도 있을 수 있지만."

"실은 그렇게 할까도 생각했어. 먼저 말해 버리면, 괜히 이것저것 시키기 미안해할까 봐서."

"그렇게 생각하는 것도 너답고."

"그런가?"

"응. 결국 너는 언제나 너야."

"무슨 말인지, 잘 모르겠는데."

"너는 그때 일을 기억 못 한다고 했지만, 상점가에서 길을 쓱 비켜 준 그때, 나, 너라는 걸 금방 알아봤어. 물론 얼굴을 봤기 때문이기는 하지만, 그렇게 길을 양보해 주는 느낌으로 확신했어. 고등학교 때 일도 떠오르고."

"고등학교 때 일?"

"뭐, 대수로운 일은 아니었지만. 예를 들어서 복도나 계단에서 스쳐 지날 때, 늘 벽 쪽으로 몸을 약간 비켜 줬다거나."

"내가 그랬어?"

"그랬어."

"진짜 대수로운 일 아니네."

"그래도 그런 태도가, 인상에는 남거든. 그래서 나, 그때 상점가에서도 아, 이 느낌, 했어. 그리고 그 문화제 때도 그랬잖아."

"문화제 때?"

"너, 라이브 공연에 참가하면서, 그걸 아무에게도 말하지 않았잖아. 다른 아이들처럼 좀 어필해도 되는데, 하지 않았어. 난 뭐, 괜찮아, 하는 식으로."

"베이스였으니까."

"그게 무슨 상관이야. 넷이서 한 밴드인데."

"그건 그렇지만."

"나 같으면 말해. 다들 와서 보라고."

닭꼬치를 먹고, 맥주를 마신다. 얘기하면서, 웃는다.

엄마가 돌아가신 지 아직 반년. 이래도 되는 걸까, 하고 생각한다. 다른 사람의 생일을 축하하기 위해서니까 괜찮겠지, 하고 억지로 꿰맞춘다. 그렇다. 안나 씨의 생일을 축하하다가 흥분했던 에이키 씨처럼.

"다카세 씨가."

아오바가 불쑥 말한다.

"응?"

"우리, 제대로 다시 사귀자고 하더라. 이전부터 다시 사귀자는 말은 들었지만, 새삼스럽게 또. 제대로 사귀자고 해서."

"제대로."

"응. 그런데, 거절했어."

"왜?"

"아무래도 어렵겠다 싶어서. 나, 역시 마음이 좁은가 봐. 다카세 씨, 정말 믿음직한 사람인데, 나와는 다른 부분도 있어서. 다른 게 당연한데, 마음에 걸려서 도저히."

"그게 뭔데? 예를 들어 봐."

"전에 전철 노약자석 얘기했잖아. 그거랑 비슷한 일인데. 아니 더 사소한 거. 이번에는 횡단보도."

"횡단보도."

"건너편에서 누군가가 신호를 기다리고 있다 치자. 타인. 전혀 모르는 사람. 그런데 지나가는 차는 없어. 그러니까 건너가도 위험하지는 않아. 그 사람도 급했으면 건넜을지도 모르지. 그런데 그때는 기다리고 있었어."

"응."

"다카세 씨는 그냥 태연하게 건너가. 기다리는 그 사

람을 향해서. 그리고 딱히 일부러 그러는 건 아니겠지만, 그 사람 바로 옆을 지나가. 그런 일이 자주 있었어. 알아. 급하면 아마 나도 건널 거야. 그런데 다카세 씨는 급하지 않은데도 그래. 그리고 내게 말해. 차도 다니지 않는데 신호를 기다리는 사람은 되고 싶지 않다고. 그렇게 시간을 낭비하는 인간은."

노약자석 얘기와 똑같다. 틀리지는 않다. 그렇게 생각할 수도 있다. 부정할 수 없다.

"신호를 무시하면 안 된다, 그런 말을 하려는 게 아니야. 물론 안 되는 건 안 되는 거지만, 그런 얘기가 아니잖아. 기다리던 사람에게 불쾌감을 주는 것도 사실이고. 그런데 다카세 씨 생각은 안 그래. 뭐라고 하면 좋을까. 전혀 남남이지만, 횡단보도를 사이에 두고 마주한 시점에, 어떤 관계성 같은 게 생기잖아? 그런데 다카세 씨는 그런 데에 둔감해. 그리고 난 그게 좀 힘들어. 둘이 있을 때 그런 일이 생기면, 마음이 상해."

"그래서, 거절한 거야?"

"응. 너무했지. 그런 이유로."

너무한지 어떤지는, 나도 잘 모른다. 다카세 료는 너무하다고 생각할지도 모른다. 신호를 기다리는 타인 따위는 내 알 바 아니라고.

"기다릴 테니까 생각해 달라고 하더라. 너에게 얘기할 생각은 없었는데, 말해 버렸네."

정말 얘기할 생각이 없었던 것 같다. 실제로 이렇게 마주하고 마시기 전까지 아무 말 안 했으니까. 처음부터 마실 예정이었던 것도 아니다. 내가 한잔 하자고 해서 이렇게 되었을 뿐.

분위기를 바꾸려고, 아오바가 맥주를 마신다. 화제도 바꾼다.

"아, 너, 밴드 그만뒀다 그랬지?"

"응."

"그래도 집에서는 치지, 베이스?"

"아니, 안 쳐. 누구 줬어."

"에, 정말? 누구에게?"

"가게에서 같이 일하는 사람 아들. 중학생이야."

그리고 그 얘기를 아오바에게 했다.

준야가 자기 엄마에게 밴드를 하겠다고 했다는 것. 그 얘기를 가즈미 씨가 내게 했다는 것. 베이스를 하게 되었다고 해서 주자는 생각을 했고, 실제로 줬다는 것. 준야가 매일 열심히 연습하고 있다는 것. 한번 가르쳐 달라고 했다는 것.

애기를 듣고 난 아오바가 한 말.

"우와, 지금의 네가 다른 사람에게 뭘 줄 수 있다니, 대단하다."

혼자만의 봄

오랜만에 니혼바시에 왔다. 아오바와 처음 만났을 때 후로.

그때는 교통비를 아끼려고 도자이선을 타고 와서 니혼바시 역에 내려, 도쿄 역까지 걸어갔을 뿐. 그러나 오늘은 다르다. 니혼바시에 볼일이 있다. 옛날에 아버지가 일했던 선술집을 찾아가 보려고 한다.

마치야의 꼬치구이집에서 아오바에게, 아버지와 같은 길을 걷게 되겠다는 말을 듣고서 문득 생각이 떠올랐다. 아버지의 흔적을 더듬는다는 등의 거창한 얘기가 아니다. 그저 일했던 가게를 볼 수 있다면 보고 싶다고 생각했다.

니혼바시는, 대학에 다닐 때 아르바이트를 했던 장소

다. 하지만 당시에는 그런 생각을 못 했다. 그러고 보니까 아버지도 이 부근에서 일했겠군. 그 정도.

가게 이름은 기억하고 있다. 야마시로다. 아버지가 돌아가셨을 때 엄마가 몇 번이나 말했다. 그래서 기억할 수 있었다.

스마트폰으로 검색해 보고서, 야마시로가 이미 존재하지 않는다는 걸 알았다. 그러나, 정보는 다소나마 남아 있었다. 어떤 사람이 '옛날에 니혼바시 산초메에 있었던 야마시로' 하는 식으로 자기 블로그에 글을 올린 것이다.

야에스 길에서 한 블록 안쪽으로 들어간 곳. 그 글을 보고 장소를 추측했다. 여기가 전에 야마시로가 아니었을까 싶은 가게가 두 군데 있었다.

반찬가게 다노쿠라의 정기 휴일인 수요일. 오후 4시 넘어.

이 시간이면 누구든 있겠지 하면서, 첫 번째 가게의 미닫이 나무 문을 열었다. 가게 이름은 마스미야. 간판에는 해산물이라는 글자도 적혀 있다.

테이블 자리와 카운터 자리가 있다. 고급스러운 선술집 분위기다. 실내는 아직 어둡다. 카운터 안쪽에만 불이 켜져 있다. 거기에 사람이 있다. 남자 혼자.

"계세요."

문에 들어서서 말한다.

대답이 없다. 그래서 다시 한 번, 조금 더 큰 목소리로.

"계세요."

"5시부터인데."

들리기는 한 모양이다.

"저, 그런 게 아니라."

역시 대답이 없다. 나와 보는 기척도 없다. 그렇다고 이대로 돌아갈 수는 없다. 할 수 없이 말한다.

"잠시 실례하겠습니다."

그리고 재빨리, 그러나 조심스럽게 안으로 들어간다. 카운터 자리 바로 앞에서 멈춘다.

"저, 죄송한데요."

안에 있는 남자는 주방장, 같은 인상. 40대 초반쯤. 기분이 좀 좋지 않아 보인다.

"들어오면 곤란한데."

"죄송합니다. 좀 여쭙고 싶은 게 있어서요."

남자는 이쪽을 돌아보지 않는다. 도마에 놓인 생선을 손질하고 있다.

"뭐지?"

"옛날에 이 부근에 야마시로라는 가게가 있었을 텐데, 혹시 아세요?"

"야마시로? 옛날이 언제를 말하는 거지?"

"한 20년 전쯤이요."

"모르겠어. 나는 5년 전에 여기 온 사람이라."

"아, 그러세요. 그럼 다른 분도 모르실까요?"

"점장이 지금 없어서, 모르겠는데."

"그럼, 저, 이 가게는 언제부터 있는 겁니까?"

"난 잘 몰라."

"아, 그러세요. 죄송합니다. 일하시는데 방해해서."

머리를 숙였다가 문 쪽으로 돌아가, 밖으로 나갔다. 조용히 미닫이문을 닫는다.

후, 한숨을 내쉰다. 이런 반응이 보통일지도 모른다. 난데없이 문을 열고 들어와, 묻는다. 대답할 의무가 없다.

마스미야가 전에 야마시로였는지는 확실치 않다.

옛날에 니혼바시 산초메에 있었던 야마시로. 야에스 길에서 한 블록 안으로 들어간 곳. 산초메가 맞는지도 정확하지 않다. 야에스 길에서 한 블록이 아니라 두 블록 들어간 곳일 수도 있다. 블로그에 글을 올린 사람의 기억이 틀릴 수도 있다. 만약 그렇다면, 달리 방법이 없다.

애당초, 니혼바시라는 지명이 가리키는 범위가 넓다. 머릿속에 니혼바시가 붙은 지명이 많다. 예를 들면 가야바초도 정확하게는 니혼바시 가야바초고, 닌교초도 정확하게는 니혼바시 닌교초다. 그 두 군데를 니혼바시라고 하는 일은 없겠지만, 니혼바시 무로마치나 니혼바시 혼초는 알 수 없다. 그냥 니혼바시라고 간단히 말할 수도 있을 것 같다.

그러나 바로 앞에 후보가 또 한 군데 있다. 거기는 꼭 가 보자고 생각한다. 가게 문을 열기 전, 아직 준비가 한창인데 방해하면 짜증이 나는 것은 당연하다. 이번에는 인사를 해도 반응이 없으면 바로 돌아가자. 실례했습니다, 하고 돌아서자.

그렇게 마음을 정하고, 남은 한 군데의 미닫이문을 열었다. 마스미야와 비슷하게 생긴 미닫이문이다. 가게 이름은 다키라. 간판에 해산물이나 튀김이라는 글자는 없다. 그저 다키라.

실내 분위기도 마스미야와 비슷하다. 테이블 자리와 카운터 자리. 고급스럽기도 하다.

기모노 차림에 20대 후반쯤으로 보이는 여종업원이 바로 다가온다.

"죄송해요. 5시부터 문을 여는데."

"아, 저, 그런 게 아니라. 여쭙고 싶은 게 있어서요."

"뭔데요?"

"저, 옛날에 이 부근에 야마시로라는 가게가 있었을 텐데요."

"아아. 예전 가게를 말하나 보네. 잠시 기다려 봐요."

여종업원이 카운터 쪽으로 간다. 안에 있는 사람과 뭐라고 얘기하는 소리가 들린다.

그리고 요리사인 듯한 남자가 나왔다. 50대 정도. 민머리에 부리부리한 인상이다. 하얀 조리복을 입고 있다. 모자를 쓰고 있지 않아, 민머리가 그대로 보인다.

"야마시로?"

남자가 묻는다.

"있었는데."

"그래요?"

"여기. 야마시로, 그다음이 다키라."

"지금은 없는 거죠, 야마시로는?"

"없지."

"어디로 자리를 옮겼다거나, 그런 것은 아닌가요?"

남자가 나를 빤히 보고서 말한다.

"왜?"

"아, 그게, 그 가게에서 일했던 사람을 알아서요."

"그쪽은 누구지?"

"아, 죄송합니다. 가시와기라고 합니다. 가시와기 세이스케. 아주 오래전에, 아버지가 야마시로에서 일했습니다."

"아버지?"

"네."

"가시와기. 이름은 어떻게 되는데?"

"요시토입니다."

"요시토. 그래, 그런 이름이었지. 자네가 아들이군. 아버지는, 어떻게 지내시나?"

"돌아가셨습니다."

"에? 언제?"

"3년 전입니다."

"아니, 왜? 병?"

"아닙니다. 사고였어요, 자동차 사고."

"저런. 그랬군. 자네가 고생이 많았겠군."

"네, 좀."

"이리 앉아. 얘기 좀 들어 보게."

남자는 나를 위해 4인용 테이블의 의자를 뒤로 당겼다. 거기에 앉는다. 남자도 마주 앉는다. 그 광경을 본 여종업원이 스위치를 켠 듯하다. 실내에 불이 들어온다.

여종업원은 따끈한 차까지 가져다주었다. 남자와 나. 두 잔.

"고마워."

"감사합니다. 잘 마실게요."

여종업원은 살짝 머리를 숙이고는 사라진다.

"자네, 지금 몇 살이지?"

"스무 살입니다."

"그럼, 자네가 고등학생 때 떠났다는 말이겠군?"

"네."

음, 하고서 남자가 말한다.

"아, 나는 마루야. 마루 하쓰오."

마루 하쓰오 씨라고 한다.

"차, 마셔."

"네, 잘 마시겠습니다."

마신다. 녹차가 아니다. 호지차다. 뜨겁다. 맛있다.

"아버지가, 아직 한창 젊었을 텐데. 나보다 나이가 아래였지, 아마."

"돌아가셨을 때, 마흔일곱이었습니다."

"마흔일곱!"

마루 하쓰오 씨가 차를 한 모금 마신다.

"자동차 사고였다고? 차에 치인 거야?"

"아니요. 아버지가 운전하고 있었어요."

"그럼, 충돌?"

"네. 고양이가 뛰어든 것 같아요. 그걸 피하려다가 전신주에."

"아니, 그게 정말이야? 참, 덧없군."

그다음에 엄마까지 돌아가셨다는 말을 할 생각은 없었다. 그러면 아버지 얘기가 아니라, 내 얘기가 될 테니까.

그런데, 물었다.

"그래서, 지금은 어머니와 둘이 지내나?"

"아니요. 지금은 저 혼자입니다."

"혼자 산다는 말이야?"

"네, 도쿄에 올라와서. 어머니도, 안 계십니다."

"안 계시다니?"

"그 사고 때는 아니고, 역시 돌아가셨습니다."

"아버지가 돌아가시기 전에?"

"아니요, 그다음에요. 음, 병으로."

그 정도로 끝내기로 했다. 돌연사라고 하면 얘기가 길어진다. 오늘 찾아온 이유에서 벗어난다.

"그래서, 지금 혼자 사는 거야?"

"네."

"도쿄로 올라왔다고 했지? 원래는 어디 있었는데?"

"돗토리요. 어머니 고향이 그쪽이라, 거기에서 가게를 했습니다."

"무슨 가게?"

"선술집이요. 주로 닭요리를 파는."

"그랬군. 돗토리에서 가게를 냈어."

"네. 사고가 나기 몇 년 전에 다 접었지만요."

"그 후에는?"

"이런저런 가게에서 일하셨어요."

"요리사로 일했다는 건가?"

"네."

"음. 그랬군. 돗토리에서 가게를."

그리고 마루 씨가 또 물었다.

"그런데 오늘은 왜 이 가게에?"

"별다른 일이 있는 건 아닙니다. 그냥, 야마시로라는 이름을 알고 있어서, 찾아가 볼까 하고."

부족할까 싶어서, 말을 덧붙인다.

"저도 요리사 자격증 시험을 보려고 하거든요."

"아. 그렇군."

"네. 뭐라도 기술을 익히고 싶어서요."

"그럼, 아버지는 그걸 모르겠군."

"그렇죠."

"알면 기뻐했을 텐데."

"그럼 다행이죠."

"기뻐했을 거야. 틀림없어. 나도, 내 아들이 그렇게 말해 주면 기뻐했을 거야. 뭐, 우리는 딸인 데다, 요리사가되지도 않았지만."

"마루 씨, 혹시 아버지를 아세요?"

"알다마다. 나도 야마시로에서 일했으니까. 아버지와는 2년 정도 같이 일했어. 아버지 고향이 도쿄지?"

"네. 오메입니다."

"그래, 맞아. 오메."

아버지는 모자가정에서 자랐다. 오메 시의 임대주택에서 살았던 것 같다. 어머니는 돗토리 출신이지만, 한때도쿄에서 지낸 적이 있다. 두 사람은 그래서 만날 수 있었다. 아버지는 야마시로를 그만둔 후, 도쿄에 잘 적응하지 못한 어머니와 함께 돗토리로 내려간다. 그리고 선술집 돗토리의 문을 연다.

부모님에 대해 내가 아는 것은 그 정도. 자세한 것은 모른다. 아버지도 어머니도 갑자기 돌아가셨기 때문에 물어볼 기회가 없었다. 두 사람이 살아 있어도, 묻지 않았을 것이다. 부모님이 어떻게 만나고 어떻게 결혼했는지, 보통은 묻지 않는다. 묻지 않고, 부모도 얘기하지 않는다. 다만, 지금은 조금 후회스럽다. 적어도 아버지가 돌아가신 후에는 어머니에게 물어봤어야 했다고.

"내가 자네 아버지보다 두 살 위야. 야마시로에 들어온 것도 2년 먼저고."

아버지의 선배. 내게 에이키 씨 같은 존재다.

"아들이라서 하는 말이 아니라, 자네 아버지가 실력은 좋았어. 아니지, 그때는 아직 젊었으니까, 재능이 있었다고 해야 하나. 큰일 났다, 금방 앞지르겠다고 생각했던 기억이 나는군. 호리호리하고 잘생겨서 손님들에게도 인기가 많았어. 옆에 우락부락한 나 같은 놈이 있으니, 아무래도 더 눈이 가는 거야. 말수는 적었지만 붙임성이 없는 게 아니라, 불필요한 말을 하지 않는 거였지. 쓸데없는 말은 내가 많이 한다. 그런 생각이 드니까, 내 꼴이 진짜 한심한 거야."

그런 얘기를 하면서, 마루 씨가 웃는다.

이 사람과 함께 일하면서 아버지도 즐겁지 않았을까, 하고 생각한다.

"가게를 그만둔 후로는 한 번도 만나지 못했는데. 그렇게 되었군. 돗토리에서 가게를 냈어. 그리고 죽었고."

"네."

"미안해. 이렇게 말하면 안 되는데."

"아닙니다."

"자네도 돗토리에서 태어났나?"

"네. 지금은 도쿄에 살고 있지만요."

"학생?"

"아닙니다. 대학 다니다, 그만뒀어요. 계속 다닐 수가 없어서. 반년 전부터 반찬가게에서 일하고 있습니다."

"반찬가게."

"네. 스나마치긴자 상점가에 있는."

"스나마치긴자라. 유명한 곳이잖아. 텔레비전에도 자주 나오던데."

"어쩌다 근처에 사는 덕분에, 거기에서 일하게 되었어요. 그래 봐야 아르바이트지만요. 2년 되면 요리사 자격

중 시험을 보려고 합니다."

"오호라. 그런 계획이군. 가시와기 씨 아들이니, 자네도 재능이 있겠지. 좋은 요리사가 될 거야."

"감사합니다."

"그러고 보니, 아버지와 얼굴이 닮은 건가?"

"아니요. 별로 안 닮았습니다. 저는 외탁을 한 것 같아요."

"그렇군. 좀 닮은 것 같기도 한데."

"아버지 닮았다는 말은 처음 듣는데요."

"아들이라고 하니 그렇게 보일 뿐인지도 모르지. 보인다고 할까, 내가 그렇게 보는 걸 수도 있고."

"아버지가 왜 야마시로를 그만뒀는지도, 혹시 아세요?"

"잘은 몰라. 다만 그 무렵에 이타가키라고 또 한 사람이 있었는데, 자네 아버지와 그 이타가키 씨 사이가 별로 좋지 않았어. 그게 원인이었을지도 모르지. 뭐, 그런 일은 어느 가게에나 있지만. 좀 더 알고 싶으면, 긴자에 도리란이라는 가게가 있는데, 거기 가 봐. 닭 계(鷄) 자에 난초 난(蘭) 자를 쓰고 도리란이야. 야마시로의 전 오너가 하는 가게야. 야마시로 도키코 씨."

야마시로 도키코 씨.

"원래 오너는 리키조라는 사람이었어."

야마시로 리키조, 라고 한다.

"그 사람도 요리사였는데, 일찍 세상을 뜨는 바람에. 자네 아버지가 일할 무렵에는 이미 없었어. 도키코 씨가 뒤를 이어 야마시로를 운영하고 있었지. 그런데 몇 년 지나자 긴자로 옮기기로 하고, 도키코 씨가 이 가게는 문을 닫겠다고 했어. 그래서 지금 여기 오너는 다른 사람인데, 둘이 잘 아는 사이야. 도키코 씨가 말을 잘해 준 덕분에 내가 여기 남을 수 있었던 거야. 도키코 씨는 긴자 가게로 오라고 했지만, 나는 닭요리 전반을 다루는 이쪽이 더 좋았거든. 나이를 먹으니까, 가능하면 환경을 바꾸고 싶지 않더라고. 스무 살인 자네는 아직 이해가 안 되겠지만."

스무 살이라도 모르지는 않는다. 나도 가능하면 환경을 바꾸고 싶지 않다. 내 뜻과는 상관없이 바뀔 뿐이다. 너무도 크게.

"그러니까 야먀시로가 그대로 이전한 건 아니지만, 그래도 그 분위기는 남아 있어. 도키코 씨에게는 내가 말해 두지. 다음에 한번 가 봐."

"네. 고맙습니다."

"오늘은 벌써 가게 문을 열었을 테니까, 다른 날."

"그러죠."

"전화번호 가르쳐 줄까?"

"아니에요. 제가 검색해 보겠습니다. 죄송합니다. 가게 문 열기도 전인데, 불쑥 찾아와서."

"아니야. 이렇게 찾아 줘서 내가 고맙지. 옛 동료의 소식을 들어서 좋았어. 이미 세상에 없다니 더없이 유감이지만, 모르는 것보다는 아는 게 낫지."

"차, 잘 마셨습니다."

그리고 의자에서 일어선다.

마루 씨도 일어선다. 그러고는 오른손을 내민다.

나는 그 손을 자연스럽게 잡는다. 악수다. 아직 어색하지만, 자연스럽게 악수를 나눌 수 있었다.

마루 씨의 손은 의외로 부드러웠다. 그리고 무엇보다, 따뜻했다. 사람에게 체온이 있다는 걸 신선하게 느꼈다. 마루 씨의 손에 힘이 들어가, 나도 꾹 힘을 주었다. 그리고, 놓았다.

"그럼, 가 보겠습니다."

"이런 말밖에 할 수 없어서 미안하지만. 힘내."

"네. 열심히 하겠습니다."

밖으로 나와, 미닫이문을 살며시 닫는다. 포렴이 머리를 스친다.

다키라, 라는 글자를 본다.

오길 잘했다. 첫 번째 가게에서 포기하지 않길 잘했다.

*

그다음 쉬는 날은 월요일. 그 오후에, 이번에는 긴자에 있는 도리란을 찾았다.

미리 약속도 했다. 맛집 사이트에서 전화번호를 조사해, 전화를 걸었다. 종업원이 받았는데, 이름을 대고 사정을 설명하자 오너인 야마시로 도키코 씨를 바꿔 주었다. 다음 주 월요일에 찾아뵙고 싶은데요. 내가 그렇게 말하자, 야마시로 도키코 씨는 좋다고, 4시쯤 오라고 대답해 주었다.

4시에 정확하게 도착할 수 있도록 했다.

도리란은 긴자 잇초메의 한 건물 지하에 있었다. 계단을 내려가니 가게가 두 군데. 그중 하나였다. 다른 한 곳은 복어요리점.

도리란의 출입구도 미닫이문. 포렴도 있다. 그걸 들추

고, 미닫이문을 열었다.

"실례합니다."

들어간다. 그렇게 넓지 않고, 생각했던 것만큼 좁지도 않다. 지하에 있는 가게는 대개 이런 경우가 많다. 생각했던 것보다 넓거나, 반대로 좁다.

다키라 때와 마찬가지로, 여종업원이 맞아 주었다. 미리 약속을 하고 와서 그런지, 어서 오세요, 가 아니다.

"안녕하세요."

"아, 네. 안녕하세요."

여종업원이 안쪽에서 말한다.

"마마. 손님 오셨어요."

마마라는 호칭에 약간 당황한다. 긴자에서 마마. 클럽이란 말이 머리에 떠오른다.

야마시로 도키코 씨가 바로 나왔다. 엷은 회색 스웨터에 하얀 바지. 젊은 60대. 그런 사람이다. 클럽의 마담 같은 분위기도 약간 있다.

"어서 와요. 여기 앉아."

"감사합니다. 바쁘실 텐데, 죄송합니다."

손으로 가리킨 곳은 역시 카운터 자리. 그 의자에 앉는다. 다키라에 찾아갔을 때처럼, 여종업원이 바로 차를 가져왔다. 또 따끈한 호지차.

"안에 별실도 있는데, 별실은 좀 그러니까, 여기에서."

"네."

어휘력의 부족함을 통감하면서 말한다.

"어, 가게가 멋지네요."

"그렇지도 않아. 야마시로보다 훨씬 좁은걸."

"그래도 깔끔해요."

"음식점인데 당연히 깔끔해야지. 애써 칭찬하지 않아도 돼."

야마시로 도키코 씨가 웃는다.

"저, 제가 얼마 전에 찾아갔던 다키라가, 야마시로와 비슷한 분위기인가요?"

"그럴 거야. 실내 인테리어는 조금 바꾼 것 같지만, 넓이는 그대로일걸. 주방도 아마, 그렇게 많이는 손대지 않았을 테고. 그쪽이 넓지?"

"네."

"요리사도 항상 세 명 있었어."

"그랬다고 들었습니다."

야마시로 씨는 깍지 낀 손을 테이블에 놓고 말한다.

"마루 씨에게 들었어. 가시와기 요시토 씨의 아들이라

고. 세이스케 군."

"네."

"나도 놀랐지만, 마루 씨가 많이 놀란 모양이야. 가시와기 씨의 아들이 찾아올 줄은 전혀 몰랐다고 하면서."

"죄송합니다. 불쑥."

"아니야. 반가워. 솔직히 가시와기 씨를 잊고 지냈는데, 바로 기억났어. 머리 한구석에 계속 있기는 했거든. 그런대로 잘생기기도 했고. 아, 그런대로라고 하면 실례가 되려나. 괜찮은 남자였어. 마루 씨에게 닮지 않았다고 했다는데, 세이스케 군, 닮았는데 뭘. 마루 씨도 그러던데, 가시와기 씨 모습이 있다고."

두 사람 눈에 그렇게 보인다면, 그럴지도 모른다. 젊은 시절의 아버지를 닮았을지도 모른다.

"궁금한 게 있으면 뭐든 물어봐. 아는 대로 다 대답해 줄게."

"고맙습니다."

그러나 대놓고 그렇게 말하니, 의외로 어렵다. 나는 뭐가 궁금한가. 묻고 싶은 게 있기는 한가. 아버지가 접했던 사람을 만나고 싶었을 뿐. 만나서 얘기하고 싶었을 뿐. 그런 기분도 든다.

"야마시로는 얼마나 오래 하셨어요?"

"그렇게 오래지는 않아. 10년 정도. 니혼바시에 있는 가게들 자체가 많이 변했어. 그 일대가 깨끗해졌잖아. 옛날 같지 않다고 할까."

"네, 그렇더군요."

"특히 니혼바시는, 앞으로 대대적인 재개발에 들어가니까 훨씬 더 많이 바뀔 거야. 다카시마야에 미쓰코시에 도큐. 옛날에는 백화점만 있다는 인상이었는데. 도큐는 없어졌고. 모르지? 도큐백화점 니혼바시점, 없어졌어."

"몰랐습니다."

"각종 음식점도 젊은 사람들 상대로 하는 곳이 늘어나겠지. 그런데 세는 오르니까 유지하기가 쉽지 않을 거야. 일찌감치 접기를 잘했는지도 몰라. 뭐, 이쪽도 이쪽 나름대로 비싸지만."

긴자. 비쌀 것 같다. 반찬가게 다노쿠라 긴자점. 절대 긴자에다는 가게를 못 낼 것이다. 긴자 크로켓. 잘하면 팔릴 수도 있지만, 아마 오래 버티지 못할 것이다. 크로켓 한 개를 얼마에 팔아야 이윤이 생길 것인가.

"야마시로는 말이지, 먼저 간 남편이 처음 낸 가게였어."

"리키조 씨, 말씀이죠."

"응. 둘이서 언젠가는 긴자에다 가게를 내자고 했어. 야마시로는 그 첫걸음이었고. 그런데 그 사람이 암에 걸려서, 덧없이 세상을 뜨고 말았지. 아직 40대였는데. 젊어서 진행이 더 빨랐겠지. 정말 순식간이었어."

40대에 병사. 정말 젊다. 어머니가, 그렇게 떠나서, 안다. 불의의 사고사는, 젊고 뭐고 없다.

"그 사람이 떠난 후에도, 처음에는 야마시로를 계속하려고 했어. 그런데, 좀 더 힘을 내 보기로 한 거야. 긴자에 가게를 내자는 약속을 지키고 싶어서."

"여기는, 야마시로가 아닌 거군요."

"그래. 남편이 생각한 이름이야. 난초를 좋아해서 도리란."

"꽃을 좋아하셨나요? 리키조 씨가."

"내가 좋아했지. 내가 난초를 좋아해서, 긴자에 가게를 차릴 때는 도리란이라고 하자고 했던 거야, 그 사람이."

"아아."

"야마시로와 도리란, 어느 쪽으로 할까 끝까지 고민했는데, 역시 그 사람의 생각을 따르기로 했어. 닭요리를 하는 가게니까, 도리라는 말도 넣고 싶었고. 차 식겠네. 어서 마셔요."

"네. 잘 마시겠습니다."

마신다. 맛있다. 다키라에서도 그랬지만, 찻잔이 고급스러우니 차도 그만큼 맛있게 느껴진다. 인간의 미각이란 그런 것이다. 미각은 시각에 크게 좌우되는 듯하다.

"아버지도, 돗토리에서 가게를 했다면서?"

"네."

"어머니가 그쪽 출신인 거지?"

"네. 아버지가 도쿄에서는 가게를 차리기가 힘들다고 판단한 모양이에요."

나 자신이 얼마 전에 다키라를 보고, 그렇게 생각했다. 도쿄에서 가게를 내기는 어렵겠다고. 다키라만이 아니다. 반찬가게 다노쿠라만 해도 그렇게 생각된다. 가게를 차리려면 요리 실력은 물론이고, 경영에도 재주가 있어야 한다. 두 가지를 갖췄어도, 운이 따라야 한다.

"동네가 작은 돗토리에서 가게를 하는 것도 무척 힘들었을 겁니다. 결국은 접었고요."

"가게는 어디서 하든 다 힘들어. 좋을 때도 있지만, 누가 앞날을 보장해 주는 것도 아니잖아. 풍향은 반드시 바뀌고. 역풍일 때가 80퍼센트, 순풍은 겨우 20퍼센트. 그런 식이야. 버티고, 또 버티고. 그러다 어느 시점에 포기하는 것도 필요해. 그러지 않으면 자기가 망가지니까."

정말 그럴 것이다. 포기하는 시기가 중요하다. 아버지는 조금 늦었다. 그래서 빚이 남았다. 그리고. 자신의 사망보험금으로 그걸 갚았다.

"돗토리. 나도 사구 보러 간 적이 있는데. 동네는 정말 작더라."

"네. 아버지 가게도 이 가게처럼, 이름에 닭이 들어가요. 한자로 鷄取(돗토리)라고 썼습니다."

"돗토리라고 읽어?"

"네. 말장난이죠."

"나쁘지 않네. 억지로 웃기려는 말장난은 아니잖아."

듣고 보니 그렇다. 메뉴가 닭고기 중심이라서 이런 이름으로 했다는 것이 암암리에 전해진다.

"그 돗토리를 접은 후에는 다른 가게에서?"

"네. 요리사로 일했습니다."

"그때도 돗토리였지?"

"그렇죠."

"그런데, 사고로?"

"네."

"그 사람이랑 같네. 40대였지?"

"마흔일곱이었습니다."

"사고로 죽는다는 게, 남은 사람에게는 참 고통이지. 비교할 건 아니지만."

"네."

"그런데 어머니까지, 병으로."

"네."

야마시로 씨에게는 괜찮지 않을까 싶어, 자세하게 얘기한다.

병은 병인데 돌연사였다는 것. 그야말로 갑자기, 엄마 직장 사람들에게 전화가 걸려 왔다는 것. 그날 바로 돗토리로 내려갔고. 2주일 걸려, 장례를 치르고 유품을 정리했다는 것.

말하지 않으면 그 모든 일을 나 혼자 처리한 셈이 되니까, 모토시 아저씨 얘기도 일단은 했다. 50만 엔이나 그후의 10만 엔 얘기는 하지 않고, 슬쩍 넘어간다. 먼 친척 아저씨가 많이 도와주었습니다, 하는 식으로.

"그게, 언제 일이었어?"

"작년 9월이요."

"겨우 반년 지났네. 그 3년 전에는 아버지가. 어느 한쪽만 돌아가셔도 충분히 힘겨운데, 두 분 다."

"네. 하지만, 슬픔이 온전히 두 배가 되지는 않는다는 걸 알았습니다. 그게 두 배가 된다면, 사람이 이겨 내지 못할 거예요. 슬픔은 두 배가 아니었어도, 잇달아 그런 일이 생겨 지치고 엉망이 되기는 했지만요."

표현이 서툴지만, 어쩔 수 없다. 달리 표현할 수가 없다. 그게, 현시점의 솔직한 감상.

"세이스케 군은, 지금 도쿄에서 지내지?"

"네. 미나미스나마치에 살고 있습니다."

"음, 도자이선?"

"그렇습니다."

"반찬가게에서 일하는 거야?"

"네. 상점가에 있는 가게입니다. 스나마치긴자 상점가."

"유명한 곳이네. 텔레비전에서도 몇 번 본 적이 있고."

"일하기 전에는 거의 가 본 적이 없었어요. 어느 역에서도 먼데, 늘 북적거려요. 참 신기한 곳이죠."

"그래서 더 좋은지도 모르지. 그런 장소에 매력적인 상점가가 있으면, 여기저기에서 사람들이 모여들 수 있잖아."

"아. 그럴 수도 있겠네요."

"그 가게에서 지금 수련을 쌓고 있는 거야?"

"아닙니다. 그렇게 거창한 건 아니고. 그냥 아르바이트를 하고 있을 뿐이에요. 2년을 일하면 요리사 자격증 시험을 볼 수 있어서."

"아버지처럼, 요리사가 되려는 거네."

"네. 부득이 학교를 자퇴하고, 그 결과 그렇게 되었습니다."

"아주 좋은 결과라고 생각해."

"감사합니다."

"왠지 모르겠는데, 마루 씨가 무척 좋아하더라고. 통화하면서, 이름에 세이(聖) 자가 있다고, 쇼토쿠(聖德)태자처럼 품이 넉넉한 요리사가 되었으면 좋겠다고 하던데."

그렇게 말하고서, 야마시로 씨가 웃는다.

나도 웃는다. 쇼토쿠태자 같은 요리사는 될 수 없겠지만, 목표로 하는 것은 나쁘지 않다. 우선 목표로 할 사람은, 아버지지만.

그리고, 다키라에서 마루 씨에게 했던 질문을 야마시로 씨에게도 한다.

"저, 아버지가 야마시로를 왜 그만뒀는지, 그 이유를 아세요?"

"알지."

야마시로 씨가 차를 마신다. 후, 숨을 내쉬고 말한다.

"아들이니까 얘기를 해 줘야겠지. 그 사람이 죽고 난 후에, 야마시로에 요리사가 세 명 있었어. 가시와기 씨와 마루 씨와 이타가키 씨. 마루 씨에게 들었으려나?"

"네. 거기까지는."

"이타가키 사부로 씨. 그 이타가키 씨가 셋 중에서 나이도 많았고, 경력도 제일 좋았어. 그야말로 장인 체질이라, 요리 솜씨는 뛰어나게 좋았지. 그런데 성격이 좀, 까다로웠어. 요리에 대해서 잘 모르는 손님에게는 인사도 안 하고, 때로는 거만하게 굴기도 하고."

니혼바시의 마스미야에 있던 그 요리사 같은 느낌, 일지도 모르겠다.

"그런 이유 때문에 가시와기 씨와 부딪치는 일이 잦았어. 요리사 세계는 상하 관계가 분명하거든. 그래도 가시와기 씨는 요리에 관한 한 이타가키 씨 의견을 전부 따랐어. 그런데 손님을 대하는 태도에 대해서는 투덜거렸지. 아니, 투덜거린 게 아니라 자기 의견을 제시했어. 어떤 손님이든, 무시하거나 깔보는 태도를 취해서는 안 된다고. 그래서, 이타가키 씨가 가시와기 씨에게 손찌검을 한 적이 한 번 있었어."

"때렸다, 는 말인가요?"

"응. 영업시간은 아니었지만, 가게에서. 마루 씨가 얼른 막았지만."

"그래서 아버지는, 그때 어떻게 했나요?"

"아무것도 하지 않았어. 사과도 하지 않았고, 이타가키 씨를 때리지도 않았고. 다만, 나중에 내게는 사과했어. 폐를 끼쳐서 죄송하다고. 가시와기 씨는 그런 사람이었어. 어떤 의미에서는 고집이 센 거였지. 어쩌면 이타가키 씨 이상으로."

의외다. 내가 아는 아버지 같지 않다. 그런데도, 이런 얘기를 듣고 이해가 되지 않는 것은 아니다.

"그다음부터 두 사람, 전혀 말을 나누지 않았어. 가시와기 씨는 인사 정도는 했지만, 이타가키 씨는 철저하게 무시. 그러다 가시와기 씨가 포기했지. 두 사람 사이가 그러면 일에도 지장이 생기니까, 나도 이타가키 씨에게 주의를 주었어. 그랬더니 자기와 가시와기 씨, 어느 한쪽을 택하라고 하는 거야."

"한쪽을 해고하라는 뜻인가요?"

"그래. 솔직히, 정말 곤란했어. 그 사람도 세상을 떠나서 나 혼자인데. 아무튼 가게는 계속해야 하니까, 그 생각만 했어. 이타가키 씨가 실력은 정말 좋았어. 그를 보고 찾아 주는 손님도 있었고. 한 달에 한 번은 꼭 찾아와 주는 손님들. 그 사람들이 떨어져 나가면 타격이 엄청나. 그래서 고민하고 있는데, 가시와기 씨가 말했어. 자기가 그만두겠다고. 이타가키 씨가 양자택일을 강요하고 있다는 말은 하지 않았는데, 상황을 눈치챈 거였지."

"아아."

"나는 그렇게 말해 줘서, 오히려 반가웠어. 만류하는 말은 한 마디도 하지 않았지. 가시와기 씨도 원망 섞인 말은 하지 않았고. 그래서 야마시로를 그만둔 거야. 그걸로 상황 종료. 후임으로 젊은 사람을 채용해서, 인원 보충도 완료. 가게는 그럭저럭 유지되었지. 그런데, 1년이 채 안 지나서, 이타가키 씨가 다른 가게로 옮겨 갔어."

"그만뒀다는 겁니까? 야마시로를?"

"응. 다른 가게에서 제안이 있었어. 그만두겠습니다, 미련 없이 말하더군. '그만두겠다'는 같은 말인데, 가시와기 씨의 말과는 상당히 달랐어. 그때 절감했지. 정만으로는 아무것도 해결할 수 없지만, 그래도 정은 필요하다는걸. 그거, 그 사람이 했던 말이야."

그 사람. 리키조 씨.

"제대로 한 방 먹었다고 생각했지. 그래서, 가시와기 씨가 머리 한구석에 계속 남아 있었던 거야. 설마 아들에게 이런 얘기를 하게 될 줄은 꿈에도 몰랐네."

"제가, 죄송하군요."

"사과는 내가 해야지. 아버지에게 인정머리 없는 짓을 해서 미안해."

"아닙니다."

"사과하고 나니까 후련하네. 가시와기 씨 본인에게 사과하지 못해서 안타깝지만, 세이스케 군에게라도 할 수 있어서 다행이야."

"저도, 얘기를 들어서 다행입니다."

"가시와기 씨, 아마 그 무렵에 사귀던 여자와 결혼한 거겠지. 그 여자가 세이스케 군의 어머니겠고. 여자 친구가 있다는 건 알고 있었어. 그런 말은 별로 하지 않았지만, 언젠가 한 번, 루이비통인가 무슨 브랜드의 쇼핑백을 가게에 들고 온 적이 있어서, 그래서 내가 물었지. 뭐냐고. 그녀에게 줄 선물이라고 하면서, 아뿔싸, 들켰다, 하는 표정이었어."

루이비통. 나도 이름은 알고 있다. 루이비통. 고급 브랜드다. 아버지, 힘을 썼다. 그러나 어머니 유품 중에 그런

가방은 없었다. 혹시 팔았는지도 모른다. 생활을 위해서.

"세이스케 군."

"네."

"일이 잘 안 풀리면 언제든 우리 가게에 와. 아르바이트 정도는 시켜 줄 수 있으니까. 이런 말을 하자니 민망하네. 음식점은 지금 어디나 사람 찾기가 힘들어. 뭐하면 지금 바로 오라고 하고 싶을 정도야. 그러니까, 만약 곤란한 상황이 생기면 언제든 연락해요."

"네, 고맙습니다."

"또 궁금한 건?"

"없습니다. 묻고 싶은 건 다 물었습니다."

"다음에는 손님으로 와. 내가 한턱 쏠게. 술 마실 수 있지?"

"네. 스무 살이니까요."

"정말, 언제든 괜찮으니까, 와요."

"감사합니다."

의자에서 일어나, 말한다.

"차, 잘 마셨습니다."

야마시로 씨도 일어난다.

"미안하네. 아무 대접도 못 해서."

"아닙니다. 그럼, 가 보겠습니다."

"정말 와야 해. 언제든 사양 말고."

도리란에서 나온다. 미닫이문을 조용히 닫는다. 계단을 올라가, 바깥으로 나선다.

오후 5시 전. 밤을 기다리는 긴자 거리.

중앙로로 나와서, 니혼바시로 향한다. 다키라에 가려는 건 아니다. 긴자 역에서 지하철을 타면 30엔이 비싸니까, 니혼바시까지 걸어간다. 나는 앞으로도 계속 그러리라.

중앙로의 널찍한 보도를 걸으면서, 아버지를 생각한다.

선술집 돗토리를 접은 후에도 아버지는 선술집에서 일했다. 일은 대개 낮에서 밤까지. 그래서 나와는 늘 스치기만 했다. 그 탓인지, 둘이서 진지하게 얘기를 나눠 본 적도 없다.

아버지는, 집에서는 칼을 잡지 않았다. 잡고 싶지 않아서가 아니라, 어머니에게 양보하는 느낌이었다. 한편 어머니는 어머니대로, 이때다 싶은 때는 아버지에게 양보했다.

지금도 기억하고 있다. 내가 고등학교 입시를 치르기 전날 밤, 아버지가 마침 쉬는 날이어서 요리를 해 주었다. 메뉴까지 기억한다. 특제소스로 요리한 찜닭. 그 소스가 정말 맛있었다. 찌릿하게 매우면서도 은은한 단맛이 있었다. 하얀 밥에 잘 어울렸다. 물론 소스도 아버지가 만든 것이었다. 순식간에 뚝딱. 와, 대단하다, 진짜 요리사네, 하고 감탄했다.

아버지는 홀어머니 밑에서 자랐다. 대학에 갈 수는 있었겠지만 어려웠을 것이다. 아버지는 일찍부터 요리사가 되기로 작정했는지도 모른다. 나 자신이 이렇게 되고서야, 왠지 그런 생각이 든다.

*

그 다음다음 날. 나는 가즈미 씨 집을 찾아갔다. 준야가 불러서다. 베이스 기타 연주의 기초를 가르쳐 주면 고맙겠다고.

처음에는 집까지 찾아가기가 좀 그래서, 준야를 우리 집으로 부르려고 했다. 그런데 가즈미 씨가 그렇게까지 폐를 끼칠 수는 없다고 했다. 나는 전혀 그렇지 않다고 했지만, 그녀는 우리 집으로 와 달라고 고집했다.

수요일이라서 반찬가게 다노쿠라는 정기 휴일. 가즈미 씨도 집에 있다. 오시마에 있는 임대주택. 가즈미 씨가 다노쿠라에 걸어서 다니니, 나도 걸어갈 수 있다. 단, 평일이라 준야는 학교에 간다. 오후 4시 반에 찾아가기로 약속했다.

마루하치 길을 북쪽으로 걸어서 오나기 운하의 다리를 건너 임대주택으로.

너무 일찍 도착해도 가즈미 씨가 곤란하겠다 싶어서 정확하게 4시 반에 도착하려 했는데, 동 수가 많아서 이리저리 헤매다, 결국 3분 늦게 도착했다.

인터폰을 누르자, 가즈미 씨가 문을 열어 주었다. 가게에 있을 때와 비슷하게 엷은 화장을 하고 있었다.

"어서 와."

"미안해요, 늦어서."

"난 집에 있는데 미안하기는. 들어와."

"실례합니다."

신발을 벗고, 안으로 들어간다.

방이 두 개. 아담하다. 깨끗하게 정돈되어 있다. 가즈미 씨답다. 엄마가 살았던 돗토리의 임대주택이 떠오른다. 이런 아파트 단지는 어디나 인상이 비슷하다. 미묘하게 낮은 천장 탓일까.

가즈미 씨가 준야의 방으로 안내해 주었다.

책상 앞 의자에 준야가 앉아 있다. 벌써 베이스를 무릎에 올려놓고. 학교에서 돌아오면 바로 연습한다. 바람직하다.

"안녕."

"안녕하세요."

"연습하고 있구나."

"응."

"잘돼?"

"어려워. 손가락도 아프고. 물집이 생겼다가, 터졌어."

"몇 번을 그러다 보면 딱딱해질 거야. 손가락 끝이 혹처럼 딱딱해지면, 그럼 안 아파."

"좁아서 미안하네."

가즈미 씨가 말한다.

"앉아."

손으로 가리키는 침대에 걸터앉는다. 단순한 철제 파이프 침대다. 니토리에서 샀는지도 모른다.

"차, 끓일게."

"고마워요."

"녹차와 커피, 뭐가 좋아? 코코아도 있는데."

"코코아. 먹어 보고 싶은데요. 혼자서는 안 마시니까."

"그럼, 코코아로. 단 게 좋아?"

"네."

"알았어. 준야도 코코아?"

"응."

가즈미 씨가 부엌으로 간다.

"연습 많이 하나 본데."

"응. 매일. 교본을 사서, 그거 보면서. 그런데, 보기만 해서는 잘 안 돼."

"뭐, 정해진 방법이 있는 건 아니니까. 자기에게 맞는 연습법을 찾는 게 좋지. 도레미파솔라시도는 칠 수 있니?"

"그럭저럭."

준야가 도레, 미파솔, 라시도를 친다.

앰프가 없어서, 생음. 그런데도 소리가 제대로 난다. 레와 미 사이, 그리고 솔과 라 사이가 뜨는 것은 현이 바뀌기 때문이다.

"우선은 도레미를 연습해야 할 것 같아서, 계속 도레미만 하고 있어. 낮은음과 높은음 번갈아 가면서."

"낮은 포지션과 높은 포지션을 동시에 익히는 것도 좋은 방법이겠다. 다만, 새끼손가락을 거의 사용하지 않고 있어."

"힘이 잘 안 들어가서, 자꾸 약지로 누르게 돼."

"그러면 안 돼. 습관이 되면 나중에 골치 아프거든. 교본에 나와 있지 않니?"

"어느 손가락을 사용하라는 건, 나와 있었는데."

"힘들어도 새끼손가락을 사용하는 게 좋아. 아니, 꼭 그래야 해. 안 그래도 힘이 가장 약한 손가락이니까, 많이 써서 힘을 키워야 해."

"약지도 닿기는 하는데."

"새끼손가락을 사용할 수 있으면 한결 편해져. 안 그러면 더 힘들어. 보여 줄게."

양손을 내밀어 준야에게서 베이스 기타를 받아 든다. 아이바네즈의 검은 베이스 기타. 오랜만이다.

껴안고, 친다. 알기 쉽게, 천천히. 새끼손가락을 사용해서. 일부러 한 음 한 음을 간격을 두고 정확하게 친다. 특히 약지를 사용하는 부분에서 그 느낌을 강하게 살린다.

두 번째에는 조금 속도를 올린다. 그러나 역시 한 음 한 음을 정확하게 구분한다.

"알겠어? 새끼손가락을 사용하면 매끄럽게 이어지는데, 약지를 사용하면 아무래도 틈이 생겨서 잘 이어지지 않지. 빠른 소절을 칠 때는 더 어려워지고. 그러니까 처음부터 새끼손가락을 사용하도록 연습하는 게 좋아. 나중에 고치려면 힘들어."

"알았어."

"사용하다 보면, 다른 손가락과 비슷하게 힘이 붙을 거야."

"응. 오늘부터는 새끼손가락을 쓸게."

"그리고 현을 튕길 때 말인데. 오른손 집게손가락과 가운뎃손가락을 반드시 번갈아 사용할 필요는 없어. 리듬에 맞춰 사용하는 게 좋아. 예를 들어서 8비트로 다다다다 다다다다면 번갈아 사용하는 게 좋지만, 닷타닷타닷타닷타는 처음 닷타는 계속 집게손가락으로 치고, 그다음 닷타는 가운뎃손가락으로 계속 치는 게 좋아. 그래야 리듬을 잡기 좋거든. 흔히 앞박 뒷박이라는 말을 하잖아. 앞박은 집게손가락으로, 뒷박은 가운뎃손가락으로, 이렇게."

설명에 맞춰 실제로 쳐 본다.

"오오."

"이렇게 하면 빨리 숙달될 거야. 또 그러다 보면, 일일이 생각하지 않아도 손가락이 리듬에 맞춰 저절로 움직이게 될 테고."

"정말 돼?"

"그럼, 되지."

"나도?"

"누구든 돼."

그리고 베이스를 돌려주려고 했는데, 준야가 말했다.

"조금 더 쳐 줘. 무슨 곡이라도."

"베이스만 쳐서는 알기가 힘들 텐데. 아, 그래도 이 곡은 알 수 있겠다."

고등학생 시절에 세이세이세이 밴드에서 연주했던 에 버그린 밤부스의 〈에버그린 밤부〉. 베이스 라인이 인상적인 곡이다.

"아, 밤부스."

"오, 알고 있네."

"와, 진짜 곡 그대로야."

"원곡 그대로 치고 있으니까. 한 음도 바꾸지 않고."

"나도 언젠가는 칠 수 있을까?"

"그럼. 이 곡은 그렇게 어렵지 않아."

"정말?"

"응. 반년 정도 연습하면 할 수 있을걸. 아니지, 문화제 때까지. 언제지? 문화제."

"9월."

"그럼, 앞으로 5개월. 한번 해 보자. 열심히 해서."

"응. 나 얘기해 볼래. 밴드 멤버들에게. 밤부스 하자고."

그때 코코아 등장. 가즈미 씨가 가져다주었다. 쟁반에 담긴 과자 그릇에는 외국인도 좋아한다는 말차맛 킷캣. 그리고 차의 맛을 돋운다는 쌀과자 해피턴.

"코코아에 이런 과자, 이상하지?"

가즈미 씨가 말한다.

"무슨 차를 마시게 될지 몰라서, 대충 준비하다 보니까 이렇게 됐네."

"다 좋아합니다. 과자를 사서 먹는 일이 거의 없어서, 엄청 반가운데요."

"말이라도 그렇게 해 주니까 고맙네."

가즈미 씨는 책상에 쟁반을 내려놓고, 준야에게 말한다.

"어때? 가시와기 선생님."

"베이스, 진짜 잘 쳐."

"아닙니다."

부정한다. 겸손이 아니라, 부정.

"베이스 한다 하는 사람은 보통 그 정도는 다 합니다. 잘 치는 거 아니에요."

"아, 참."

불쑥 준야가 말한다.

"아, 그게 뭐였더라. 음, 슬랩. 그것도 할 수 있어?"

슬랩. 오른손의 엄지손가락은 현을 두드리듯 퉁기고, 집게손가락과 가운뎃손가락은 현을 밑에서 잡아당겨 손가락 등으로 퉁기는 주법이다. 그래서 타악기 같은 효과를 낸다. 단순하다고 여겨지는 베이스를 폼 나게 하는 화려한 기술의 하나다. 하지만 나는 그다지 매력을 느끼지 못한다. 멜로디를 표현하는 베이스 라인을 좋아한다.

"해 본 적이 별로 없어서, 흉내를 내는 정도야."

그렇게 말하고서, 간단하게 품바품바 리듬을 켠다. 거의 어린애 속임수다. 하지만 준야는 아직 어린애. 속아 준다.

"우와. 멋지다."

어린애가 아닌 가즈미 씨까지 속아 준다.

"어머나. 정말 멋지다. 잘하네, 세이스케 씨."

바로 이게 슬랩의 좋은 점이다. 멋져 보인다. 별 실력 없이도 상대를 속일 수 있다. 곡이 아니라도 곡인 것처럼 할 수 있다.

악기를 내려놓고, 잠시 쉬었다.

코코아를 마시고, 킷캣과 해피턴을 먹는다. 다 맛있다.

초콜릿, 드디어 먹어 보네, 하고 생각한다. 유원지에서 1년은 안 먹었다고 아오바에게 말했던 때에서도 시간이 더 흘렀다.

그러나 코코아는 그보다 더 오랜만이다. 고등학교 때 엄마가 끓여 준 후로 처음. 그러고 보니까, 엄마도 해피턴을 좋아했다. 그런 기억까지 떠올랐다.

그리고 다시 베이스 연습으로 돌아갔다. 연습을 하는 쪽은 준야. 나는 지도. 뭐라도 된 것처럼 빼겨 댄다.

준야는 새끼손가락을 어떻게든 써 보려고 애썼다. 그 탓에 처음보다 오히려 서툰 것처럼 보인다. 그 자신도 그렇게 말한다.

"괜찮아. 나중에 한꺼번에 만회할 수 있으니까. 지금은 참아. 앞으로 한두 달 정도 참으면 될 거야."

"우, 길다."

준야가 웃는다.

"두 달 후면 벌써 장마철인데."

"그래도 장마철이 끝날 무렵에는 〈에버그린 밤부〉를 칠 수 있게 될 거야."

"정말?"

"아마."

"아마, 구나."

"아니, 정말. 다만."

나는 목소리를 죽인다. 부엌에 있는 가즈미 씨에게 들리지 않게.

"입시 공부도 해야 한다. 안 그러면 나 망해."

"그야 당연하지. 안 하면, 내가 망하는데."

중학생에게 베이스 기타를 가르치는 시간이 생각보다 즐거웠다. 코코아와 킷캣과 해피턴을 포함해서 꼬박 2시간이 걸렸다. 처음에는 이렇게 하는 게 좋다는 정도의 기초적인 내용은 전부 전달했다고 생각한다. 이제는 본인이 연습하는 것만 남았다. 준야의 노력에 달렸다.

이제 갈까 하고 일어났는데, 가즈미 씨가 말했다.

"세이스케 씨, 저녁 먹고 가."

"아, 아닙니다."

"먹고 가지."

준야도 말한다.

"아닙니다. 과자 먹은 것으로 충분해요."

"충분하기는. 우리는 베이스까지 받았는데."

"그건 억지로 떠넘긴 거니까, 제가 오히려 고맙죠. 오늘은 그만 가 볼게요."

"혹시, 여자 친구랑 약속 있는 거야?"

"아니요. 여자 친구 없습니다."

"없어?"

"네. 여자 친구를 만들 여유가 어디 있어야죠."

"그런 일에, 여유가 있고 없고는 관계가 없지."

"뭐, 그럴지도 모르지만."

도쿠지 씨에게도 비슷한 말을 들었다. 돈이 없어도, 여자 친구는 있을 수 있다고.

"그럼, 다음에는 꼭 먹고 가. 먹고 싶은 거 말해 주면, 만들어 놓을 테니까."

"알겠습니다. 그럼, 가 볼게요."

"세이스케 형, 고마워. 나, 진짜 열심히 연습할게."

준야의 그런 말을 들으면서 기분 좋게 나왔다.

계단을 내려가, 밖으로 나간다.

오후 6시 반. 하늘이 벌써 어둑어둑하다.

그러나 여기는 도쿄. 어디를 가든, 아주 캄캄해지지는 않는다. 어디에든 불빛이 있다. 동네들이 이웃하고 있어서, 불빛도 이어진다. 지방에는 흔히 있는 동네 어귀 같은 부분이 없다. 시골에는 있는 어둠이 없다.

나는 이미, 밤에도 캄캄해지지 않는 그 상태에 길들어 있다. 반갑기도 하고, 서글프기도 하다.

*

가즈미 씨네 집에서 먹지 않은 밥을, 예상치 못한 곳에서 얻어먹게 되었다.

도쿄 도내가 아니다. 돗토리도 아니다. 고토 구에서 전철을 타고 30분쯤 내려가는 나라시노 시. 거기에 있는 기요스미네 집에서다.

대학에 다니던 시절에 활동했던 밴드에서 드럼을 맡았던 가와기시 기요스미의 집. 본가. 기요스미가 아니라 그의 어머니가 나를 초대해 주었다.

라인으로 연락을 주었던 기요스미 말이, 이렇다.

"네 얘기했더니, 엄마가 점심이라도 먹이고 싶다는 거야."

밴드를 같이하던 친구가 대학을 그만두었다는 말을 하자, 어머니가 이것저것 물었던 것 같다. 그래서 조금 얘기했다. 내가 아버지에 이어 어머니까지 잃었다는 것, 그결과 대학을 그만두고 일하지 않을 수 없게 되었다는 것

등등.

그런 얘기를 들은 기요스미의 어머니 이요코 씨가 이렇게 말했다고 한다. 오라고 해.

그래서 기요스미가 내게 연락을 했다.

"세이스케, 미안하지만 와야겠다. 우리 엄마, 한 번 말을 꺼냈다 하면 누가 뭐라고 해도 안 듣는 사람이라서."

그래서 가게 되었다. 내가 쉬는 월요일, 기요스미도 수업을 어떻게 할 수 있다고 해서 그날로 정했다.

나라시노 시에서 바다에 가까운 곳. 주택가. 단지가 있고, 단독주택도 있다. 구획이 반듯반듯하게 정리되어 있다. 상점가는 없다. 편의점도 별로 없다고 한다. 단독 세대가 적어서 그런지도 모른단다. 그건 내가 아니라, 기요스미의 의견. 오호, 과연, 하고 생각한다. 기요스미는 법학부 학생이다. 그래서 그런 건 아니겠지만, 나나 쓰루기보다 머리가 잘 돌아간다.

JR 게이요선을 타고 신나라시노 역에서 걸어 15분. 그런데 미나미스나마치에서 출발하면 쓰다누마로 오는 게 쉬울 거라고 했다. 기요스미는 소부선 쓰다누마 역까지 차를 가지고 마중 나와 주었다.

그 차 안에서, 이거 무슨 차냐? 하고 물었더니, 프리우스라는 대답. 아아, 이게 프리우스구나. 그렇게 말하자, 기요스미는 이렇게 말했다.

"차가 처음 집에 왔을 때 나도 그렇게 생각했는데. 아아, 이게 프리우스구나."

기요스미네 집은 고등학교 바로 옆에 있었다. 기요스미의 모교다.

집 자체는 아주 평범한 단독주택. 1층과 2층이 바로 이어져 있는 양옥.

차고에 차를 넣는다. 하이브리드 차라서 조용하다. 그런데도 들었는지, 기요스미의 어머니가 현관에서 맞아 주었다. 문을 열고 일부러 밖에까지 나와서.

"어서 와요."

"실례합니다."

어머니가 먼저 말해서 허둥지둥 인사했다.

현관에서 신발을 벗고 마루로 올라서자, 슬리퍼를 신으란다. 아니, 신으라고 한 것은 아니다. 어머니가 슬리퍼를 꺼내 주었다. 그리고 거실로 안내.

청결한 인상이었다. 급하게 치우고 정리한 것이 아니라, 늘 이런 상태. 그런 느낌이 들었다. 가즈미 씨네 임대주택이나 돗토리의 임대주택과는 분위기가 다르다. 넓이만 다른 것이 아니다. 뭐랄까, 여유가 있다. 집 전체에 넉넉한 여유가 흐른다.

정오가 지난 시간. 이요코 씨는 점심 준비를 다 해 놓고 기다리고 있었다. 식사 전에 선물을 건넸다. 반찬가게 다노쿠라의 세트 메뉴.

오전에 집에서 나와 일부러 다노쿠라에 들렀다. 그리고 막 튀겨서 진열한 튀김을 샀다.

물론, 값은 치렀다. 무슨 일이냐고 물어서 사정을 얘기하자, 도쿠지 씨는 그런 일이라면 그냥 싸 가라고 했다. 그러나, 굳이 돈을 지불했다. 공짜로 받은 것을 선물하면 실례일 듯한 기분이 들어서다.

그럼 깎아 주겠다는 말은 고분고분 들었다. 나의 약점이다. 막판에 약하다. 그래도 덕분에 게살크림크로켓을 덤으로 받았다. 기요스미네 집은 가족이 셋. 안심과 햄커틀릿, 비지, 게살크림크로켓 각각 세 개씩.

오늘은 손님이니까 내가 하겠다면서 가즈미 씨가 용기에 담아 주었다. 플라스틱 용기가 전부 세 개. 어른 셋이 튀김을 이렇게 많이 먹을 수 있을지, 조금 불안해졌다. 그래도 모자라는 것보다는 낫다.

튀김 세트를 하얀 비닐 봉투째 이요코 씨에게 건넸다.

"우리 가게에서 파는 것이라 죄송하지만, 맛 좀 보세요."

"어머나, 크로켓? 커틀릿도 있네. 고마워요."

그리고 셋이 테이블에 앉아, 점심.

이요코 씨가 준비한 점심은 대구뫼니에르. 대구는 고등학교 때 먹어 보고 처음이다. 너무 생소해서 한자도 기억나지 않는다. 그래서, 그렇게 말했더니 기요스미가 가르쳐 주었다. 물고기 어(魚) 변에 눈 설(雪) 자를 쓴단다.

대구뫼니에르가 비싸 보이는 접시에 담겨 있다. 아니, 비싼 느낌이 아니다. 뭐라고 표현하면 좋을까, 우아하고 차분한 접시다. 하얀 밥도, 비슷한 느낌의 넓적한 접시에 담겨 있다. 그리고 젓가락 대신 나이프와 포크.

"와, 패밀리 레스토랑이 따로 없군."

그렇게 말하고서야, 이요코 씨에게 다시 덧붙인다.

"아, 아니요. 싸구려 같다는 느낌이 아니라, 완전히 양식이라는 뜻입니다."

"완전히 양식."

기요스미가 그 말을 되풀이한다.

"저, 제 입장에서는 패밀리 레스토랑도 엄청 비싼 곳이라서."

"그런 말은 또 왜 하는 거냐?"

기요스미가 웃으면서 말한다.

"생선을 먹을 기회가 별로 없을 것 같아서, 이렇게 준비했어."

이요코 씨가 설명한다.

"고기보다는 생선이 좋지 않을까 해서."

"그럼 차라리 일식으로 하지 그랬어. 고등어소금구이나 말린 전갱이구이 같은."

"얘는, 그럼 멋이 없잖니. 모처럼 친구를 불렀는데, 조금은 폼도 내야지."

웃었다. 어머니 세대의 여자 입에서 폼을 낸다는 말이 나와 좋다. 왠지 마음이 푸근해진다.

"야, 우리 맨날 나이프와 포크로 먹는 거 아니야."

기요스미가 내게 말한다.

그래도 나이프와 포크가 어울리는 집, 이라고 생각한다. 예전부터 그렇게 느꼈지만, 기요스미는 기품 있다. 반듯하게 자란 인상. 올곧은 부모 밑에서 자랐다는 느낌이 든다. 이요코 씨를 보니, 수긍이 갔다.

나는 그 이요코 씨에게 말한다.

"죄송합니다. 크로켓 같은 걸 들고 와서."

"무슨 소리. 내가 크로켓을 얼마나 좋아하는데. 오늘 저녁때 잘 먹을게."

"햄커틀릿은 오랜만이지."

기요스미가 말한다.

"집에서 돈가스는 만들어도, 햄커틀릿까지는 만들기 쉽지 않잖아. 게다가 너희 가게 햄커틀릿. 기대된다."

대구뫼니에르, 맛있었다. 그렇군, 이게 대구, 하고 떠올랐다. 엄마가 끓이는 지리탕에는 늘 대구가 들어 있었다. 요리법은 다르지만, 그 맛이다.

아버지와 엄마에 대해 이것저것 묻지 않을까 했는데, 그런 일은 없었다. 이요코 씨는 아버지 어머니를 운운하기는커녕 기운 내라는 말조차 하지 않았다. 내가 오히려 맥이 좍 풀렸다.

식사를 끝내고 잘 먹었다고 말한 다음, 2층에 있는 기요스미 방으로 올라갔다.

거실과 마찬가지로, 깔끔하게 정리되어 있다. 침대는 놓여 있지만 물건이 많지 않아 넓게 느껴진다.

"침대가 좋은데."

"좋기는 한데, 니토리에서 산 거야."

그 침대 끝에 앉는다. 기요스미는 머리맡 쪽. 나는 다리 쪽.

이요코 씨가 바로 커피를 가져다주었다. 귀여운 머그잔 안 가득 향기로운 커피다. 원두를 갈아서 끓인 커피.

침대에 흘리지 않도록, 서서 마신다. 맛있다.

그리고, 다시 앉아 기요스미와 얘기한다.

쓰루기와는 몇 번 있었지만, 기요스미와 이렇게 얘기를 나누기는 처음일지도 모르겠다. 친하기는 해도, 기요스미가 내 집에 자러 온 적은 없으니까.

"너, 언젠가 사법고시 볼 거야?"

내가 묻는다.

"아니."

"왜?"

"교편을 잡는 걸로 충분해. 부모님도 교사고."

그건 예전부터 알고 있었다. 기요스미의 아버지 유키히코 씨는 미쓰바고등학교의 교장이다. 이요코 씨도 유키히코 씨와 결혼하기 전까지는 선생이었다. 기요스미를 낳은 후에 복직하려는 생각도 있었는데, 결국은 하지 않았다고 한다.

"그럼, 선생 될 거야?"

"아마, 그렇겠지."

"고등학교? 중학교?"

"고등학교지. 중학교는 힘들잖아."

"법학부면 무슨 과목을 가르치게 되지?"

"역사지리하고 공민(현대사회, 윤리, 정치, 경제를 포함하는 교과목 - 옮긴이)."

"교생실습도 바로 옆에서 하겠다."

"응, 걸어서 3분 거리라 편해."

"3분도 안 걸리지."

"아니. 교문으로 가려면 의외로 많이 걸어야 해. 교생실습 하는 선생이 담장을 넘어갈 수는 없잖아."

"쓰루기라면 그럴 것 같은데."

"아, 그래. 그 녀석은."

"시노미야 쓰루기 선생에게는 배우고 싶지 않다."

"그래도 수업은 재미있을 것 같은데."

"탈선에 탈선이 이어지겠지. 사회과 시간에 보건체육 얘기나 할 것 같고."

"하긴."

다시 일어나 커피를 마신다.

쓰루기 이름이 나온 참에, 물어본다.

"드럼, 하고 있어?"

"아니. 밴드 그만뒀어."

"뭐? 정말?"

"응."

"완전히 그만둔 건 지지난주쯤인가. 전부터 계속 생각하고 있었는데, 역시 네가 그만둔 게 큰 계기였어. 타격이 컸지, 뭐. 게다가 교직 과목 들으려니 시간도 빡빡해졌고."

"그렇구나. 그만뒀구나."

"한동안 스튜디오에도 가지 않았고. 쓰루기도 네가 그만둔 후로는 아마 신이 안 났을 거야. 보컬을 찾는 기색도 없었고."

"결국 보컬을 정하지 못하고 끝났구나."

"끝났는지는 몰라. 쓰루기는 아직 하고 있을지도 모르고. 내가 빠졌을 뿐이니까."

"드럼, 가끔 치고 싶지 않아?"

"그렇긴 하지. 그렇다고 스튜디오에 가는 일은 이제 없어. 잘 모르는 사람들과 맞춰 보고 싶지도 않고."

"내가 그만둔 후에 한 학년 아래 이시이가 들어왔다면서? 쓰루기 말이 제법 실력이 늘었다고 하던데."

"응. 실력이야 늘었지. 하지만 드럼과 베이스는 스타일에 따라 잘 안 맞는 경우가 있잖아. 이시이랑은 잘 안 맞 았어. 사람이 이렇다 저렇다 하는 건 아닌데. 아니지, 그 런 부분도 조금은 있었을 거야. 이시이 그 녀석, 쓰루기 쪽이잖아."

쓰루기 쪽. 무슨 말인지 안다. 연주로 치면, 세세한 부 분은 제쳐 놓고 리듬이나 흥을 중시하는 타입.

"밴드 그만뒀으면, 노이즈에서도 나온 거야?"

"그런 말은 하지 않았는데. 말할 필요도 없고."

없을 것이다. 그저 경음악 동아리. 구속력도 별로 없다. 반듯한 조직도 아니다. 반듯한 기요스미가 왜 들어갔는 지, 이상할 정도다.

"너는, 베이스 지금도 치니?"

"나도 그만뒀어. 악기도 다른 사람에게 줘 버렸고."

"그랬구나."

"응. 중학생이야. 같이 일하는 사람의 아들. 베이스를 할 거라고 해서, 그럼 악기를 그쪽이 쓰는 게 낫겠다 싶 어서."

"이제 연주하고 싶은 마음도 없어?"

"음. 아예 없는 건 아니지만."

아예 없는 건, 아니다. 가즈미 씨 집에서 오랜만에 쳤을 때도, 즐거웠다. 하지만 준야가 치는 걸 보고서, 주기를 잘했다고 생각했다. 이제는 나보다 준야, 라는 생각도.

"요리사가 될 거라면서?"

"응."

"너는 할 수 있을 거야."

"글쎄."

"할 수 있어. 베이스도 잘 쳤는데, 뭐."

"요리와 베이스는 관계없잖아."

"없기는. 손재주가 있는데, 칼도 잘 다룰 거야."

"그 말, 쓰루기도 하더라."

"쓰루기가 내게 한 말이야. 내가 다시 써먹은 거지. 그래도 너는 음감이 좋잖아. 그걸 요리에도 살릴 수 있을 것 같은데. 소리에 대한 감각은 맛에 대한 감각과도 통하지 않을까. 어느 쪽이든, 미적 감각이 필요하잖아."

"통한다고 믿고 싶다. 아무튼 언젠가는 어떻게 될 거라고 믿고 싶어."

아니, 어떻게든 해야 한다. 혼자 힘으로.

기요스미네 집에 세 시간 정도 있었다. 커피를 두 잔 마셨다. 이요코 씨가 커피를 따라 주러 일부러 2층까지 올라왔다. 유리 주전자를 들고.

그리고 내가 돌아가기 직전, 이요코 씨는 또 다른 일도 해 주었다.

왔을 때처럼 기요스미가 프리우스로 쓰다누마 역까지 데려다주기로 했다.

집을 나서려는 때, 기요스미의 스마트폰으로 전화가 걸려 왔다. 잠깐 실례, 하면서 기요스미가 거실로 돌아갔다. 현관에서, 이요코 씨가 내게 말했다.

"사양 말고 또 와요. 밥 정도는 언제든 지어 줄 수 있으니까."

"감사합니다."

"그리고, 정말 쪼들릴 때는 얘기해. 조금은 빌려줄 수 있어."

"아닙니다."

"괜찮아. 쪼들릴 때는 빌릴 수 있다, 그렇게 생각해. 혼자 열심히 하는 것도 중요하지만, 의지할 수 있는 사람에게 의지하는 것도 중요해요."

이요코 씨가 내게 하얀 봉투를 내밀었다.

뭔지 모르는 채, 받아 든다.

"교통비야."

"아닙니다."

또 같은 말을 되풀이하고는, 되돌려 주려 했다.

그러나, 이요코 씨는 받지 않는다.

"밥 먹으러 오라고 해 놓고서, 교통비를 부담하게 하면 의미가 없잖아."

"그래도."

"괜찮아."

그때, 기요스미가 돌아왔다. 내가 손에 든 하얀 봉투를 보고서도 아무 말이 없다.

"그럼, 죄송합니다. 잘 받겠습니다. 감사합니다."

"조심해서 돌아가요."

"네."

"기요스미도, 운전 조심하고."

"응."

"그럼, 이만 가 보겠습니다."

집에서 나와, 프리우스를 탄다.

역까지는 차로 10분. 그 사이에, 기요스미에게 고맙다고 말한다.

"정말 고맙다."

"뭘 그래. 또 와. 어차피 엄마가 또 부르겠지만."

"교통비 받았어. 괜찮은 건지 모르겠다."

"괜찮아. 우리도 커틀릿이랑 크로켓 받았는데, 뭐."

가와기시 모자. 이요코 씨와 기요스미. 그냥 품위가 있는 차원이 아니다. 인품이 넉넉하다고 해도 좋을 차원이다.

쓰다누마 역 바로 앞 네거리에서 재빨리 프리우스에서 내리고, 기요스미와 헤어졌다. 모습이 저 멀리 보이지 않을 때까지 차를 바라본다.

그다음에도, 역으로 곧장 향하지 않는다. 약간 다시 돌아가듯이 걸어, 이요코 씨에게 받은 하얀 봉투 안을 보았다. 지폐가 한 장. 1,000엔이겠거니 했는데 웬걸, 5,000엔이다. 교통비라면서 5,000엔. 미나미스나마치와 쓰다누마 사이를 여섯 번은 오갈 수 있다.

돗토리의 비토 후키코 씨라면 이해할 수 있다. 후키코 씨는 어머니를 아는 사람이니까. 그러나 이요코 씨는 그렇지 않다. 어머니도, 아버지도 모른다. 나와도 오늘 처음 만났다. 그런데 5,000엔. 점심까지 먹여 준 데다, 5,000엔.

봉투를 주머니에 집어넣고, 그대로 걷는다. 딱히 어디로 가려는 것은 아니다. 내가 아는 정보는 막연하게, 쓰다누마. 게이세이 본선을 타도 갈 수 있으니까, 아마 바다 쪽. 그뿐이다.

기요스미의 집에 와 볼 마음이 생긴 것도 실은 이 쓰다누마와 가깝다는 걸 알았기 때문이다. 가 보겠다는 말을 기요스미에게 할 수도 있었지만, 하지 않았다. 했으면, 기요스미는 차로 같이 가자고 했을지도 모른다. 그러나 다른 사람의 차를 타고 돌아보는 건 좀 아니지 않나 싶었다.

아버지는 오메 시에서 태어났다. 젊었을 때 쓰다누마에 살았다고 들은 적이 있다.

니혼바시의 야마시로에서 일하기 전에는 쓰다누마에 살면서 어느 음식점에서 일했던 것 같다. 그 음식점이 어디인지는 모른다. 살기는 아파트에서 살았겠지만, 그 장소도 모른다. 아버지가 스무 살 때니까, 30년 전. 가게도 아파트도 벌써 없어졌을 가능성이 높다.

그런데도 기요스미에게 연락을 받았을 때, 한번 가 보자고 생각했다.

오메에는 재작년, 대학교 1학년 때 가 봤다. 아버지가 어느 임대아파트에서 살았는지는 몰랐기 때문에, 그저 동네만 돌아보았다.

도심에서 멀리 떨어져 있어 시골 동네일 줄 알았는데, 그렇지도 않았다. 녹음도 풍성했지만 높은 아파트도 있었다. 옛 시대의 풍물을 관광 포인트로 삼고 있는지, 여기저기에 옛날 영화의 대형 간판이 걸려 있었다.

오메 역 주변을 걷다가 카페에서 커피를 마시고, 돌아왔다. 카페라기보다 찻집이라 하고 싶은 가게였다. 아버지가 살았을 당시에 그 찻집이 있었는지는 알 수 없지만, 적어도 역 앞길은 걸었을 것이라고 생각했다.

그리고 올해, 나는 니혼바시의 다키치에 갔고, 그 흐름을 따라 긴자에 있는 도리란에도 갔다. 이제 아버지에 얽힌 지명으로 남은 곳은 쓰다누마뿐. 가 보자, 하고 생각했다.

쓰다누마는 오메보다 넓고 탁 트인 인상이었다. 역 앞에 있는 네거리가 우선 넓다. 고층 아파트도 많다.

아버지가 오메에 살았던 건, 아주 어렸을 때. 그러나 쓰다누마는 지금의 나와 비슷할 나이. 그 당시의 아버지는 이미 요리사로 살아간다는 걸 결정한 아버지다. 막 새로운 인생의 시작점에 선 아버지.

샛길로 들어서서, 적당히 걷는다. 기요스미네 집이 있는 언저리만큼은 구획 정리가 잘되어 있지 않아, 방향을 알 수 없다. 처음 오는 고장에서 자주 있는 일이다.

15분 정도 걷자, 신사가 보였다. 들어가 본다.

넓이는, 동네에 흔히 있는 아이들 놀이터 정도. 부지 전체가 높다란 나무로 둘러싸여 있다. 그 때문인지 시원하다. 그렇다고 햇살이 비치지 않는 것은 아니다. 나무 사이로 비치는 빛줄기가 군데군데 보인다. 나뭇가지 사이로 비치는 빛은 선명하게 보인다. 사람은 없어도, 과연 신사다. 고아한 분위기다.

안쪽에 조그만 신사 건물이 있고, 그 바로 앞에 벤치가 있다. 앉는다.

사방을 돌아본다. 밤 되면 무섭겠는데, 하고 생각한다. 밤에도 이런 식이면, 상당히 어두울 것이다. 아니면, 가로등 불빛 덕에 의외로 밝을까.

오메 역 근처에 있는 찻집도 그렇지만, 아버지가 이 신사에 왔을지는 알 수 없다. 하지만 아버지가 살았던 당시부터 여기 존재한 것은 틀림없을 것이다. 신사니까, 몇 년 전에 새로 오픈! 그런 일은 없다.

이 부근에 아버지가 있었다. 그것으로 충분하다.

니혼바시의 다키치에서도 그랬다. 돗토리가 아닌 장소에서 아버지를 느낀다는 신선함. 하지만 애써 아버지를 생각하지는 않는다. 벌써 오래전에 수도 없이 했으니까. 엄마에 대해서도 마찬가지다. 애써 생각할 것도 없다. 저

절로 생각하게 된다. 앞으로도 그럴 것이다. 그러니까 이제, 일부러 생각하러 가지는 않는다.

고즈넉하고 서늘한 신사에서, 혼자, 멍하니 있다. 왜 이런 곳에 있을까. 이런 곳에서 뭘 하고 있는 것일까. 기분이 이상하다.

떠오른다.

아버지가 집에서 부엌칼을 갈고 있다. 요리는 주로 어머니에게 맡겼지만, 부엌칼을 가는 것만큼은 당신 손으로 했다. 칼은 좋은 것을 사용해야 한다. 어머니에게 그런 말을 자주 했다.

어머니는 또 어머니대로, 내게 이렇게 말했다. 이 칼이 얼마나 하는지 아니? 한 자루에 1만 엔이 넘어. 그런데 얼마나 편한지 몰라, 쓰기에. 날이 무뎌지면 아버지가 숫돌에 간다. 그러면 되살아난다.

그렇다. 되살아났다. 어머니는 그렇게 표현했다. 아버지가 사고를 당하기 얼마 전. 나는 아직 고등학생. 부엌칼을 손에 잡은 적은 없지만, 무뎌진 날이 되살아난다는 그 감각만큼은 이해할 수 있었다.

문득 하늘을 올려다본다. 높다란 나무 위의 하늘. 돗토리와 이어진 하늘이다.

내 손으로 밥을 지어 먹자, 하고 생각한다. 책을 보면서 공부하는 것만으로는 부족하다. 집에서도 칼과 식재료를 접해야 한다. 요리사 시험에 실기는 없다. 하지만 할 수 있는 건 미리미리 해 놓아야 한다. 우선은 니토리에 가자. 아니지, 갓파바시 조리 도구 거리에 가자. 돈을 아까워하지 말고, 가게를 몇 군데든 돌아다니면서 조리 용품을 사 모으자.

재작년의 오메에서 시작해, 다키치, 도리란, 쓰다누마. 아버지를 느낄 수 있었다. 아들이 요리사로 새 인생을 시작하려 한다는 보고도, 했다.

한편, 어머니를 느낄 수 있는 장소는 돗토리밖에 없다. 아버지와 어머니를 동시에 느낄 수 있는 장소는, 오직 돗토리밖에 없다.

나는 이대로 도쿄에 산다. 하지만 앞으로는 돗토리도 찾게 될 것이라고 생각한다. 이미 집은 없지만, 돌아간다는 감각은 느낄 수 있을 것이다.

우선은 미나미스나마치로 돌아가기 위해, 나는 벤치에서 일어난다.

*

비가 내려도, 사람은 일하러 가야 한다. 그러니까 출퇴근길의 전철이 비는 일은 없다. 그러나 비가 와서, 오늘은 장을 보러 가지 말까, 하는 일은 종종 있다. 그래서 상점가에 오가는 사람들이 적어진다.

아케이드가 있는 상점가는 얘기가 다를 것이다. 없는 곳은, 영향을 받는다. 가게에 드나들 때마다 우산을 접었다 폈다 해야 한다. 그게 귀찮다.

내리는 정도에 따라서도 다르다. 본격적으로 쏟아지면 상점가는 한산해진다. 비 오는 날에 길거리 음식을 즐기려는 사람은 많지 않다. 가게가 썰렁해진다. 튀겨 내는 크로켓의 숫자도 준다. 날씨에 따라 도쿠지 씨가 판단해서 양을 조절한다.

오늘이 바로 그런 날이다. 장마철에 들어서 처음 내리는 본격적인 비. 거리가 한산하다. 튀김의 양도 조절.

이런 날에 쉬는 날이 걸리다니, 에이키 씨는 참 운도 좋다. 아니다. 에이키 씨는 오히려 운이 없다고 여길까. 쉬는 날, 가게가 한산하면 아깝잖아. 그렇게 생각할 수도 있겠다.

나는 반대다. 한가하면 오히려 괴롭다. 손님의 발길이 적은 날, 가게 앞을 지키려면 따분하다. 시간이 느리게 간다. 쉬는 시간도 고맙지 않다. 이렇게 동그란 의자에 앉아 있는데도, 쉬고 있다는 느낌이 없다.

이래저래 언제나 바쁜 도쿠지 씨까지 휴게실로 올라와 동그란 의자에 앉는다.

"오늘은 틀린 것 같은데."

"그러게요."

"좀 그쳐 주면 좋겠는데, 종일 내릴 것 같아."

"내일도 오전 중에는 비가 온다는데요. 스마트폰으로 일기예보 봤어요. 오후부터는 흐림, 비가 올 확률은 40퍼센트, 라고 합니다."

"40이라. 애매하군. 결국 계속해서 부슬부슬 내리지 않을까 싶네. 다들 그렇게 여기니까 장을 보러 나오지 않는 걸 테고."

"그렇겠죠."

"오늘 안 나온 사람은 나올 수도 있겠지만."

"그럼 좋은데요."

도쿠지 씨는 양 무릎에 양 팔꿈치를 올려놓고, 얼굴 앞에다 두 손을 깍지 낀다. 기름의 열에 견딜 수 있도록 피부가 두꺼워지면서, 결과적으로 굵어진 손가락이다. 실제로 도쿠지 씨는 뜨거운 기름이 튀어도 움찔하지도 않

는다. 나는 기름이 튈 때마다 아윽! 하거나 앗 뜨거! 하고
소리를 지르는데.

"세이스케."

"네?"

"자네 말이야, 요리사 자격증 따면 어떻게 되고 싶다든
지, 구체적인 희망이 있는 거야? 일식 요리사가 되고 싶
다, 양식 요리사가 되고 싶다. 레스토랑에서 일하고 싶다,
호텔 주방에서 일하고 싶다, 그런 거 말이야."

"아."

잠시 생각하고서 대답한다.

"지금은 아직, 없는데요."

"하기야 미리부터 정할 것도 없지. 일하다 보면 자연스
럽게 정해질 테니."

"그렇죠."

"아버지는 일식이었나?"

"그렇다고도 할 수 있지만, 주로 닭요리를 하는 선술집
에서 일했습니다."

"자네, 반찬가게 하는 건 싫어?"

"에?"

"반찬가게 말이야."

"이런 가게, 말인가요?"

"아니, 이 가게. 반찬가게 다노쿠라."

도쿠지 씨가 깍지 꼈던 손가락을 푼다. 마사지를 하는 것처럼 오른손 엄지손가락으로 왼 손바닥을 문지른다.

"우리가 자식이 없잖아."

"네."

"처음부터 알고 있었어. 생길 수 없다는 거."

알고 있다. 가즈미 씨에게 들었다. 하지만 그런 말은 할 수 없으니, 잠자코 있다.

"앞날을 생각하고 가게를 시작한 건 아니야. 이렇게 오래 계속할지도 몰랐고. 그래도 운이 좋아 계속할 수 있었지. 그런데 이제 슬슬 이 문제를 생각해야 할 시기가 온 것 같아서 말이야. 한마디로, 이 가게를 이어 줄 사람이 없어."

"아아."

"그렇다고 누구에게 물려줄 만한 가게도 아니지만."

"그렇지는 않죠."

"우타코와 둘이 그냥 하루하루 장사를 해 왔을 뿐이야. 그런데 나도 이제 예순여덟. 앞으로 언제 무슨 일이 생길지 모르는 나이지."

맞는 말이다. 언제 무슨 일이 생길지 알 수 없다. 가령 40대라도, 생길 일은 생긴다. 20대라도 알 수 없다. 고양이는 상대를 골라서 튀어나오지 않는다.

그렇게 생각하면서도, 말한다.

"에이, 아직 멀었죠."

"멀기는. 자네가 나보다 잘 알 텐데. 언제 무슨 일이 생길지, 사람이 어떻게 알겠어. 나도 말이야, 세이스케 자네를 알고 생각하게 된 거야. 나는 어쩌다 운이 좋아 이 나이가 되도록 살아 있다고 말이지."

"사람들 대부분이, 다 그렇잖아요."

"미안하군. 안 좋은 기억을 떠올리게 해서."

"아닙니다."

"이렇게 조그맣지만, 그래도 애착은 있어서 말이야. 가능하면 남기고 싶어. 나와 우타코가 일에서 손을 뗀 후에도, 여기에서 크로켓이 팔리는 걸 보고 싶어. 그 크로켓을 사러 오고 싶기도 하고. 그래서 우리가 일을 그만둘 때는 가게 문을 닫는 게 아니라, 누구에게 물려주고 싶은 거야. 그 누구는, 이 가게를 잘 아는 사람이 되겠지. 가게 이름은 바꿔도 상관없어. 다노쿠라가 아닌데 반찬가게 다노쿠라라고 할 필요는 없으니까."

도쿠지 씨는 옆에서 나를 똑바로 보면서 말을 잇는다.

"세이스케 자네라면, 이 가게를 성실하게 꾸려 가 줄 것 같은데."

세이스케 자네라면. 의지할 데 없는 나라면, 이란 뜻일 것이다. 아마 에이키 씨보다는 나, 라는 의미도 있을 것이다.

"하지만 저는 아직."

"일을 시작한 지 1년도 채 안 되었는데, 이런 소리를 들으니 난감하겠지. 그건 알아. 다만, 나도 일찌감치 준비를 해야 하니. 뭐, 심각하게 생각하지 않아도 돼. 내게 그런 마음이 있다는 것만 알아주면 돼."

아무 말도 할 수 없다. 어떻게 반응하면 좋을지 모른다.

"자네가 우리 가게에서 일하기 시작한 게 언제지? 작년 9월이었나?"

"10월입니다."

"그럼, 이제 8개월 된 셈인가."

"네."

"짧다고 생각할지 모르겠지만, 그 시간이면 충분해. 반년쯤 같이 일해 보면 어느 정도는 알 수 있으니까. 나는, 자네라면 우리 가게를 맡길 수 있다고 봐. 그때 멘치를 깎아 주기를 잘했다고 생각하고. 8개월 동안, 자네는 한 번도 쉬지 않았어. 지각도 하지 않았고."

"조퇴는 했죠. 감기에 걸려서."

"그때는 내가 가라고 해서 간 거지. 그런 말 안 했으면, 자네는 안 갔을 거야."

그랬을지도 모른다. 그러다 끝내 쓰러져서 도리어 폐를 끼쳤을지도 모른다.

"앞날의 일이라고 해서 적당히 하는 말 아니야. 그거 하나는 알아주면 좋겠군."

"네."

안다. 그렇게 중요한 일을, 적당한 기분으로 말할 수 없다.

당황스럽다. 몹시. 그래도, 단순히 기쁘다. 도쿠지 씨가 그렇게 말해 주어서. 가게가 작고 크고는 상관없다. 의지할 데 없는 나라면, 다시 말해서 물러설 데가 없는 나라면 착실하게 할 것이다. 온 힘을 다해서 할 것이다. 도쿠지 씨는 그렇게 생각한 것이다.

보통은 에이키 씨에게 물려주려 하지 않을까. 도쿠지 씨 입장에서 에이키 씨는 친구의 아들. 나보다 경력도 오래됐다. 실력도 좋다. 경영 면에서는 몰라도, 주방에서는 도쿠지 씨가 하는 일의 70~80 퍼센트를 이미 터득했다.

가즈미 씨 역시 그럴지도 모른다. 그러나, 입장이 다르다. 남자가 어떻고 여자가 어떻고, 하는 문제가 아니다. 가즈미 씨 자신에게 가게를 하고 싶은 마음이 없을 것이다.

에이키 씨는 어떨까. 가게를 할 마음이 있을까. 가게 주인이 될 마음이 있을까.

없지는 않을 것이다. 내가 가게를 하게 되면 주먹밥도 취급할 거야, 한 적도 있었으니까. 이 가게 정도면, 밥을 짓는 설비만 갖추면 충분히 이윤이 생길 거야, 하고 꽤 구체적인 말도 한다.

도쿠지 씨가 같은 얘기를 에이키 씨에게도 했을 것 같지는 않다. 둘을 천칭의 양쪽에 올려놓고 경쟁하게 한다. 도쿠지 씨는 그럴 사람이 아니다. 그야말로 8개월 동안 같이 일했으니, 나도 그 정도는 안다. 도쿠지 씨는 굳이 오늘 말한 것이다. 비 때문에 한가한 날이라서가 아니라, 에이키 씨가 쉬는 날이기 때문에.

"아이쿠, 이래서야 쉬는 것도 아니겠군."

도쿠지 씨가 동그란 의자에서 일어나면서 말한다. 나도 일어나려 했는데.

"괜찮아. 좀 더 쉬어."

"그래도, 이제 시간이 다 되었는데요."

"바쁠 때는 시간 맞춰 쉬게 할 수 없으니까, 이런 때라도 쉬라고. 급료에서 빼지 않을게. 아니지, 원래는 제대로 쉬지 못한 만큼 더 얹어 줘야 하는데."

도쿠지 씨가 휴게실에서 나간다. 계단을 내려가는 발소리가 들린다.

나는 들었던 엉덩이를 의자에 툭 내려놓는다. 동그란 의자 다리에서 삐익 소리가 난다.

왜 이러는 거지. 몸이 약간 떨린다. 친절한 사람은, 있다. 돗토리에도, 긴자에도. 신나라시노에도, 미나미스나마치에도.

*

그리고 오늘은 즐거운 월급날. 한 달에 한 번 호사를 부리는 날. 라면 데이다.

기본적으로 외식은 하지 않는다. 자취를 시작한 후로는 집 근처에 있는 스키야에도 가지 않는다.

자취라고 해야, 별거 없다. 원룸에 가스레인지는 1구짜리, 조리를 할 수 있는 공간도 거의 없다. 갓파바시 조리

도구 거리에서 큰마음 먹고 1만 엔 주고 산 부엌칼로 채소와 고기를 썰어서, 조그만 프라이팬에 볶는 정도.

그런데도 조미료의 양과 볶는 시간에 따라 맛과 식감이 달라진다는 것을 알게 됐다. 알게 되자 재미도 늘었다. 오늘은 이렇게. 내일은 이렇게. 하루하루가 다르다. 즐겁다.

그래도 이제 나이 스물의 남자. 가끔은 라면이 무지 먹고 싶어진다. 컵라면으로 대체할 수 없다. 가게에서 파는 라면과 컵라면은 전혀 별개의 것이다. 호세이대학 경영학부 3학년인 시노미야 쓰루기도 하는 말이다. 그게 말이야, 가게에서 라면 먹고 난 다음에 집에 와서도 컵라면 먹을 수 있잖아.

비가 와서, 갈까 말까 망설였다. 그래도 빗발이 가늘어졌고, 어차피 집까지는 걸어가야 하니까 좀 더 걷기로 했다. 무엇보다, 아침부터 벌써 마음이 라면을 향하고 말았다.

갈 가게는 처음부터 정해져 있었다. 기요스바시 길에 최근에 생긴 가부라기야다. 돼지뼈와 닭가슴뼈를 진하게 우려내 간장으로 간한 국물. 새로 생긴 가게인데, 맛집 사이트의 평가는 높다. 지난달부터, 오늘은 그 가게에 갈 계획이었다. 가부라기. 가시와기와 비슷한 울림. 친근감이 느껴진다. 기대가 크다.

간장라면. 된장라면. 소금라면. 뼛국물라면. 옛날부터 라면을 좋아했다. 딱 어느 한 가지로 좁히기가 어려웠다. 하지만 도쿄에 와서 간장 맛 뼛국물라면을 처음 먹었을 때, 우와, 맛있는데, 하고 생각했다. 어이없을 만큼 금방 한 가지로 좁혀졌다. 간장 맛 뼛국물라면은 면발도 대개는 내가 좋아하는 굵은 면이라는 이유도 컸다.

비가 와서 그런지 줄 선 손님이 없어, 바로 가게에 들어갈 수 있었다. 발매기에서 식권을 산다. 기본 라면으로 했다. 800엔이면 지출이 크다. 하지만 채소를 추가하고 그 가격이니까 나쁘지 않다. 한 달에 한 번 부리는 사치. 그 정도는 괜찮다.

카운터 자리에 앉았다. 10분 정도 지나 라면이 나왔다. 채소가 듬뿍 들어 있다. 주로 숙주지만, 수북하게 쌓여 있다. 사발 테두리보다 훨씬 높다.

잘 먹겠습니다, 하고 작은 목소리로 말한다. 숙주를 먹는 틈틈이 굵은 면을 빨아올리고, 국물을 먹는다. 면도 보통, 기름기도 보통으로 주문했는데, 면이 생각보다 딱딱하고 기름기도 많다. 그래도 맛있다. 다음 달은 몰라도, 다다음 달에는 또 올지도 모르겠다.

목적을 달성한 덕분에 약간 여유가 생겼다. 저녁 쉬는 시간에 도쿠지 씨가 했던 말을 떠올린다.

기쁘다. 그 기분은 지금도 마찬가지다. 솔직히 말하면, 기쁘다기보다 고맙다. 정말 고맙다. 아직 아무것도 할 줄 모르니, 뭐라 답할 수가 없다. 그래서 답답하다.

천천히 라면을 먹으면서, 다시 생각해 본다.

가즈미 씨나 에이키 씨는 둘째치고, 나 자신에게, 내 가게를 갖고 싶은 욕망이 있나. 반찬가게 다노쿠라 같은 가게. 돗토리 같은 가게. 도리란 같은 가게.

그런 가게가 있다면 좋겠다, 하고는 생각한다. 하지만 지금, 욕망이라고 할 수 있을 정도는 아니다. 오히려 그래서는 안 된다는 의식이 있다. 왜일까. 아버지를 알기 때문이다.

내가 중학생 때. 아버지가 돗토리를 접고 다른 가게에서 일하던 때.

밤, 집에서 아버지가 엄마에게 이렇게 털어놓은 적이 있다.

"내가 경영에는 소질이 없나 봐. 그냥 요리사로 살았어야 했는데."

나는 이쪽으로 어스름히 비치는 빛 속에서 발톱을 깎

다가 아버지 어깨 너머로 그 말을 들었다. 그때 아버지와 어머니가 있는 거실과 내가 있는 다다미방 사이의 장지문이 활짝 열려 있었던 것이다.

아버지와 어머니가 한 얘기를 처음부터 끝까지 다 들은 게 아니라서, 어떤 맥락에서 그런 말이 나왔는지는 모른다. 하지만 그 부분만은 귀에 남았다. 그냥 요리사, 라는 말이 귀를 사로잡은 것이다. 아니다. 내 귀가 그 말을 포착했다.

당시에는 말의 의미를 이해했을 뿐 별다른 생각이 없었다. 그러나 지금은 생각한다. 원래 경영학부 학생이었지만, 나 역시 경영에는 소질이 없지 않을까, 하고.

아마 나는 아직, 시야가 넓지 못할 것이다. 결단력도 없다. 요리사가 되겠다고 결정한 것은, 그쪽으로 기울게 하는 많은 요소가 있었기 때문이다.

부엌칼로 고기를 자르고, 크로켓을 튀기는 일은 즐겁다. 뜨거운 기름 속에서 자글자글 튀겨지는 크로켓을 보는 것도 좋아한다. 그야말로 지금 맛있게 익어 가고 있다고 생각하면 흐뭇하다. 칼에 베이면 피가 흐른다. 기름이 튀면 덴다. 모든 것은 나 하기 나름이다.

경영도 마찬가지 아닐까. 중요한 판단을 그르치면, 손

실이 생기고 타격을 받는다. 하지만 나는 그런 타격은 견뎌 내지 못할 것 같다. 표현이 이상한데, 출혈이나 화상만큼은 즐길 수 없을 듯하다.

"야, 뭐 하는 거야. 순서가 다르잖아."

바로 내 눈앞, 카운터 안쪽에서 젊은 점장이 더 젊은 점원에게 호통을 친다. 점장은 서른 살 정도. 점원은 에이키 씨 정도일까.

"몇 번을 말해야 알아먹는 거야, 어? 왜 몇 번이나 똑같은 실수를 하는 거냐고!"

"죄송합니다."

무슨 순서를 어떻게 잘못했는지, 거기까지는 모른다. 점장과 점원 사이에 정해진 규칙 같은 게 있을 것이다. 그리고 실제로 점원은 똑같은 실수를 몇 번이나 반복했을 것이다.

나도 가게에서 실수를 자주 한다. 바쁘고 정신없는 나머지, 실수를 한다. 그러면 도쿠지 씨가 꾸짖는다. 나는, 죄송합니다, 하고 사과한다. 손님 앞에서 혼이 난 적도 있다. 가게 자체가 오픈 된 형태라 어쩔 수 없다.

다만, 이런 느낌은 아니다. 등골이 오싹해지는 긴장감은 없다. 손님도 그렇게 느낄 것이다. 도쿠지 씨도 그렇게 알고서 혼낸다.

"너, 일할 마음이 있는 거야, 뭐야?"

"죄송합니다."

"죄송하면 다냐고. 일할 마음이 있는지 묻고 있잖아."

"네."

"있는지 없는지 대답해 봐."

"있습니다."

손님이 보는 앞에서, 질책이 과하다는 기분이 든다. 라면 맛도 덩달아 떨어진다. 맛을 즐길 수 없다. 다시는 오지 않을지도 모르겠군, 하고 생각하고 만다.

가령 라면이 아무리 맛있다 해도, 이런 가게에는 가지 않게 된다. 다른 사람들은 어떤지 모르겠다. 맛있으면 그만이라는 사람도 있을지 모른다. 그러나 나는 그렇지 않다. 마음 편히 먹을 수 있는 환경은 상당히 중요한 요소다.

요리를 만드는 쪽, 제공하는 쪽은, 적어도 그걸 이해해야 한다. 자신은 별 신경 쓰이지 않는다, 하는 태도는 좋지 않다. 신경 쓰는 사람도 있을 수 있다는 사실을 인식해야 한다.

이타가키 사부로 씨 얘기가 떠오른다. 니혼바시의 야

마시로에서 아버지의 선배로 일했던 이타가키 씨다. 장인 체질, 이라고 도리란의 야마시로 도키코 씨는 말했다. 아버지는 손님을 대하는 선배 이타가키 씨의 태도에 대해 의견을 제시했고, 결국 가게를 그만두었다.

엄격함이란 무엇일까. 자신에 대한 엄격함. 타인에 대한 엄격함. 두 가지는 똑같아야 하는 걸까. 따로 생각해야 하는 걸까. 이제 막 요리사의 길에 들어선 나는, 모르겠다.

그러나. 아버지가 나의 아버지라서 다행이다, 하고 생각한다. 엄격함을 그런 식으로 인식한 아버지여서 다행이다. 아버지나 내가 정에 약한 것인지도 모른다. 만약 그렇다면, 나는 앞으로도 계속 정에 약하고 싶다.

라면 맛이 조금 전보다 못한데도 끝까지 다 먹는다. 참 묘한 일이다. 국물까지 싹 들이킨다. 음식을 남기는 습관은, 원래 없다. 아버지와 어머니가 그렇게 가르쳤다. 아버지는 당신 스스로의 실천으로. 어머니는 실천에 말까지 섞어서.

"잘 먹었습니다."

하고서, 나는 가부라기야에서 나온다.

"감사합니다."

점장과 점원이 그렇게 인사한다.

기분 좋게 들리는 목소리다. 감사하는 마음이 전해진다. 습관적으로 하는 인사가 아니다. 나도 매일 손님을 대하는 몸이라, 그 정도는 안다.

그런 목소리를 들으면, 또 오고 싶어진다.

이런 단순함.

역시 나는 경영에는 소질이 없을 것 같다.

*

아라카와 유원지는 확실히 쌌다. 입장료 200엔.

오늘은, 긴자인데 더 싸다. 0엔.

화요일에 아오바에게서 라인이 왔다.

– 세이스케, 내일 쉬는 날이지?

– 응. 정기 휴일

– 나도 오후 2시 반이면 수업 끝. 날씨 좋을 것 같은데,

  어디 가지 않을래?

– 좋지. 그런데 어디?

그래서 긴자에 가게 되었다. 신주쿠나 시부야는 좀 머니까 긴자. 아오바 말이, 생각해 보니까 한 번도 제대로 가 본 적이 없단다, 긴자. 이의는 없었다. 갈 뿐. 가서 산책할 뿐. 걷기만 하는 건 돈이 들지 않는다.

히비야선 긴자 역, 그 중간쯤의 계단을 올라가면 나오는 개찰구에서 만나기로 했다. 구내 지도를 조사해서, 내가 정한 것이다. 작은 개찰구라, 알기 쉬울 것 같아서다.

아오바와 나는 같은 전철을 탔는지, 개찰구에 거의 동시에 도착했다. 오후 4시 5분 전.

"갑자기 불러내서 미안해."

"괜찮아. 어차피 할 일 없었는데, 뭐."

"할 일이 없지 않지. 요리사 시험 공부해야 하잖아."

"그렇기는 하지만. 음, 이제 뭐할까?"

"그냥 내키는 대로 걷자. 괜찮지?"

"응."

그래서, 얘기를 나누면서 내키는 대로 걸었다.

긴자는 반듯반듯하게 구획이 나뉘어 있어서, 걷기 쉽다. 길 자체가 곧바르다. 좁은 길은 대개 일방통행이고, 넓은 길에는 옆에 보도가 있다. 보행자에게 친절하다.

"차 타고 오면 머리 아플 것 같네."

"그러게. 길을 잘못 들기 일쑤겠어."

"운전면허는, 안 따?"

"한동안은 힘들지. 시간보다는, 금전적으로 여유가 없어."

"나는 면허가 있기는 한데, 도쿄에서는 도저히 차를 몰고 싶지 않아. 몰고 다닐 자신이 없어."

"1학년 때 딴 거야?"

"응. 엄마가, 2학년 때면 실습이다 뭐다 바빠지니까 빨리 따 놓으라고 해서. 돈도 내줬고. 돈은 엄마가 아니라 아빠가 줬지만."

아빠. 정확하게 말하면 새아빠. 하지만 아오바의 말투에 별다른 위화감이 없다. 아주 자연스럽게, 그냥 아빠로 들린다.

"대학에 입학하자마자 바로 운전면허학원에 갔어. 나, 1학년 때는 미나미오사와 캠퍼스였잖아. 그 캠퍼스에는 1학년밖에 없으니까, 무슨 일이 있어도 꼭 따야겠다고 기를 썼어. 그런데도 반년은 걸렸을걸. 여름방학 때까지 연습해서 겨우 땄으니까."

"그래서, 몰고 다녀?"

"전혀. 그럴 기회도 없고."

"카셰어링을 이용하는 일도 없어?"

"없어. 도쿄다 보니까 운전하기가 무서워서."

우리는 마냥 걷는다. 긴자 잇초메에서 욘초메 사이를 왔다 갔다 한다. 욘초메까지 가면 다른 길로 다시 잇초메로. 그리고 또 욘초메로. 지하에 도리란이 있는 건물 앞도 지난다. 아오바에게 도리란 얘기를 할까 하다가 그만두었다. 아버지가 옛날에 일했던 가게의 주인이었던 사람이 하는 가게. 복잡하다.

그런데 내가 지하로 내려가는 계단을 쳐다본 바로 그때에, 아오바가 물었다.

"면허, 언젠가는 딸 거야?"

"응?"

"아버지가 그런 일로 돌아가셔서, 혹시나 아예 딸 마음이 없는 건가 해서."

"아아."

다들 그렇게 생각하네, 하고 생각한다. 아니지, 다들이 아니라, 아오바라서 그렇게 생각하는 것일까.

"면허를 안 따겠다고 정한 건 아니야. 요리사 자격증 따고 도쿄에서 일하게 되면 필요 없겠지만. 아니다, 글쎄. 식자재 반입까지 직접 하는 가게에서 일하게 되면, 없으면 곤란하겠지."

"따고 싶은 마음이 없는 건 아니고?"

"음. 반반. 아니다, 4대 6."

"어느 쪽이 4야?"

"따고 싶지 않은 쪽. 전에는 반대였어. 따고 싶지 않은 쪽이 6. 아니다, 더 컸나, 7이나 8."

"그럼, 지금은 그때 절반인 셈이네."

"일 때문에 필요하게 되면 딸 거야, 아마. 그러기 전에 요리사가 되어야겠지만."

"충분히 될 수 있어. 네가 어떻게 안 되겠니."

"왜?"

"스스로 될 수 있다고 생각하니까 되려는 거잖아? 그러니까 될 수 있지."

"내가 될 수 있다고 생각했는지, 그건 모르겠는데."

"생각해."

아오바가 웃으면서 말한다. 그 말에 나도 웃는다. 생각하고 싶다. 생각하지 않으면 안 된다. 나는 요리사가 될 수 있다.

"나도 다음 주부터 현장 실습이야."

"실습. 어머니가 말했던 그 실습?"

"응. 실제로 병원에 가서 환자를 접하는 거야."

"쉽지 않겠는데."

"간호사가 되면 매일이 그런데, 뭐. 그래서 바빠질 것 같아서, 그 전에 너를 만나고 싶었어. 파이팅 하려고."

"나를 만나면, 파이팅이, 되니?"

"그럼. 나이가 같은데 벌써 사회로 나간 사람. 만나면 힘이 나지."

"그래 봐야 그냥 아르바이트잖아."

"그건 관계없어."

"내 발로 사회에 나간 게 아니라, 어쩔 수 없이 그렇게 된 것도 있고."

"그것도 관계없어. 아, 여기, 잠깐 들어가 보자."

그렇게 말하고서, 아오바가 좁은 길로 들어간다.

좁기는 좁지만, 그래도 긴자. 뒷골목 느낌은 아니다. 깔끔하고 정연하다.

"이런 곳에 신사가 있네."

아오바가 신기한 듯 소리를 지른다.

정말, 있다. 건물과 건물 사이의 좁은 공간. 거기에 조그만 기둥과 신사가 있다.

쓰다누마에 있는 신사도 부지가 넓지 않았는데, 거기

에 비할 바가 아니다. 극단적으로 좁다. 기둥도 신사 건물도 콤팩트. 틈새에 끼여 있는 느낌이다. 별로 신사답지 않은 것은 색이 빨갛지 않아서일까. 피부색에 가까운, 나무 자체의 색깔. 아주 새것이다. 그래도 어엿한 신사. 기둥 위에 사이와이이나리 신사라고 쓰인 액자가 걸려 있다. 신사 건물과 한 몸인 금속제 새전함도 있다.

"우리, 기도하고 가자."

아오바의 몸은 이미 신사를 향하고 있다.

나도 그 옆에 나란히 선다.

"두 번 머리 숙이고 두 번 박수, 그다음 한 번이었나."

아와바가 물어서, 나는 아마 그럴 거라고 대답한다.

아와바가 새전함에 동전을 집어넣고, 두 번 머리를 깊이 숙인다. 이어서 두 번 박수. 그다음에 다시 머리를 한 번 깊이 숙인다.

나도 똑같이 따라 한다. 지갑에 마침 5엔짜리 동전이 있어서 그걸 새전함에 넣고, 두 번 머리 숙이고 두 번 박수, 그리고 한 번 머리를 숙인다.

내가 끝나기를 기다렸다가, 아오바가 말한다.

"새전함에 100엔짜리 넣어 보기는 처음이네. 늘 5엔짜리나 10엔짜리였는데. 아무쪼록 신이 나를 위해 힘내 주기를 빌었어. 적어도 100엔어치만큼은 힘내 주기를.”

“신더러 힘내 달라고, 신에게 기도했어?”

“응. 그리고 실습 잘할 수 있도록 해 달라고 했고. 너에 대해서도 빌었어. 요리사 시험에 붙게 해 달라고.”

“고맙네. 그런데 소원이 너무 많은 거 아니니?”

“긴자에는 잘 안 오니까, 욕심을 좀 냈지.”

“그 소원, 다 빌어도 되는 건가.”

“안 되는 건가?”

“나도 잘 모르겠지만.”

“너는? 뭐 빌었어?”

“좋은 일이 있게 해 달라고. 아니다, 이제 나쁜 일은 없게 해 달라고. 5엔밖에 넣지 않았는데. 모자라려나.”

“괜찮아. 긴자의 신인데, 뭐. 넉넉하고 인심도 좋을 거야.”

둘이 신사를 뒤로하고, 이번에는 가로수 길을 걷는다.

“나, 걸으면서 검색 좀 할 거니까, 주위 사람들이랑 부딪치지 않게 앞에서 좀 가 줄래.”

“알았어.”

아오바가 스마트폰을 꺼내 뭔가를 검색한다.

“그 신사, 사이와이이나리 신사래. 빌면 좋은 분야는

사업 번창, 가내 안전, 인연 맺기. 제대로 잘 빈 건가."

"대충 맞지 않았을까. 실습도 요리사 시험도, 사업 번 창의 일환이라고 할 수 있으니까."

"네가 나쁜 일이 없기를 빈 건, 가내 안전이라고 볼 수 있고. 그럼, 잘한 거네. 이제 끝."

그리고 우리는 하루미 길과 마주쳤다. 고초메 쪽으로 건너갈까 어쩔까 하다가, 스키야바시 길 쪽으로 간다.

가로수 길을 건너려고, 보행자용 신호가 파랑으로 바뀌기를 기다린다.

건너편에도 기다리는 사람이 하나. 30대 중반. 반소매 셔츠에 넥타이를 맨 남자다. 약간 살집이 있다. 손수건으로 이마에 돋은 땀을 닦고 있다.

"신호."

옆에서 아오바가 말한다.

"응?"

"기다릴 수 있으면 기다리면 되는데."

다카세 료 얘기다. 신호가 바뀔 때까지 기다리는 사람이 있는데도 다카세 료는 건너간다. 그 점에 대해 말하고 있는 것이다.

"아. 응."

"나는, 기다릴 여유가 있는 사람이 되고 싶어. 다카세 씨는, 그런 걸 여유라고 하지 않겠지만."

신호가 바뀌었다. 둘이 걸어간다. 건너편 남자와 스쳐 지나간다. 목소리까지는 들리지 않지만, 입술의 움직임으로 덥다 더워 더워, 하고 중얼거리고 있다는 걸 안다. 장마철인데, 갠 날. 과연 덥다. 여름이 바로 코앞에 닥쳤다.

스키야바시 네거리에서 오른쪽으로 돈다. 스키야바시 길을 도쿄 역 쪽으로 걸어간다.

옆에서 나란히 걷는 아오바를 보고, 슬쩍 웃는다.

"왜?"

"아니, 그냥. 정말 걷고 있다는 생각이 들어서."

"걷는다고 했으니까 걷지. 이상해?"

"이상하다는 건 아니고. 여자는 보통 카페나 가게에 들어가지 않나 해서."

"가게에 들어가면, 갖고 싶은 게 생기잖아."

"그래서 걷는 거야?"

"그런 건 아니야. 좋아해, 걷는 거. 도쿄 거리를 걷는 걸 좋아한다고 해야 하나. 거리마다 풍경이 달라져서, 재미있잖아. 돗토리는 이렇지 않은데."

"그건, 그렇다."

돗토리만이 아니다. 지방 도시는 어디나 그럴 것이다.
역 앞만 북적거린다. 그리고 그 역 앞의 범위가 좁다.

"있지."

"응?"

"우리, 오늘도 한잔 할까?"

"그래. 좋아."

"오늘은 내가 낼게."

"에? 왜?"

"지난 3월에는 내 생일이라고 네가 썼으니까, 그 보답.
네 생일, 머지않았잖아."

"며칠 안 남기는 했지만. 그래도 긴자는 비싸잖아."

"걱정 마. 다 조사해 봤어. 싼 가게도 있어. 또 꼬치구이
집. 꼬치 하나에 100엔 하는, 그런 가게."

"조사했어?"

"응. 확신범."

"확신범?"

"아, 너 아니? 확신범이란 말, 사실은 본인은 나쁜 일
이 아니라고 확신하고 범죄를 저지르는 사람을 뜻하는
말이래."

"그렇구나."

"응. 나쁜 짓이라는 걸 알면서 저지르는 게 아니야. 지금은 나도 그런 뜻으로 사용했지만."

"그럼, 그런 뜻으로 사용하면 안 되는 거야?"

"그게 그렇지도 않아. 지금은 거의가 그런 뜻으로 사용하고 있기 때문에 오용이라고도 할 수 없다나 봐."

"호오."

"하나 배웠지?"

"응."

"요리사 시험에는 안 나오겠지만. 그럼, 수업은 여기까지. 그다음은 술. 시간이 아직 이르려나."

오후 5시 전이다. 이르기는 하다.

그래서 조금 더 걷는다. 도쿄 고속도로 바로 앞에서 오른쪽으로 돌아서 고가를 따라 한동안 걷다가, 다시 오른쪽으로.

처음에 걸었던 중앙로를, 이번에는 반대 방향으로 걷는다.

"꼬치구이집이라고 했지?"

"응."

"지난번에도 닭꼬치. 좋아하니? 닭꼬치."

"응. 좋아해. 육류 중에서는 칼로리도 낮고. 언젠가는 비싼 닭꼬치도 먹어 보고 싶다. 몇십 년 묵은 양념소스 발라 구운."

"몇십 년 묵은 양념소스. 비위생적이지 않느냐고 하던 친구가 있었는데."

쓰루기다.

"처음 들었을 때는 나도 그렇게 생각했어. 위생적으로 문제없을까 하고. 그런데 문제가 있으면 그러지 않을 거 아냐. 지금 아빠랑 처음 만났을 때, 장어구이집에서 엄청 비싼 장어구이 먹었거든. 그 소스가 30년 묵은 거라는데, 진짜 맛있었어. 그래서, 그런 닭꼬치도 먹고 싶은 거야."

왠지, 기쁘다. 닭고기와 아오바가 가깝다는 게 기쁘다. 돗토리나 도리란과의 인연을 느낀다.

손님으로 도리란을 찾은 아오바와 자신을 상상한다. 우리는 편한 마음으로 닭고기 요리를 먹으리라. 뭘 먹어도 맛있다고 느끼리라. 야마시로 도키코 씨가 우리 앞에서 종업원을 혼내는, 그런 일도 없으리라.

그다음 긴자 욘초메. 야마노악기점 앞에 접어든다.

"아, CD가게다. 잠깐 보고 가지 않을래?"

"응."

가게 안으로 들어간다. 최근에는 길거리에서 보기가

힘들어진 CD가게. 그런 중에서는 규모가 크다.

1층의 국내 음악 매장을 죽 돌아본 다음, 아오바가 말한다.

"여기, 악기도 있네."

"가게 이름만 봐도, 원래는 악기점이었을 테니까."

"4층에 기타도 있대. 가 보자."

에스컬레이터를 타고 4층으로 올라간다.

기타 매장이다. 물론 베이스 기타도 있다.

대학에서 밴드를 하던 시절에도, 여기에는 와 본 적이 없다. 대학에서 가까운 곳에 오차노미즈 악기 거리가 있기 때문이다.

"와. 긴자에 이런 곳이 다 있네."

아오바가 감탄한다.

"동네마다 한 군데 정도는 있어야지."

"나, 잘 몰라서 그러는데, 베이스 기타도 있지?"

"있지. 저기, 좀 목이 긴 게 베이스 기타."

"와, 정말. 목이, 기네. 왜 긴 건데?"

"낮은음을 내기 위해서겠지?"

"목이 길면 낮은음이 나와?"

"아마 그럴걸. 목도 길지만, 현도 굵어."

"정말 잘 쳤는데, 너."

"잘 치기는. 그렇지도 않았어."

"학교에서는 다들 그렇게 말했어. 베이스 기타는 네가, 세이스케가 최고라고."

"베이스 주자 자체가 우리 학년에 세 명밖에 없었으니까 그렇지. 그중 한 명은 문화제에 나가겠다고 3학년 때 처음 배우기 시작했고."

"어쨌거나 최고는 최고지. 이런 악기는 쳐 볼 수 있지? 한번 연주해 봐."

"아니야, 됐어."

"듣고 싶어."

"한동안 건드리지도 않았는데."

"그렇다고 금방 잊어버리는 건 아니잖아. 자전거도 그렇잖아. 한동안 안 탔다고 못 타지 않는다고."

"자전거는 그렇지만."

"부탁할게."

그때 하필, 남자 직원이 다가왔다.

아오바가 말을 건넨다.

"죄송한데요, 이거, 좀 쳐 봐도 될까요?"

"그럼요. 어느 걸로 하실래요?"

"어느 걸로 할래?"

아오바가 묻는다.

"진짜?"

"응. 들려 줘."

이왕이면 손에 익은 악기가 좋을 것 같아, 아이바네즈를 고른다. 준야에게 준 것과는 조금 다른 모델. 바디의 모양이나 목의 그립감이 메이커에 따라 특색이 있다.

동그란 의자에 앉는다. 직원이 실드를 앰프에 연결해 준다. 나는 스위치를 켜고 천천히 볼륨을 올린다.

우선은 페그를 돌리면서 음을 맞춘다. 4현의 E 음부터. 자신의 음감에 의지할 수밖에 없지만, 그렇게 틀리지는 않을 것이다. 4현을 맞추면 그 음을 기준으로 따라가면 된다. 3현은 A 음. 2현은 D 음. 1현은 G 음.

직원이 가까이에 있어 긴장한다. 이 사람 실력이 어느 정도일까 하고 품평을 할 것만 같아 불안하다. 하지만 그런 느낌도 오랜만이라 왠지 반갑다.

친다. 내가 만든 오리지널 프레이즈 몇 가지를. 생각나는 순서대로.

앰프를 통해 소리를 듣기는 정말 오랜만이다. 다소 잡음이 난다. 치지 않는 현을 가볍게 누르는 손가락에 힘이 느슨해서 뮤트 음이 나기 때문이다. 그 점에 주의하면서 다시 친다. 실제로 잡음이 들리면, 저절로 주의하게 된다. 이 뮤트 음에 대해서도 기회가 있으면 준야에게 설명해 주는 편이 좋을 듯하다.

선 채 가만히 보고 있는 아오바에게 말한다.

"베이스 기타 독주로는 뭐가 뭔지 모르겠지?"

"모르지만, 들려. 들을 수 있어. 네가 잘 쳐서 그런가 봐."

"아니지. 인간의 귀가 음악을 쫓아가도록 생겼기 때문일 거야."

준야도 아는 에버그린 밤부스의 〈에버그린 밤부〉를 친다.

"아. 나 이거 알아. 밤부스. 문화제 때 했었지."

"기억하고 있네."

"물론 기억하지. 엄청나다고 생각했는걸."

"성원도 보내 주었고."

"내가 그랬어?"

"응. 이름을 불러 줬어. 다른 아이들이랑 같이. 가시와기 세이스케~ 하고. 무대에서 웃었어. 기뻤고."

"우리 반에서 나간 사람, 세이스케 너뿐이었잖아. 그러니까 우리도 열심히 했지."

〈에버그린 밤부〉에서 다시 오리지널 프레이즈로.

기억나는 것은 다 쳤다. 마음껏 쳤다. 집에서 마지막으로 쳤을 때는 앰프가 없었다. 그러니까 지금 이 연주가 정말 마지막이다. 그 결과, 아오바가 있는데 20분이나 치고 말았다.

"이제 끝."

그렇게 말하고 베이스 본체와 앰프의 볼륨을 줄인다.

"오래 기다렸지. 덕분에 신나게 쳤다."

"세이스케. 있지 나, 생각해 봤는데."

"뭘?"

"모든 걸 다 포기하지 않아도 되지 않을까?"

동그란 의자에 앉은 채, 아오바를 본다. 올려다본다.

아오바도 나를 보고 있다. 내려다보고 있다. 그런데 신기하게 내려다보고 있다는 느낌이 없다. 전혀 없다.

생각한다.

아아. 내가 이 사람을 좋아하는구나.

여름

여름 중에서도 여름. 한여름. 매일 30도를 넘는 기온. 날에 따라서는 35도.

그래도 나는, 막 튀겨 낸 크로켓은 맛있다고 생각한다. 기온이 높은 것과 음식 온도가 높은 것은 다른 얘기다. 몸의 안과 몸의 밖이 다르다. 더위와 뜨거움은 다른 것이다.

반찬가게 다노쿠라에서 일한 지 10개월. 하도 먹어서 이제 물리지 않을까 했는데, 크로켓은 물리지 않는다. 열 달 동안 물리지 않았으니, 앞으로도 물리지 않을 것이라고 생각한다. 도쿠지 씨가 말했던 것처럼, 크로켓은 맛있다. 도쿠지 씨가 튀기든 내가 튀기든 맛있다. 그러니까 크로켓 자체가 맛있는 것이다.

그러나 그건 어디까지나 나의 의견. 크로켓이 맛있다는 건 만인에게 공통된 의견이겠지만, 크로켓은 한여름에도 먹어야 한다, 하는 의견에 찬성하는 사람은 많지 않다.

실제로 한여름이 되면 걸어가면서 크로켓을 먹는 사람이 줄어든다. 더운 데다 뜨겁기까지 하니 나쁜 것이 아니라, 그냥 더위가 힘겨운 것인지도 모른다. 쨍쨍 내리쬐는 햇볕 아래를 20분이고 30분이고 걸어 다니는 것은 힘겹다. 잘 안다. 가게 앞에서 파는 쪽도 힘겨우니까.

특히 오후 1시에서 3시 정도까지는, 오가는 사람들이 눈에 띄게 준다. 상점가를 그저 어슬렁거리는 사람의 모습이 잘 보이지 않는다. 명확한 목적을 지니고 걷는 사람들만 걷는다는 느낌.

그리고 오후 2시가 지난 시간. 그 명확한 목적을 지닌 사람이 반찬가게 다노쿠라를 찾아온다. 얼굴은 잘 알지만, 단골손님은 아니다. 모토시 아저씨.

"오오, 있네, 다행이다."

얼굴을 보기 전에 그 목소리로 안다. 목소리보다는 말투로.

"없으면 집으로 가려고 했는데."

연락도 하지 않고 갈 생각이었을까. 연락을 하면 방문을 거부할 가능성이 있다.

어서 오십시오, 대신에 말한다.

"안녕하세요."

"야, 덥다 더워."

"네."

"이런 날씨에도 튀김이 팔리나?"

"그런대로."

"이 더위에도 다들 먹기는 한다는 얘기군."

"네."

"시원한 크로켓을 팔아 보면 어떻겠어?"

"살 건가요? 시원한 크로켓."

"안 사지."

"그러니까 안 팔죠."

"후, 오늘은 크로켓은 됐고. 시원한 것 좀 없냐?"

"감자샐러드는 있는데요. 시원하지는 않지만."

"됐다. 여기 서서 먹기도 그렇고."

"저쪽으로 좀 더 가면 소프트아이스크림 파는 가게가 있는데요."

"됐어. 뭘 먹자고 온 게 아니니까."

그렇다면 왜 왔을까. 짐작이 간다. 그리고 그 짐작은 빗나가지 않는다.

"10만 엔만, 어떻게 좀 안 될까?"

"안 됩니다."

바로, 단호하게 대답한다.

"안 되기는 뭘 안 된다고 그래. 100만이나 들어왔는데."

"얼마 전에 준 돈이 끝이라고 말했을 텐데요."

"그건 내가 한 말이 아니지. 네 멋대로 네가 한 말이지."

"멋대로라니."

"처음에 30만이라고 했으니까, 10만을 더 받아도 20만이라고. 10만 깎아 준 셈이잖아."

"30만이라는 게, 아저씨가 멋대로 정한 액수잖아요."

"전에 내가 말하지 않았나? 내가 생각한 돈은 50만이야. 그걸 깎아서 30만이라고 한 거라고. 잊어버렸어?"

"정말 어이가 없군요."

"어이가 없다? 친척에게 그런 말을 잘도 하는군. 그것도 장례를 도와준 친척에게."

"그러니까 그 수고비가 얼마 전에 드린 그 돈입니다."

"수고비가 그걸로는 부족하다는 말이지."

"나는 그렇게 생각지 않는데요."

"내가 그렇게 생각한다니까."

가슴을 쳐다보던 시선을 올려, 모토시 아저씨의 얼굴을 본다. 모토시 아저씨는 처음부터 계속 내 얼굴을 보고 있었다. 어떻게 나오는지를 살피는 것이다.

"아무것도 안 살 거면, 이제 그만 오세요."

"그게 친척에게 할 소리냐."

"친척."

따라서 말한다.

"나를 정말 친척이라고 생각합니까?"

"생각하니까, 이래저래 도와준 거잖아."

"50만 엔을 위해서가 아니고요?"

빌려준 돈을 위해서, 가 아니다. 50만 엔을 위해서, 라고 말했다. 의도가 전달되었는지는 알 수 없다. 전달되었다 해도, 대답은 하지 않을 것이다.

"솔직히 말하면 말이야, 내가 좀 쪼들려서 그래. 아직 일자리를 찾지 못했어."

"열심히 찾아보면 반드시 있을 겁니다. 음식점은 어디나 일손이 부족해서 야단인데."

"아무 데나 가서 일할 수는 없잖아. 사람을 우습게 보면 안 되지."

이 사람에게는 무슨 말을 해도 전해지지 않는다. 그렇게 확신한다.

"돗토리로 다시 내려갈 생각은 없는 건가요?"

"전에 하던 일을 그만뒀는데, 그냥 내려갈 수는 없잖아."

"다른 일도 있을 겁니다. 집세도 도쿄보다 싸고."

"어린놈이 일 좀 한답시고 큰소리야, 뭐야. 장례 때는 울고불고 매달리더니."

울고불고 매달리지 않았다. 친척이라서 연락했다. 엄마의 죽음을 알렸다. 모토시 아저씨가 제 발로 찾아왔을 뿐이다. 그래서 큰 도움이 되기는 했지만.

그때 손님이 한 명 나타났다. 70대 후반쯤 되는 할머니. 이름까지는 모르지만, 자주 보는 얼굴이다.

"로스커틀릿 두 개랑 비지크로켓이랑, 감자샐러드."

"네. 감사합니다."

대답하고 묻는다.

"비지크로켓은 한 개 드릴까요?"

"아, 두 개."

"감자샐러드는 하나."

"응. 나눌 거야."

플라스틱 용기에 커틀릿과 크로켓을 담는다. 한 개씩 짝을 맞춰, 두 개가 되었다. 전에 그렇게 해 달라고 한 적이 있기 때문이다. 아마 접시에 옮겨 담지 않고, 용기째로 놓고 먹을 것이다. 가족 누군가와 둘이서. 그래서 지금도 그렇게 한다.

돈을 받고, 거스름돈을 건넨다. 감자샐러드까지 용기 세 개를 하얀 비닐 봉투에 담아 건넨다.

"더우니까, 최대한 빨리 드세요."

"그럴게."

"감사합니다."

"수고해요."

할머니가 멀어진다. 더위를 무릅쓰고 사러 와 준 것이, 정말 고맙다. 4시가 넘으면 조금 시원해진다. 그 대신, 사람이 많아진다. 할머니는 더위와 인파 중에서, 더위를 선택한 것이다.

손님이 돌아가기를 얌전히 기다리고 있던 모토시 아저씨가 말한다.

"할머니도 로스커틀릿을 먹는군."

"그렇게 말하면 안 되죠."

"손님 편이라 이거지."

"당연합니다."

"그럼, 친척 편도 들어줘야지."

또 그 소리.

"아무튼 10만, 좀 달라고. 현금카드 주면, 내가 우체국에 가서 인출해 가지고 올게."

"안 됩니다."

"걱정 마. 10만만 꺼낼 테니까. 카드도 정확하게 돌려 주고."

"그런 문제가 아니잖아요."

"그럼, 어떤 문제라는 거야?"

잠깐 틈을 두고 모토시 아저씨가 말한다.

"지금은 잠자코 있지만, 다음에도 과연 잠자코 있을지. 또 할머니가 오면, 그 나이에 로스커틀릿 먹으면 배탈 난 다고 말할지도 모른다고."

놀랐다. 완전히 선을 넘었다. 지난번부터 이미 선을 넘 었지만, 보다 알기 쉽게 넘었다. 이건 명백한 협박이다. 영업 방해다.

친척. 유감스럽다. 하지만 싸워야 한다. 앞날의 나를 위 해서도 할 말은 꼭 해야 한다.

그런 생각을 하고 있는데, 다른 사람이 말했다.

"어디 와서 돈을 뜯으려고 그래요."

에이키 씨다. 슬쩍 내 옆에 온다. 우리 얘기를 듣고 있 었던 모양이다. 아니, 모토시 아저씨가 내 등 뒤에 있던 에이키 씨에게도 들리게 일부러 말했는지도 모른다. 그러니까 가게에 해를 끼치려는 가벼운 심술로.

모토시 아저씨는 말이 없다. 조금 놀란 표정이다. 의도가 빗나갔다는 뜻이리라. 에이키 씨를 보고, 그리고 나를 본다.

에이키 씨가 말을 잇는다.

"전에 왔을 때도 이런 일이었군요. 어째 수상하다 했더니."

"이봐."

"네."

"나, 손님이라고."

"지난번에는 그랬죠. 하지만 이번에는 아무것도 안 샀잖아요."

"그럼, 사지. 이제."

"아니요, 됐습니다."

"뭐야. 안 팔겠다는 거야?"

"팔지만, 그래서 달라지는 건 없습니다. 감사합니다, 그 말은 하죠. 사 준 것에 대해서. 그러나, 뭘 샀다고 세이스케에게 돈을 뜯어내도 된다는 뜻은 아닙니다."

"그게 손님을 대하는 태도인가?"

"지금까지 계속 그런 태도였나요?"

"뭐?"

"손님이 왕이다, 뭐 그런 식으로."

"너, 뭐 하는 사람이야?"

"세이스케의 선배입니다. 쓸모없는 선배죠. 세이스케가 이 가게에 있는 덕분에 내가 게으름을 피울 수 있습니다."

"뭐라고?"

"세이스케가 있어서 내가 편하게 지낸다고요. 편하고 싶다고요, 난. 편하기 위해서라면, 이 정도 일은 합니다."

모토시 아저씨는 얼빠진 표정이다.

에이키 씨 옆에서, 나도 얼이 빠진다.

"세이스케는 우리 종업원입니다. 그 종업원이 부당한 일을 당하면, 상대가 손님이라도 용서하지 않습니다. 당신, 앞으로도 계속 그렇게 거들먹거릴 거면, 나도 계속 이런 식으로 대할 겁니다."

"대체 누가 거들먹거리는 건지 모르겠군. 기껏해야 반찬가게 종업원이."

"당신도 기껏해야 그 반찬가게 손님이잖아요. 오늘은 손님도 아니고. 지금부터 손님으로 크로켓 사서, 입에 넣었다가 맛없다고 반품해도 좋습니다. 돈은 돌려 드리죠.

당신 같은 손님이라도, 그 정도 대응은 합니다."

모토시 아저씨와 에이키 씨가 서로를 노려본다. 정확하게는, 모토시 아저씨만 노려본다. 에이키 씨는 모토시 아저씨를 그저 보고 있다. 목소리에 감정이 실리지 않았던 것처럼, 얼굴에도 감정이 없다.

모토시 아저씨가 나를 본다. 이어 에이키 씨를 본다. 쳇, 혀를 찬다. 상대더러 들으라는 쳇, 이다.

에이키 씨는 동요하지 않는다. 나는 속으로는 동요하지만, 겉으로는 드러나지 않게 한다. 에이키 씨를 본받아.

"아아. 씨."

그리고 모토시 아저씨는 걷기 시작한다.

"몇 번을 와도 소용없습니다."

에이키 씨가 그 등에다 대고 말한다.

"세이스케도 뜯기지 않을 거고, 나도 뜯기게 하지 않을 거고요."

모토시 아저씨는 걸음을 멈추지 않는다. 힐금 이쪽을 돌아보았을 뿐. 그래도 걸어간다. 사라져 간다.

나는 상품 진열대 옆으로 돌아 밖으로 나간다. 도로에서서, 모토시 아저씨의 뒷모습을 쳐다본다.

기분이 나쁘지도 않지만, 좋지도 않다. 6,500엔은 줄

걸 그랬나, 하고 생각한다. 이케부쿠로에서 돗토리까지. 심야 버스 요금이다. 비행기나 신칸센 값은 내줄 수 없지만, 그 정도는 내줄 수 있다. 쫓아가서, 그 돈을 주겠다고는 하지 않지만.

모토시 아저씨의 뒷모습이 작아져 간다. 잰걸음은 아니라서, 조금씩.

모토시 아저씨와 스쳐 지나가듯, 한 모녀가 이쪽으로 천천히 걸어온다. 손을 마주 잡은 엄마와 아이. 아이가 상점가 도로에 우뚝 서 있는 내게, 엄마 손을 잡지 않은 손을 흔든다.

치나쓰다. 리큐어숍 고보리의.

대단하다. 아직 거리가 있는데, 이제 겨우 네 살인데, 나를 나로 알아봐 준다. 하얀 조리복을 입고 있기 때문일 것이다. 그러니 다른 사람과 구별되는 것이다. 그래도, 기쁘다. 나를 이 상점가의 사람으로 인정해 준 것 같아서.

"아뿔싸. 보고 있었어요?"

옆에서 목소리가 들린다. 옆. 가게에서다.

에이키 씨 목소리. 약간 안쪽에 도쿠지 씨가 있다.

"보고 있었지. 아니지, 듣고 있었어."

도쿠지 씨가 대답한다.

"언제부터요?"

"전부. 네놈이 나왔을 때부터."

"오오, 안녕."

반찬가게 다노쿠라에 천사가 도착한다. 천사와 그 엄마. 치나쓰와 치사토 씨다.

"치나쓰, 안녕."

"크로켓."

치나쓰는 그렇게 답한다.

"안녕하세요, 그래야지."

치사토 씨가 웃는다.

네 살짜리 아이 입에서 나오는 크로켓이란 말, 좋다. 미키, 포켓몬, 처럼 사랑스럽게 울린다.

나는 상품 진열대 안쪽으로 돌아온다.

"오늘은 뭐 하실래요?"

치사토 씨에게 묻는다.

"음. 안심커틀릿 두 개랑 치킨커틀릿 한 개. 그리고 크로켓 두 개랑 게살크림크로켓 하나. 마카로니샐러드도. 그렇게 부탁해요."

"네. 안심커틀릿 두 개에 치킨커틀릿 한 개, 크로켓 두 개에 게살크림크로켓 한 개, 그리고 마카로니샐러드 하

나. 감사합니다."

튀김을 플라스틱 용기에 담는다. 아까 온 할머니와 달리, 내가 담기 쉽게 담는다. 고보리네 가족은, 아마 접시에 옮겨 먹을 것이다.

"게살크림은 치나쓰 거야. 그게 맛있다네."

"그래요. 오, 고마운데."

"그렇지? 우리 치나쓰, 게살크림크로켓 좋아하지?"

"응. 게살크림."

네 살짜리 아이가 말하는 게살크림도 좋다. 게살, 도 좋고, 크림, 도 좋다.

아이에게 튀김은 최대한 먹이지 않는다는 부모도 있다. 이해는 한다. 그러나 가끔은 허락해 줬으면 한다. 가끔 먹는 게살크림크로켓은 정말 맛있기 때문이다. 인간은 먹어야 살 수 있다. 그렇다면 먹는 걸 즐기고 싶다. 맛있는 걸 먹고 싶다. 먹이고 싶다.

치사토 씨와 치나쓰가 돌아간 다음 도쿠지 씨에게 불려 갔다. 에이키 씨와 둘이, 주방 안으로. 오늘은 가즈미 씨가 쉬는 날이라, 가게 앞에는 우타코 씨가 나가 주었다.

도쿠지 씨가 입을 열기 전에 에이키 씨가 말한다.

"죄송합니다. 멋대로 행동해서요. 화가 좀 나서."

"손님에게 화난다고 말을 하면 안 되지. 뭘 하지 않아도, 가게 앞에서 걸음을 멈춘 이상, 그 사람은 손님이야."

"네."

에이키 씨가 순순히 대답한다. 나도 고개를 끄덕인다.

"그러나, 잘했어."

"네?"

"나도 화가 나더라고. 그런데 세이스케, 그 사람 누구야?"

사정을 설명했다.

전에 얘기했던, 엄마의 장례와 유품 정리를 도와주었던 먼 친척이라는 것. 실은 그 후에 엄마에게 50만 엔을 빌려주었다고 했다는 것. 그 돈을 돌려주었다는 것. 그 후에 느닷없이 집으로 찾아와 30만 엔을 달라고 했다는 것. 가게에도 한 번 찾아와서, 10만 엔을 건넸다는 것. 그때 이걸로 끝이라는 말을 분명히 했다는 것. 그런데도 끝나지 않아, 오늘 또 가게로 찾아왔다는 것.

간단히 설명하려고 했는데, 생각보다 길어졌다. 이왕 털어놓는 거, 전부 얘기하고 싶었다.

"그랬군. 그런 일은 좀 더 빨리 말을 했어야지."

도쿠지 씨가 말했다.

"죄송합니다."

"50만에 10만. 60만이라. 심하군."

"빌리지 않았다는 증거는 보통 없잖아요."

에이키 씨다.

"사실은, 빌리지 않았겠지. 그래도 그 돈을 돌려받을 수는 없을 거야."

"아, 그 돈은 괜찮습니다. 돌려받을 생각으로 준 돈이 아니라서요."

얼른 말을 받는다.

"왜 없는데? 너, 돈을 뜯긴 거라고."

"뜯긴 건지 어떤지는 정확하게 모르니까."

어째서인지 모토시 아저씨를 변호하고 만다. 친척이라서, 일까. 그렇지는 않다고 생각한다. 나는 받아들였던 것이다. 혼자 살아가기 위해서, 대학 등록금 이상으로 비싼 수업료를 치렀다는 사실을.

"그러나, 여기까지야. 자네가 이 이상 뭘 할 필요는 없어. 만약 그 사람이 또 가게로 찾아오면, 그때는 내게 말해."

"아마, 이제 안 올 겁니다. 그렇게 집요한 사람은 아니에요."

정말 그렇게 생각한다. 내가 약해서, 강하게 나올 수 있었던 것이다.

"가게 말고 집으로 찾아왔어도, 말해. 바로 전화하라고. 타인이 끼어들어서 좋은 경우도 있으니까."

"네, 감사합니다."

"이런 일로 고맙다는 말 안 해도 돼. 세이스케, 자네 말이야, 사람에게 의지하는 법도 배워야 해."

가와기시 기요스미의 어머니에게도 비슷한 말을 들었다. 의지해도 되는 사람에게 의지하는 것도 중요하다고.

"여기서 일하는 것만 해도, 충분히 의지하는 건데요, 뭐."

"그런 식으로 생각지 말라고. 나는 채용 계약서를 쓰고 자네를 부리고 있을 뿐이야. 은혜를 베푸는 게 아니라고."

그리고 도쿠지 씨는 이렇게 덧붙였다.

"이상. 얘기는 끝났어. 이제 됐지?"

"네."

대답하고서 나는 우타코 씨에게로 간다.

"치킨커틀릿, 앞으로 몇 개 더 튀기면 되죠?"

"스무 개 정도."

"많지 않나요? 남아도, 오늘은 가즈미 씨가 없는데."

"그럼, 열다섯 개."

"열일곱 개로 할까요?"

"좋아. 그렇게 해."

에이키 씨와 도쿠지 씨의 그런 대화가 등 뒤에서 들려온다.

나는 우타코 씨에게 말한다.

"수고하셨습니다. 이제 제가 할게요."

*

다카세 료에게서 처음으로 라인이 왔다. 아이디를 가르쳐 줬다는 사실 자체를 까맣게 잊은 탓에, 놀랐다.

– 볼일이 있어서 내일 그쪽에 가는데, 만날 수 있을까?

갑작스러웠다. 밤 9시에 연락하면서, 내일.

하지만 내일은 이른 아침 출근이다. 그래서 이렇게 회신을 보냈다.

– 5시까지 근무합니다. 그 후라면 괜찮아요

– 그럼, 5시 반에 만나지. 장소는 그쪽에서 정하고

일이 5시에 끝나는데 5시 반에 만나려면, 장소는 뻔하다. 상점가에 있는 카페 체인점으로 정했다. 그 카페는 밤 8시까지 문을 연다.

그래서 다음 날. 나는 5시 20분에 그 카페에 도착했다. 망설이다가, 금연석에 앉았다. 만날 사람이 아직 안 왔다고 점원에게 말해서, 4인용 테이블석에 앉게 되었다.

블렌드커피를 주문. 420엔. 지출이 크네, 하고 생각했다. 하루 한 끼, 아니, 두 끼 분이다. 리필을 하면 반값이 된다는데, 내키지 않는다. 내가 리필을? 할 리가 없다.

다카세 료는 5시 35분에 왔다. 내가 출입문 쪽을 향하고 있어서 그랬는지, 바로 알아봤다. 한 번밖에 만난 적이 없지만, 나도 한눈에 알아보았다. 얼굴이 아니라, 전체적인 분위기로. 다시 말하면, 큰 키로.

"오랜만이야."

하면서 다카세 료가 나와 마주 앉았다.

"금연석인데, 괜찮나요?"

"응. 나, 담배 안 피워. 피우는 의미를 모르겠어."

다카세 료가 한 살 위라서, 일단 존댓말을 쓴다. 이제 학생도 아닌데, 선배라는 느낌이 든다.

다카세 료가 메뉴를 보면서 남자 점원에게 주문한다.

"이 말차카페오레라는 걸."

"따뜻한 걸로 드릴까요?"

"아이스도 있습니까?"

"있습니다."

"그럼. 음. 그냥, 뜨거운 걸로."

"네. 뜨거운 말차카페오레 하나."

이른바 베리에이션커피다. 580엔. 가격은 둘째치고. 메뉴판의 사진으로 봐서, 달겠다. 다카세 료가 그런 음료를 주문했다는 게, 다소 의외다.

나의 그런 생각을 눈치챘는지, 다카세 료가 말한다.

"말차를 좋아해서. 교토의 우지 말차. 엄마도 좋아해서, 교토에다 주문해서 먹고 있어. 내가 교토대학에 갔으면 매일 마셨을지도 모르지."

"교토대학에도 지원했나요?"

"아니. 도쿄에 사는데, 교토대에 지원하느니 도쿄대에 지원하지."

실제로 도쿄대학에 지원했는지, 거기까지는 묻지 않는다. 두 번째 만남이다. 둘이 얘기하는 것은 처음. 그런 상황에 물을 만한 일도 아니다. 교토대학은 어쩌다 묻고 말 았지만.

대신 이렇게 묻는다.

"이쪽에 볼일이 있었다고요?"

"볼일은 있었는데, 이쪽이랄 수 있을 만큼 가깝지는 않 아. 아오바 씨가 다니는 학교 캠퍼스를 보고 왔어. 아라 카와에 있는."

"아아."

그럼, 가깝지 않다. 오히려 멀다고 할 수 있다. 다카세 료가 나와 헤어져 무사시 고야마로 돌아간다면, 상당히 먼 길을 도는 셈이다. 다카세 료 입장에서는 한 바퀴 도 는 격이 될 수도 있다. 도쿄의 동쪽을.

"간 김에 아라카와 유원지에도 다녀왔어. 아오바 씨는 아르바이트라, 나 혼자."

"혼자서."

"졸업논문 주제를 그렇게 잡았거든. 유원지를 통해 도 쿄의 경제를 보는 거지. 그래서 도쿄도 23구에서 유일하 게 남아 있는 공영 유원지를 가 보자 싶었어. 정말 어린 애 속임수 같아서, 좀 어이가 없었지만."

말차카페오레가 나왔다. 점원이 돌아가기를 기다렸다

가, 다카세 료가 한 모금 마신다. 맛에 대한 감상은 없다.

나도 커피를 한 모금 마신다. 금방 다 마시지 않게, 이어서 물도 한 모금 마신다.

"세이스케 씨도 아라카와 유원지에 갔다면서?"

"네."

"아오바 씨와."

"그렇습니다."

"어땠어?"

"그야말로 어린애들을 위한 유원지더군요."

"좁지."

"네."

"아사쿠사에 있는 하나야시키 놀이공원을 축소해 놓은 듯한 느낌이랄까. 가 본 적 있어? 하나야시키?"

"아니요, 없는데요."

"거기는, 어른도 그런대로 즐길 수 있어. 입장료도 1,000엔 받고."

그런 말을 듣고, 어떻게 반응하면 좋을지 모르겠다. 다카세 료도, 그런 얘기나 하려고 나를 불러낸 것은 아닐 것이다.

"나, 졸업하고 다닐 직장, 아오바 씨에게 들었어?"

"네."

들었다. 지난번에, 긴자의 꼬치구이집에서.

테마파크를 운영하는 인기 기업이다. 유원지를 좋아해서, 가 아니라, 인기 있는 기업이고 전근하는 일도 없을 것 같아 지원을 결정하게 된 듯하다.

"그 회사에 들어갈 생각으로 졸업논문 주제도 그렇게 정한 거야. 그러면 효율적이고, 내게도 도움이 되니까. 면접시험 때도 그렇게 말했어. 이 회사에 지원할 계획으로 졸업논문 주제를 그렇게 잡았다고."

그리고, 실제로 합격했다. 대단하다고 인정하지 않을 수 없다.

"세이스케 씨는 호세이대학에서 밴드를 했다고 하던데."

"했다고 할 정도는. 동아리에 들었을 뿐입니다."

"라이브 공연도 했어?"

"그 동아리 이벤트에서 몇 번. 셋이서 인스트루멘털로."

"인스트루멘털?"

"원래는 노래가 있는 곡을 노래 없이 했다는 뜻입니다. 밴드에 보컬이 없어서."

"연주만 했다는 거군."

"그렇죠."

"베이스 기타였나?"

"네."

"그것도 그만뒀어?"

"네, 그만뒀습니다."

"음, 그렇군. 아오바 씨에게 들었는데, 지금 세이스케 씨 상황에서는 계속하기가 어렵겠지. 그럴 만해. 뭐, 프로가 되겠다거나, 그런 수준은 아니었지?"

"그렇습니다."

"그럼, 더욱이. 그게 일이 될 수 있다면 얘기가 달라지겠지만."

커피를 마신다. 물도 마신다. 따뜻한 것과 차가운 것. 나중에 마신 차가운 것이 이긴다.

"베이스 기타는 몰라도, 학교를 그만둔 건 아깝군. 1년 반이나 다녔잖아."

"네. 하지만 앞으로 2년 반을 더 다녀야 하는데, 그건 무리였습니다."

"학자금 대출을 받는 건, 생각 안 해 봤어?"

"생각해 봤죠. 그러나 그건, 결국 빚이잖아요."

"그렇게 해서 대학을 졸업해 봐야, 빚을 안고 출발해야 하니 버겁다?"

"네."

"그래도 정말 대단하네. 존경스러워."

존경. 그 무거운 말이 가볍게 나왔다. 괜히 추어올린다고 생각한다. 그리고, 추어올린 다음에는 어떻게 되나. 대개는, 떨어뜨린다. 특히, 아무 이해관계가 없는 상대는.

"아오바 씨와는, 고등학교 때부터 친하게 지낸 거야?"

"아니요. 그렇게까지는. 그냥 친구들처럼 얘기하는 정도였습니다. 라이브 때 보러 와 주었지만."

"라이브?"

"축제 때요."

"아아. 학교 축제."

"네."

"도쿄에 올라와서는, 그때 처음 만난 거지? 내가 아오바 씨랑 같이 상점가에 갔던 그때."

"그렇습니다. 그래서, 놀랐어요."

"아오바 씨도 그렇게 말하더군. 그리고 세이스케 씨가 그런 말을 해서, 신경이 쓰여 만나게 되었다고."

"내가 무슨 말을 했는데요?"

"돌아갈 장소가 없어졌다고."

"아아."

"고향 친구에게 그런 말을 들으면, 누구나 신경이 쓰이겠지."

다카세 료는 말차카페오레를 마시고 말한다.

"그래서, 아라카와 유원지는, 재미있었어?"

"네, 재미있었습니다."

"아오바 씨가 가자고 한 거지?"

"그런, 데요."

"내가 아오바 씨와 전에 사귄 적이 있다는 얘기는, 들었지?"

"네."

"다시 사귀려고 한다는 얘기는?"

"암암리에."

"암암리에라. 나, 아오바 씨와 진지하게 사귀려고 하고 있어. 그건 아오바 씨도 알고 있고."

커피를 마신다. 물도 마시려고 하는데, 또 질문이 날아든다.

"세이스케 씨는 아오바 씨와 친구지?"

"네."

"사귀는 거 아니지?"

"네."

"그럼, 흔들지 말아 줬으면 좋겠는데."

"흔들어요?"

"둘이서 어디 놀러 가고 그러지 않았으면 좋겠다는 말이야."

"아아."

"아오바 씨가 가자고 한다는 거, 그건 알아. 하지만 세이스케 씨에게도, 그렇게 하도록 하는 뭔가가 있다고 생각하는데."

그렇게 하도록 하는 뭔가. 그런 게 있을까.

"이런 얘기할 권리가 내게 없다는 것도 잘 알아. 그 정도 머리는 있으니까. 그런데, 그런 것까지 다 아는 상태에서 부탁하는 거야. 흔들지 말라고. 물론, 친구로 지내는 것은 전혀 상관없어."

다카세 료가 말차카페오레를 마신다. 컵을 접시에 내려놓는다. 어긋났는지, 덜그럭거리는 소리가 난다. 내 컵을 보고서, 말한다.

"커피, 한 잔 더 마시지? 리필은 반값이라고 쓰여 있는데. 내가 낼게. 내가 불러냈으니까."

"아니요. 괜찮습니다."

"일 끝나고 피곤할 텐데, 나오라고 해서 미안하기도 하고."

"이 근처라, 괜찮습니다."

"이 근처는, 밤에 일찍 문 닫아?"

"보통 그렇죠. 8시 정도면 문 닫는 가게가 많습니다."

"하긴 역 근처도 아니니까."

"네."

"내가 사는 무사시 고야마에도 상점가가 있어. 역 건너편이라서 나는 잘 안 가지만."

"여기와는 분위기가 다르겠죠."

"다르지. 우선 아케이드가 있거든. 길도, 아마 더 넓을 거야."

가 본 적은 없지만, 상상할 수 있다. 여기에 비하면, 훨씬 세련되었을 것이다.

그리고 얘기로 돌아간다. 다카세 료가 얘기를 마무리하기 시작한다.

"같은 고등학교를 졸업하고 양쪽 다 도쿄로 올라왔어. 하지만 연락을 주고받지는 않았던 거지?"

"네."

"만약 그때 마주치지 않았더라면, 세이스케 씨는 아오바 씨를 떠올리지도 않았다?"

"떠올리는 정도는, 했겠죠."

"하지만 연락까지 하지는 않았겠지?"

"뭐, 그렇죠."

'네'와 '그렇죠'를 몇 번이나 말했던가. 이런 사람은 남녀 양쪽 다 있다. 이미 잘 아는 사실을 들어, 상대의 고개를 끄덕이게 한다. 그건 사실입니다, 하고 인정하게 한다.

이어서, 다카세 료가 나는 생각지도 못한 말을 한다.

"나는 어쩌다 좀 좋은 대학에 갔지만, 그런 건 별거 아니야. 그래서 아오바 씨와도 평범하게 사귈 수 있는 거고, 크로켓도 좋아해."

다카세 료에게서 라인으로 연락이 왔을 때 이상으로 놀랐다. 솔직히 감탄했다. 좀 좋은 대학. 별거 아니야. 평범하게 사귈 수 있어. 크로켓도 좋아해.

다카세 료는 지금 자신이 한 말에 불쾌함을 느끼는 사람이 있다는 걸 깨닫지 못한다. 깨달을 필요가 없다고 해도 좋을 것이다. 태어날 때부터 높은 곳에 있었고, 거기에서 내려온 적이 없으니까.

"그래도 내가 세이스케 씨 입장이라면, 아오바 씨를 행

복하게 해 줄 수 없다고 생각하겠지."

말이 이렇게 이어지는군, 이라고 생각했다. 재삼 감탄한다.

요컨대, 랭크를 정한 것이다. 다카세 료, 이자키 아오바, 가시와기 세이스케, 순으로.

부정 따위는 하지 않는다. 아오바는 몰라도, 내가 다카세 료보다 아래인 것은 사실이니까.

그리고 다카세 료는, 그 말을 하기 위해 온 것이다. 상당히 먼 길을 돌아서. 어쩌면, 아오바가 다니는 캠퍼스나 아라카와 유원지는 덤이었고, 목적지는 처음부터 여기였는지도 모른다.

랭크가 아래인 나를 걱정할 필요는 없지 않을까, 하고 생각한다. 아, 그렇구나, 하고 생각을 바로 뒤집는다. 반대다. 랭크가 아래이기 때문에 더욱이 다카세 료는 나를 의식하는 것이다. 자기보다 못한 상대에게 그녀를 빼앗길 수는 없기 때문에.

"다카세 씨가 이렇게 나를 만나러 왔다는 거, 아오바 씨는 알고 있나요?"

"몰라. 숨길 생각은 없지만, 그렇다고 굳이 얘기할 일도 아니어서. 어제, 결정한 일이라."

"아오바 씨에게 말하지 않는 편이 좋겠어요?"

"말해도 상관없어. 입단속 할 마음은 없어. 오히려 말을 하는 편이 좋을지도 모르지. 내가 그 정도로 진지하다는 게 아오바 씨에게 전해질 테니까. 아, 뭐, 어느 쪽이든 상관없어. 말을 하든 안 하든."

"그럼, 얘기하지 않겠습니다. 그쪽에서 물으면 대답은 하겠지만."

"마음대로 해."

"네."

"내가 세이스케 씨에게 부탁하고 싶은 건, 괜히 그녀를 흔들지 말라는 것뿐이니까."

"그런가요."

"미안한데, 분위기 파악을 해야지."

불쾌한 마당에 불쾌한 말이 나왔다. 분위기 파악. 좋아지지 않는 말이다. 나 자신은 사용하지 않는다.

그 녀석, 분위기 파악을 못 한다니까. 누가 그런 말을 할 때, 그 누군가는 자신이 분위기 파악을 잘하고 있다고 생각한다. 그러나 실제로는 어떨까. 그 건에 대해서 상대보다 많은 정보를 갖고 있으니 분위기 파악을 하고 있다 여길 뿐. 그런 경우가 많다.

사람은 분위기 파악을 잘 못 한다. 곰곰 생각해 보면 알 수 있다. 그런대로 친하게 지내는 친구가 자신을 어떻게 파악하고 있는지, 그것조차 모르는데 분위기를 어떻게 파악할 수 있을까.

"나, 세이스케 씨에게 기대가 커. 아오바 씨 말을 들으니, 타인의 마음을 헤아릴 줄 아는 사람이라던데."

다카세 료는 테이블에 놓인 계산서를 집어 들고 일어선다.

남은 커피 한 모금을 다 마시고, 나도 일어선다. 다카세 료의 컵에 말차카페오레가 절반 가까이 남아 있어서 방심했다. 한발 늦었다. 주문한 음료를 남긴다는 발상이 없는 탓이다. 하지만 바로 말한다.

"내가 냅니다."

"괜찮아. 각자 내는 것도 귀찮고."

"각자 내자는 말이 아니라, 내가 다 낸다고요."

"뭐? 왜?"

"여기까지 왔으니까요."

"아니, 됐어. 내가 불러냈는데."

"괜찮습니다. 돈도 벌고 있으니까."

아르바이트지만, 하고 말할 뻔했는데, 하지 않았다. 지금 그 말을 하면, 가즈미 씨와 에이키 씨까지 경시하는 꼴이 된다. 그런 기분이 들었다.

다카세 료는 선뜻 계산서를 내게 넘긴다.

"그럼, 그렇게 해. 잘 마셨어."

그리고 한발 앞서 카페를 나선다. 쿨하다. 장점일 수도 있겠다.

나는 두 사람의 커피 값을 냈다. 1,000엔. 딱 떨어진다. 한 잔에 1,000엔짜리 커피를 마셨다고 생각하면 그만이다. 한 잔에 1,000엔. 비싸다.

카페에서 나오자, 다카세 료의 모습은 거기에 없었다. 아니, 있었지만 이미 뒷모습이었다. 메이지 길 쪽으로 걸어가고 있다. 도영 신주쿠선 니시오지마까지 걸어가는지도 모르겠다. 그렇지 않다면, 버스를 타려는 것일까.

아무튼, 그 잘 마셨다는 말이 헤어지는 인사말이었다는 걸 이제야 알았다. 너무 깔끔하다. 그건 단점일지도 모르겠다.

집이 반대 방향이라서, 나도 쫓아가지는 않는다. 걷기 시작한다. 앞쪽에 반찬가게 다노쿠라가 보인다. 그 앞에서 오른쪽으로 돌아가 샛길로 들어간다.

오후 6시가 좀 넘었다. 집에 돌아가면 또 채소와 고기를 썰어야 한다. 두부 반 모를 넣어 된장국을 끓여야 한다. 앞으로 며칠은 평소보다 더 절약해서, 1,000엔의 구멍을 메워야 한다.

*

"아이가 생겼습니다."

에이키 씨가 평소와 다르지 않은 가벼운 투로 불쑥 말했다.

"에?"

다들 놀란다. 정확하게 일치하지는 않았지만, 네 명이 각자 놀란 소리를 낸다. 내고 만다.

"의사도 틀림없다고 했고요. 병원에서 돌아오는 길에 바로 프러포즈 했습니다."

일단은 도쿠지 씨에게 하는 보고인데, 모두가 있는 데에서 하는 점이 에이키 씨답다. 같은 말을 네 번이나 하기 귀찮다는 뜻인 듯하다. 그래서 굳이 영업시간 중에. 그렇지 않으면 네 명이 다 모이기 쉽지 않으니까. 그러나 듣는 쪽의 네 명은 궁금해서 견딜 수가 없다. 일하던 손을 그만 멈추고 만다.

위험하니까 크로켓을 튀기고 있는 나는 일을 계속하지만, 집중력이 흐트러지기는 했다. 그 결과, 기름도 손에 튄다. 앗, 뜨거!

"그쪽 어르신들에게 인사는 드렸나?"

도쿠지 씨가 묻는다.

"네, 했습니다. 그것도 곧바로. 내가 그러고 싶다고 말할 것도 없었어요. 안나가 바로 데리고 갔거든요. 프러포즈 한 다음 날에."

"그래서 허락은 받았고?"

"네."

"프러포즈도 어른들에게 인사를 드리는 것도, 그렇게 급하게 해서는 안 되는 거지만."

가즈미 씨가 한마디 핀잔을 준다.

"아, 그게, 진짜 속전속결이었어요. 오늘 프러포즈, 내일 인사. 모레는, 음, 뭐지, 신혼집 찾으러 부동산을 순례해야 하나."

"축하해. 아기 얼굴, 나도 빨리 보고 싶네."

우타코 씨가 말한다. 그리고 도쿠지 씨도.

"그렇다면 그렇다고 네 아버지가 말해 주면 좋잖아."

"아버지가 말하고 싶어 했는데, 내가 보고하겠다고 했

어요."

"그랬어."

"이나미 씨도 참은 거 아냐? 사실은 말하고 싶어서 입이 근질근질했는데."

"그랬을 수도 있지."

다 튀긴 크로켓을 트레이에 옮긴 내가 에이키 씨에게 묻는다.

"아기, 언제 태어나요?"

"내년 5월."

"남자아이인지 여자아이인지, 그건 아직 모르죠?"

"몰라."

"어느 쪽이 좋아요?"

"어느 쪽이든 괜찮아. 어느 쪽이든 상관없다는 뜻이 아니라, 어느 쪽이든 좋아. 안나는 남자아이가 좋다고 하니까, 불공평하지 않게 나는 여자아이가 좋다고 했어. 하지만 정말 어느 쪽이든 난 좋아. 여자아이면, 치나쓰처럼 컸으면 좋겠고."

"사내 녀석은 엄마를 닮는다니까, 그게 좋지 않겠어. 에이키보다는 안나 씨를 닮아야지."

"아, 좀 심한 거 아닙니까?"

에이키 씨가 웃는다.

"하지만 나도 같은 생각이에요. 안나를 닮아 준다면야, 나도 남자아이를 밀 거예요."

"안나 씨, 일은 어떻게 할 거야?"

우타코 씨가 현실적인 것을 묻는다.

"상태 봐 가면서, 할 수 있는 데까지 하려는가 봐요. 그래도 아르바이트니까 언젠가는 그만둬야죠. 가게 쪽에서도 임산부라 신경이 많이 쓰일 테니까."

"고용주 쪽에서야 임산부라는 걸 한눈에 알아볼 수 있는 점원은 곤란하다고 여기겠지."

가즈미 씨가 거든다.

"아무튼, 축하해."

"그래, 축하해요."

"축하합니다."

"감사합니다."

에이키 씨가 모자를 벗고 머리를 숙이면서 이렇게 말한다.

"어흑. 나, 눈물이 날 것 같아요."

안나 씨의 임신. 나까지 기쁘다. 가까운 사람들의 죽음이 이어졌기 때문인지도 모른다. 그런 이유는 굳이 들지 않아도. 사람이 태어나는 것은 좋다. 어서 와. 그렇게 말하고 싶어진다.

그리고 비슷한 일이 또 하나 생겼다. 비슷하기는 한데, 미묘하다. 축하한다고는 하기 어려운 일이다.

늦더위가 기승을 부리던 9월 중순. 쓰루기가 홀쩍 나타났다. 내 집이 아니다. 반찬가게 다노쿠라로.

오후 3시가 지나, 한가하다면 한가한 시간대. 나는 가게 앞에 서서 플라스틱 용기와 고무줄을 보충하고 있었다.

그때 목소리가 들렸다.

"오빠, 크로켓 하나."

"네. 감사합니다."

대답하고서 알았다.

"아, 뭐야."

입고 있는 검은 티셔츠가 열기를 품은 것처럼 보인다. 앨범 재킷 사진이 프린트되어 있다. 어떤 뮤지션의 어떤 앨범인지는 모른다. 쓰루기 자신도, 모르고 입고 있을 것이다. 그런 쪽으로는 관심이 없으니까.

"오랜만이다, 세이스케."

"그래, 오랜만이다."

"좋아 보이는데."

"뭐, 그런대로. 크로켓, 정말 살 거야?"

"응."

"그냥 크로켓으로 줄까? 단호박이랑 게살크림도 있는데."

"그냥 크로켓으로."

"마침 잘됐다. 이왕이면 뜨거운 거 먹어. 이제 곧 나올 거야. 조금만 기다려. 3분."

지금은 주방에서 도쿠지 씨가 튀기고 있다. 최고의 타이밍. 누가 튀기든 다 맛있다고 하지만, 그래도 도쿠지 씨가 튀기는 크로켓이 가장 맛있는 것 같다. 사용하는 기름도 튀겨 내는 시간도 똑같은데.

"호오. 이제 곧 나올 거다! 완전 프로 같은데."

"응. 좀 폼을 잡았지."

"그런 거야."

쓰루기가 웃는다.

내가 처음 이 가게에 왔을 때 일이 떠오른다. 그때는 도쿠지 씨가 내게 말했다. 이왕이면 뜨끈한 걸 먹으라고. 지금은 그 말을 내가 쓰루기에게 하고 있다.

"그런데 갑자기 웬일이야?"

"웬일일 건 없는데. 아니지, 없지는 않구나. 용건은 있어. 이거."

쓰루기가 바지 주머니에서 뭔가를 꺼내 내민다.

"돌려줄게."

열쇠다. 내 집의 보조 열쇠.

"아아. 요즘 통 안 와서, 까맣게 잊고 있었는데."

"그 말은, 여자가 드나드는 일은 없다는 건가. 보조 열쇠를 건넬 만한 여자가 안 생겼다는."

"어떻게 생겨. 그럴 여유 없어."

"여유가 없어도 연애는 해야지. 아니지, 하려 들지 않아도, 그냥 살다 보면 그렇게 되는 거 아닌가."

"그냥 살기만 해서는 안 되지. 너니까 그럴 수 있는 거야."

"세이스케, 다 됐다."

주방에서 도쿠지 씨가 이쪽으로 소리를 지른다.

"네."

기다려, 하는 뜻으로 쓰루기에게 손짓하고는 그쪽으로.

다 튀긴 크로켓을 재빨리 트레이에 담으면서 도쿠지 씨가 말한다.

"친구냐?"

"네. 대학 다닐 때."

"그래. 혹시 돈 뜯으러 온 거 아니지?"

"아닙니다. 걱정 마세요."

말하고서 생각한다. 걱정할 거 없는 거겠지? 그런 거 아니지? 쓰루기.

"이제 가서 쉬어. 모처럼 친구가 왔는데, 얘기라도 나눠야지."

"네. 감사합니다."

트레이를 들고 상품 진열대로 돌아온다. 집게로 집어 진열대의 트레이로 옮긴다. 각도를 맞춰 진열한다. 쓰루기 쪽에서 잘 보이게. 조금이라도 맛있어 보이게.

"풋콩크로켓도 맛있어."

쓰루기에게 말한다.

"풋콩이라, 끌리는데. 그거 주라."

그냥 크로켓과 풋콩크로켓. 쓰루기에게 크로켓 두 개를 팔았다. 그리고 도쿠지 씨에게, 그럼 잘 부탁드립니다, 하고는 밖으로 나간다. 샛길로 들어가 걸음을 멈춘다. 마침 그늘진 곳이다.

쓰루기가 기름종이 봉투에 든 크로켓을 얼른 꺼내 먹는다. 먼저 그냥 크로켓으로.

"오오, 막 튀겨 낸 크로켓. 진짜 뜨겁네. 앗, 뜨 뜨. 고구

마잖아. 앗, 뜨거! 입천장, 뎄다. 그래도 진짜 맛있다!"

말이 많다.

"막 튀겨 낸 크로켓 맛에 길들면, 식은 건 못 먹어."

"와, 진짜 그렇겠다."

"그래도 먹기는 하지만."

"어떻게 안 먹어."

"식은 크로켓은 맛이 없다고 하는 사람도 가끔 있지만, 난 잘 모르겠더라. 식은 크로켓도, 맛없다고 느낀 적이 없어서."

"나도 그래. 바삭거리지 않아도, 난 괜찮던데. 전자레인지에 데우지 않고, 식은 채로 그냥 먹어. 그렇게 먹는 것도 꽤 좋아하고."

"알지, 알아. 옷이 적당히 부드럽잖아. 모가 깎인 느낌이랄까."

"맞아, 맞아. 빵가루가 빵으로 돌아간 느낌."

"돌아가지는 않지만."

"같은 크로켓인데 말이야, 처음부터 튀김옷이 퍼석거리는 것도 있잖아. 입자가 굵다고 할지, 그건 뭐가 달라서 그런 거니?"

"겉에 입히는 빵가루지."

"나는 아주 파삭파삭한 걸 좋아하는데, 그런 게 의외로 많더라."

"음. 그런 식감을 좋아하는 사람도 있다는 뜻인가."

"아하. 식감! 세이스케 너도 이제 크로켓 튀기냐?"

"튀기지. 요즘에는 도쿠지 씨가 내게 잘 맡겨."

"와, 대단하다. 너도 이렇게 맛있게 튀길 수 있다는 거잖아."

"내가 대단한 게 아니라, 크로켓이 대단한 거야."

"허? 그건 또 뭔 말이냐?"

"도쿠지 씨가 한 말이야."

"그 주인장?"

"응. 그 말이 맞아. 크로켓이 대단한 거지. 만드는 사람이 할 수 있는 건, 그 질을 유지하는 것."

"그러니까, 질을 유지하는 게 대단한 거잖아."

"그건 최소한 지켜야 하는 부분이니까."

"오오."

쓰루기가 크로켓을 먹다 말고, 입을 뗀다.

"야, 너, 진짜 멋지다."

"내가 폼을 좀 잡은 거라니까."

"진짜, 멋져. 폼 나. 나, 네가 조금 존경스럽다. 아니, 조금이 아니라, 많이."

존경. 또 그 말이 나왔다. 전에는, 다카세 료의 입에서. 대학을 그만두고 일하고 있는 나를 존경한다는 등의 말이었다. 그때는 아무 생각이 없었다. 지금은, 조금 기쁘다. 아니, 상당히 기쁘다.

그냥 크로켓을 다 먹은 쓰루기가 풋콩크로켓을 먹기 시작한다.

"와아. 이것도 맛있다. 풋콩이 진짜 많이 들어 있네."

"도쿠지 씨도 말했지만, 그게 어려워."

"그게?"

"풋콩의 양. 많아야 좋다는 사람도 있지만, 너무 많으면 싫다는 사람도 있거든."

"아아. 건포도빵에 든 건포도의 양 같은 거구나."

"응. 여러 가지로 실험해 보고, 지금의 양으로 하게 된 거야. 약간 많게. 하지만 너무 많지 않게. 시행착오를 정말 많이 거친 것 같더라고."

"야, 크로켓 하나 만드는 것도 쉽지 않구나."

"손님들의 평가가, 작은 것 하나에도 변하니까."

"하긴, 그렇지."

"요즘은 나도 이래저래 생각 많이 하고 있어. 크로켓에 대해서."

"예를 들면 어떤?"

"콩류는 비교적 맛있게 만들 수 있지 않을까, 하는 것
도 그렇고."

"콩류?"

"응. 약간 특유의 비릿함이 있지만, 누에콩크로켓도 맛
있을 것 같아. 하지만 단가가 비싸지겠지. 상점가에 있는
가게에서 크로켓 하나에 100엔이 넘으면 팔기 어려운데."

풋콩크로켓을 먹으면서 쓰루기가 나를 본다. 한 걸음
뒤로 물러나, 약간 멀리서 본다.

"왜?"

"너, 진짜 대단하다. 정말 여러 가지로 대단해. 나, 진짜
존경한다."

"허풍 떨기는."

입에 넣은 크로켓을 꿀꺽 삼키고, 쓰루기가 말한다.

"얼마 전에."

"응."

"임신했을지도 모른다고 하는 거야."

"뭐?"

"올 게 안 온다고."

"그러니까, 음, 나리마쓰 가노가?"

"아니, 사노. 동생 쪽."

"정말?"

"어. 이런 일로 거짓말하겠냐."

"고등학생, 이라며?"

"그래. 그래서 엄청 당황했지. 눈앞이 깜깜했어. 실제로는 안 그랬지만, 눈을 뜨고 있는데 아무것도 보이지 않는, 그런 느낌이었어. 눈앞이 깜깜해진다는 건, 이런 거구나 싶더라."

"그래서, 어떻게 됐는데?"

"아니었어. 임신이 아니었어."

"거짓말이었다는 거야?"

"그게 아니라. 와야 할 게 늦게 왔을 뿐. 그녀 말이, 그렇게 늦은 적은 처음이었다나. 나왔다는 연락받을 때까지, 한 일주일 동안 나, 진짜 지옥이었어. 지옥. 아르바이트하면서도 잔 두 개, 접시 두 개 깨트렸고. 말 그대로 일이 손에 잡히지 않아서."

"고등학생이니까 그럴 만도 하지."

"그러게 말이야. 들통나면 체포되는 거 아닐까 두렵기도 했고."

"체포, 되는 거야?"

"진지하게 사귀는 사이라는 게 인정되면 아닐 수도 있지만. 어떻게 해야 인정받을 수 있냐고도 하고. 진지하게 사귄다는 게 대체 뭐냐 하는 얘기도 있어. 솔직히 나도 진지했는지 어떤지, 잘 모르겠거든. 아무튼, 그건 그렇고. 문제는 언니 쪽이었어. 전 여친, 가노."

"하긴."

"정말 머리가 깨질 것 같더라. 가노와 그녀 부모님 손에 죽는 게 아닐까, 학교 그만두고 일을 해야 하는 게 아닐까. 아니면 그냥 확 도망쳐 버릴까. 도망을 친다면 홋카이도와 오키나와 중에서 어느 쪽이 좋을까. 그러다 드디어 나왔다는 연락을 받았을 때의 그 안도감. 그 기분, 지금까지 21년을 살면서 최고였는지도 모르겠다. 대학에 합격했을 때나 동정을 잃었을 때 이상. 플러스가 생겼을 때보다 마이너스가 사라졌을 때, 사람은 훨씬 기쁘다는 걸 알았어. 1억 엔짜리 복권에 당첨되는 것보다 1억 엔의 빚이 없어지는 편이, 아마 더 기쁠걸."

"1억 엔의 빚을 갚는 방법은, 1억 엔짜리 복권에 당첨되는 정도밖에 없잖아."

"하긴, 그렇지. 결국은 똑같지. 그래도 내가 무슨 말이

하고 싶은지는 알지?"

"알아."

안다. 마이너스를 지울 수 있다면, 가령 과거로 돌아가 아버지와 어머니가 돌아가시지 않도록 할 수 있다면, 정말 좋겠다고 생각한다. 5억 엔이나 10억 엔짜리 복권에 당첨되는 것보다 훨씬 기쁠 것이다.

"그런데 말이지, 와, 다행이다, 이제 살았다! 하고 안심했더니, 네 생각이 나잖아."

"내가 왜?"

"너는 실제로 대학 그만두고 일해야 하는 상황에 놓였잖아."

"아아."

"엄마가 갑자기 돌아가셨다는 거, 타격이 엄청 컸을 거야. 아버지도 안 계신데."

"고등학생에게 임신을 시키는 것도 타격이 클 텐데."

"임신 안 했다니까 그러네."

쓰루기가 웃는다.

"아직도 사귀고 있는 거야? 그 사노라는 여고생과."

"아니. 헤어졌어."

"그 일 때문에?"

"그건 아니야. 단순히, 내가 차였다고 봐야지. 사노가 아주 쿨하더라고. 아, 올 게 왔네. 다행이야. 그 건은 이걸로 끝. 그런 식이었어. 정말 임신했으면 아주 달랐겠지만."

"그 얘기. 가노에게 했어?"

"아니, 안 했어."

"사노랑 사귀었다는 얘기도?"

"그래. 사귀었다는 것도, 올 게 오지 않았다는 것도, 그 후에 헤어졌다는 것도, 전혀."

나는 쓰루기 얘기를 듣는 내내 궁금했던 걸 묻는다. 묻지 않는 게 좋을까, 하고 생각하면서도 조심조심.

"그 나리마쓰 가노와 지금도 사귀는 건, 아니겠지?"

"안 사귀지. 내가 짐승이냐. 짐승이라 쳐도, 조금은 소프트한 짐승이지. 사노랑 사귄 것도 가노와 헤어진 다음이야. 언니랑 헤어졌어? 그 비슷한 내용의 라인이 와서, 몇 번 라인을 주고받다가, 사귀게 된 거야. 사노도, 언니에게는 말 안 해도 된다고 했고."

아무튼, 임신을 하지 않아 다행이다. 했어도, 그런 식이면 축하한다는 말을 하기 어렵다.

"아 참. 기요스미, 밴드 그만뒀다면서?"

내가 쓰루기에게 말한다.

"어. 들었어?"

"응. 얼마 전에 신나라시노에 있는 기요스미네 집에 다녀왔어. 점심 얻어먹었는데, 그때 들었어. 쓰루기는 아직 할지도 모른다고 하던데."

"나도 그만뒀어."

"그래?"

"요즘에는 노이즈에도 얼굴 안 내밀어. 이제 끝난 거지. 내년 3월이면 취업 활동 시작해야 하고. 학점도 더는 놓치면 안 되고."

"3월 되려면 아직 다섯 달이나 남았어."

"그럼, 다른 거 하지, 뭐. 오리지널 곡을 연주하지 못하는 밴드 활동이나 전 여친의 여동생과 사귀는 그런 거 말고. 내게 좀 보탬이 될 만한 걸."

"뭐 있어?"

"없어. 찾아볼 거야. 뭐하면 인도에나 가 볼까. 나를 찾는 여행. 그리고 나리타공항에 도착하기 전에, 그러니까 비행기 타기 전에 게이세이 나리타 언저리에서 발견하는 거야. 깨닫는 거야. 나다운 걸 하는 게 좋다. 그게 나다. 여행, 종료."

웃는다.

쓰루기라면, 나리타까지 갈 필요도 없다고 생각한다. 진정한 자신이 존재한다는 걸, 애당초 믿지 않는다고 생각된다.

"세이스케 너, 진짜 베이스 잘했는데. 나야 기타를 대충대충, 거의 눈속임으로 쳤지만, 너는 달랐어. 그리고 기요스미도 달랐고. 뭐랄까, 확실했어. 기요스미와 네가 만들어 내는 리듬은 흔들림이 없었어. 거기에 나의 어중간한 기타가 얹히면 안 되는 거였는데."

"그렇지 않아. 우리, 균형감은 좋았잖아. 쓰루기의 루즈한 기타, 나는 좋아했어."

"루즈하다. 참 표현도 잘한다. 적당히, 가 아니라 루즈. 말이 달라지니까, 왠지 굉장하게 들린다."

"쓰루기도 그만뒀다면, 이시이 그 녀석은?"

"자기가 밴드를 만들었어. 올 한 해 이끌어 온 것 같아. 2학년인 그 녀석이 리더라고 밴드 이름이 센고. 숫자로 1,005래. 센고가 1,005인 줄 누가 알겠냐."

"베이스 기타리스트가 리더라. 좋은데."

"제법 착실하게 하고 있나 봐. 라이브 하우스 공연에도 참가하고, 자기들이 라이브 공연을 기획하기도 하고. 우리도 이왕 하는 거, 제대로 했으면 좋았는데. 어디서 보컬을 끌어오든지, 어떻게든 오리지널 곡도 작곡하고 말이야. 그런데 세이스케 너에 이어서 기요스미까지 그만두고 나니까 끝이 보이더라. 잘하는 두 놈이 그만뒀는데 나 혼자 계속해 봐야 그렇고. 그래서 그만뒀어. 기타도 팔아 버릴 거야. 조만간 악기점에 가 보려고."

"요즘, 얼마 안 쳐줘."

"그럼 나도 세이스케를 본받아 누구에게 줄까. 가령 한 동네 사는 꼬맹이라든지. 그런데 내게 그 기타를 받은 꼬맹이가 어느 악기점에 갖다 판다든지."

내가 준야에게 베이스 기타를 주었다는 얘기는 쓰루기에게도 했다. 내 방을 사용하다가 베이스가 없어진 것을 안 쓰루기가 라인으로 어떻게 된 거냐고 물어서.

"주려면, 기타를 치고 싶어 하는 아이에게 줘야지."

"눈 딱 감고, 아동복지시설에 기부해 버릴까. 이름 없는 기부 천사처럼, 익명으로. 록 음악을 좋아하는 아이에게 주세요, 하고."

"그것도 나쁘지 않은데, 정말."

"지금 말해 놓고 보니까 진짜 그런 생각이 드는데. 받아 준다면, 기부를 하는 것도 좋겠다고. 사귀는 상대는 진지하게 고르세요, 그 상대를 진지하게 좋아하세요, 하는 메모도 적어서 같이 넣는 거야. 그리고 시설 직원이 그 메모지는 내버리고."

또 웃는다.

역시 쓰루기다. 지칠 줄을 모른다. 아니. 지쳤을 텐데, 그렇게 보이지 않는다. 진정한 자신, 그런 것과는 무관하게, 그저 쓰루기다.

풋콩크로켓의 마지막 한 입을 먹고, 쓰루기가 기름종이 봉투를 구깃구깃 만다.

"내가 버릴게."

손을 내밀고, 받는다.

"진짜 맛있었어. 사부님에게 전해 줘. 일품이었다고."

"전할게."

전하겠지만, 친구가 일품이라고 했어요, 라고는 말하지 않는다. 너무 허풍스럽다. 도쿠지 씨도 크로켓 자신도, 거기까지는 바라지 않을 것이다.

"미안하다, 세이스케."

"응? 뭐가?"

"방, 내 멋대로 사용해서."

"아아. 미안하기는. 멋대로 사용한 것도 한 번뿐인데, 뭐."

감기 때문에 일찍 집에 돌아왔던 내가 나리마쓰 가노와 마주쳤던 그때다.

"아니 그게, 실은, 그 후에도 한 번 사용했어. 가노랑 잔 그때 후에, 사노랑."

"정말?"

"어. 데이트하는데, 생각보다 분위기가 완전 좋은 거야. 고등학생이니까 호텔보다는 집이 좋을 것 같아서."

"허, 동생까지."

"그 결과, 벌을 받은 거지. 엄청난 벌을."

"그래, 받았네."

"변명하지 않을게. 난 너를 이용했어. 이제 학교에도 없으니까 잘됐다, 하고 말이야. 정말 미안하다. 미안."

"됐어, 그만해."

"아니, 됐다고 할 일이 아니지. 다시는 안 하겠다고 해 놓고서 그럼 안 되는 거잖아. 나 같으면 화낼 거야. 내가 이렇게 말하는 건, 웃기지만."

"그래도, 아무튼 됐어."

"세 번째는 절대 없을 거야."

"그럴 수도 없잖아. 열쇠 돌려줬는데."

"야, 그래도 한 번은 의심해 봐야지. 상대가 나라고. 보조 열쇠의 보조 열쇠를 만들었을 수도 있다고."

"보조 열쇠는 복사할 수 없지 않나."

"다 할 수 없는 건 아니야. 나랑 같이 아르바이트하는 사람은 만들었다던데. 아니지, 만들어 줬대."

"그래서, 너도 만들었어?"

"아니. 당연히 안 만들었지."

"그럼 됐어."

"그렇게 간단히 믿지 말라니까. 난 약속을 어긴 사람이라고. 자칫하면 세 번째도 생길 수 있다고."

"그럼, 내가 다시 한 번 말할게. 세 번째는 절대 없도록해. 알았지?"

쓰루기가 내 얼굴을 빤히 쳐다보고는, 후우 길게 숨을 내쉰다. 그리고 말한다.

"너, 진짜 대단하다."

"쓰루기, 너는 너대로 대단해."

나는 또 나대로, 쓰루기의 좋은 의미의 적당함에 감탄한다. 그 적당함까지, 존경할 수 있다.

학교는 그만두었다. 하지만 쓰루기와는 친구로 지낼수 있을 듯한 기분이 든다. 친구로 지내고 싶다.

*

　거의 1년이 되어 간다.

　엄마가 돌아가신 후로 1년은, 벌써 지났다. 1주기 제사
는커녕 성묘도 하지 못했다.

　지금, 나는 고민하고 있다. 유골을 돗토리에서 도쿄 도
내에 있는 납골당으로 옮길까 어쩔까. 이미 지불한 영구
임대료는 돌려받을 수 없겠지만, 그렇게 해야 하는지도
모른다. 아버지도 엄마도 돗토리에서 돌아가셨다. 하지
만 두 사람이 서로를 알게 된 곳은 도쿄. 그리고 나는 아
마, 앞으로도 도쿄에서 살 것이다. 두 분 다, 용서해 주지
않을까.

　내가 거의 1년이 되어 간다고 한 쪽은, 반찬가게 다노
쿠라에서 일한 시간.

　줄곧 생각해 봤다. 아니, 줄곧이라고 할 정도는 아니다.
에이키 씨가 도쿠지 씨에게 약혼 보고를 한 시점부터. 더
정확하게는, 그 일이 있고 조금 지나서부터.

　움직일 작정이면 하루빨리 움직이는 게 좋다. 괜히 질
질 끌어서는 안 된다. 결정은 신중하게. 그러나 결정하고
나면 빨리 움직여야 한다. 예를 들면 멘치를 70엔이나 깎

아 준 도쿠지 씨에게, 그 자리에서 바로 일하게 해 달라고 했던 그때처럼. 그때 그렇게 움직였던 덕분에, 지금이 있는 것이다. 한 걸음씩이지만, 나는 앞으로 나아가고 있다.

에이키 씨가 쉬는 날. 화요일. 그 오후. 겨우 내가 기다리고 기다리던 상황이 찾아왔다.

도쿠지 씨와 나만 주방에 있다. 우타코 씨는 가게 앞에서 판매. 가즈미 씨는 2층에서 휴식. 가즈미 씨가 판매를 맡고 있을 때라도 상관없었지만, 역시 이쪽을 선택했다. 도쿠지 씨와 우타코 씨. 두 사람이 동시에 들어주었으면 했다.

긴장했다. 오늘 말하자고 결심한 터라, 아침부터 긴장의 연속이다. 일을 해서 피곤한 것보다 긴장해서 더 피곤하다.

먹거리를 다루는 가게라, 보통 잡담은 하지 않는다. 그래서, 다 같이 손이 비는 때를 노렸다. 그 때문에 다소 서두른 감이 있었지만, 어쩔 수 없다.

숨을 가다듬고, 나는 불쑥 말을 꺼냈다.

"도쿠지 씨, 저."

"응?"

대학의 어떤 강의에서 한 교수가 말했다. 서두는 생략

하라. 우선 요점을 말하라. 그걸 실천하라.

"가게, 그만두고 싶습니다."

"뭐? 갑자기, 무슨 소리야?"

"물론 오늘내일 당장 그만두겠다는 말이 아니고요. 다음 아르바이트 자리를 찾을 때까지는 계속합니다. 갑자기 안 나오는 일은 없을 거예요. 그 점은 분명히 하겠습니다."

단숨에 말해 버린다.

도쿠지 씨가 놀란다. 아무 말 없이 나를 보고 있다.

"죄송합니다. 기껏 채용해 주셨는데, 이런 말씀을 드리게 돼서."

"뭐 때문인데? 이유가 뭐야?"

"음, 그게. 앞날을 생각해서, 다른 가게나 다른 종류의 음식점도 경험해 보는 편이 좋지 않을까 해서요. 반찬가게가 싫다든가, 그런 이유는 절대 아닙니다. 다만, 시험 볼 자격에 필요한 실무 경험 2년은 합산해도 되는 거라니까, 범위를 넓히기 위해서라도 다양한 걸 알아 둬야 하지 않을까 합니다."

그제부터 할 말을 정리했는데, 막상 말을 꺼내고 보니 이렇다. 횡설수설. 역시 나는 틀렸다. 대학에 계속 남아 있었어도, 취직 면접에서 실패했을지 모른다.

"그렇군."

도쿠지 씨가 말했다. 그다음 말은 없다. 그게 끝이다.

나쁜 짓을 한 듯한 기분이다. 나쁜 짓이랄까, 나 스스로가 싫은 짓을 한 듯한 기분.

"죄송합니다. 신세만 지고서, 이런."

"아니. 신세 진 거 전혀 없어. 일해 줘서, 우리가 오히려 도움이 컸지."

손님이 없어서, 우타코 씨도 얘기를 듣고 있었던 모양이다. 도쿠지 씨보다 더 놀란 표정으로 이쪽을 보고 있다. 어쩌나, 하는 식으로 왼손을 왼뺨에 대고 있다. 예순여섯 살 된 여자에게 이렇게 말하는 건 실례지만, 그런 몸짓을 할 때의 우타코 씨는 조금 귀엽다.

나는 해야 할 말은 했다. 이제 도쿠지 씨의 말을 기다리는 것만 남았다.

겨우 정리가 끝났는지, 도쿠지 씨가 입을 연다.

"세이스케 자네, 참 착하군."

뜻밖의 말에 그만 되묻고 만다.

"네?"

"내가 자네에게 가게 얘기를 꺼냈기 때문이지? 뒤를

이어 달라느니, 가게를 맡아 달라느니, 그런 얘기를 해서 그런 거지?"

"아닙니다, 저."

"물려받기 싫어서 꽁무니를 빼는 건, 아니지?"

그렇다. 싫지 않다. 꽁무니를 빼는 것도 아니다. 그러나 자기 가게를 가진다는 욕구가, 지금은 없다. 하지만 그렇게 되는 걸 피하기 위해서 가게를 그만두겠다는 말은 아니다.

"내가 실수를 했군."

도쿠지 씨가 쓸쓸하게 웃는다.

"말을, 너무 빨리했어. 자네가 요리사 시험에 합격할 때까지 기다리는 건데. 그다음에 해도 늦지 않았는데."

뭐라 대답하면 좋을지 모른다. 도쿠지 씨가 지금 한 말을 그렇다고 긍정하면 좋을지, 아니라고 부정하면 좋을지.

"내가 물러나면 된다. 자네, 그렇게 생각한 거지?"

"아닙니다. 저."

또 똑같은 대꾸를 하고 만다.

"자네는 자기 생각만 하면 돼. 남 생각하지 말고, 그냥 뻔뻔하게 있어도 된다고. 그런데 생각을 하니, 탈이지."

"아닙니다. 저."

또, 똑같은 대꾸.

"다른 가게를 경험해 보는 것도 나쁘지 않지. 우리 가게야 일개 반찬가게니까, 자네에게 가르쳐 줄 수 있는 것에도 한계가 있고. 부엌칼 사용하는 세세한 기술이나 맛깔나게 양념을 하는 방법, 그런 건 가르쳐 줄 수 없지. 나 자신도, 모르니까. 그러니, 자네 말대로 다른 가게로 가는 게 좋을 수도 있겠어. 앞으로 1년을 허투루 보낼 거 없지."

"허투루라뇨, 그렇지 않습니다."

"당신도, 알았지?"

도쿠지 씨가 우타코 씨에게 묻는다.

"에이키와 세이스케가 형제였으면 얼마나 좋아."

에이키 씨 이름이 나오지 않게 하려고 했다. 그런데 예상치 못한 사람 입에서 나왔다. 도쿠지 씨가 아니라, 우타코 씨.

어차피 나왔으니, 나도 말한다. 가능하면, 확인하고 싶다.

"에이키 씨죠?"

직접적인 표현을 피한 결과, 그렇게 되고 말았다. 하지만 도쿠지 씨는 나의 말뜻을 헤아렸다. 이해하고, 이렇게 말했다.

"그렇지, 뭐."

"에이키 씨도, 그렇게 하겠죠?"

"해 주겠지."

"내가 억지를 써서라도 가게를 물려받게 할 거야."

우타코 씨다.

피하려 했던 직접적인 표현이, 어이없이 나오고 말았다. 그래서, 슬쩍 웃는다. 안도가 섞인 웃음이다.

"최근 들어 자각이 좀 생긴 것 같기도 하고. 그 녀석, 안나 씨가 사과하러 다녀간 후로는 지각을 한 번도 안 했어. 뭐, 그런 건 당연한 일이지만."

그렇죠, 하고는 말할 수 없다. 잠자코 있는다.

"그때, 자기가 사과하러 왔다는 거, 에이키에게는 말하지 말라고 했잖아, 안나 씨가."

"네."

"그런데, 내가 말했어, 에이키에게. 내가 말했다는 말은 안나 씨에게 절대 하지 말라고 단단히 입막음을 하고."

"그렇군요."

어땠을까. 에이키 씨라면 말을 했을 것 같기도 하고, 안 했을 것 같기도 하다.

"그 녀석이, 아무리 그래도 느끼는 바가 있었던 거겠지. 지각은 자기가 했는데, 여자 친구가 사과를 했으니."

그런 일이 생기면, 남자 쪽은 보통 싫을 것이다. 괜히 나서지 말라고 화를 내고, 그러다 입씨름이 벌어질지도 모른다. 그러다 헤어지게 될 수도 있다. 그러나 결과를 보면, 결혼.

지금 우타코 씨가 서 있는 가게 앞에 선 안나 씨. 나도 살짝 보고 싶다. 쉽게 상상할 수 있다. 역시 예순여섯 살이 되어서도 귀여울 것 같다. 우타코 씨보다는 입바른 소리를 할지도 모른다. 가게 주인이 지각하면 어떻게 해. 에이키 씨에게 그 정도 말은 할지도 모른다.

도쿠지 씨가 다시 말한다.

"지각을 안 하는 정도 가지고 좋게 평가하면 안 되겠지만. 하지만."

"네."

"녀석이 요전에 그 사람에게서 너를 지켜 줬잖아. 세이스케는 우리 종업원입니다, 하면서. 그때는, 기쁘더군."

"저도요."

그 말은 순순히 나왔다.

"정말, 에이키 씨 덕분에 살았죠."

"이제는 괜찮은 거야? 그 후로 아무 일 없고?"

"네. 집에도 찾아오지 않고, 연락도 없습니다. 만약 있었어도, 딱 잘라서 거절했을 거고요."

"혼자가 아니란 걸, 안 게지."

그 말에는 또 할 말이 없어진다. 다시 침묵.

"자네가 그만두는 건 아쉽지만, 어쩔 수 없지. 그만둔 후에도, 무슨 일 생기면 연락해. 꼭. 이거 하나는 약속해."

정말, 할 말이 없어진다. 감사합니다, 라는 말조차 할 수 없어진다.

"우리를 의지하라고."

열일곱 살 때 아버지가 돌아가시고, 스무 살 때 어머니까지 돌아가셨다. 슬퍼할 일은 이미 다 일어나고 말았다. 앞으로는 울 일이 없을 거라고 여겼다.

아니었다. 스물한 살에, 나는 어이없이 울고 말았다. 슬프지 않아도, 눈물은 나온다.

*

결국 10월 말일까지 반찬가게 다노쿠라에서 일하게 되었다.

그동안 도쿠지 씨는 다음 아르바이트생을 찾고, 나는 다음 아르바이트 자리를 찾았다. 지갑에 50엔밖에 없는 누군가가 가게 앞에서 머뭇거리면 좋겠는데, 하고 도쿠지 씨가 말했다. 정확하게는 55엔이죠, 고엔은 남았습니다, 하고 나는 대답했다. 나는 '인연'이란 뜻으로 '고엔'을 말했지만, 도쿠지 씨에게는 '5엔'이란 뜻의 '고엔'으로 들렸을 것이다. 그렇게 들리도록 말했으니까(일본어로 인연 (因緣)의 연(緣) 자에 접두어 ご를 붙이면(ご緣), 5엔(五円)과 발음이 같다 – 옮긴이 주).

다음 아르바이트를 어디서 할 것인가. 정말 고민이 많았다.

도리란의 야마시로 도키코 씨에게 부탁해 볼까, 하는 생각도 했다가, 지웠다. 지금은 아무도 의지하고 싶지 않다. 도리란에서는 요리사 자격증을 딴 다음에 일하고 싶다. 그쪽에서 원하는 인재가 된 후에 당당하게 가게로 찾아가고 싶다. 그렇게 생각했다. 좋은 목표가 생겼다. 그렇게도 생각했다.

그 목표를 달성하기 위해서도, 우선은 칼 다루는 기술을 익혀야 한다. 이왕이면 일식 전반. 꼬치, 닭꼬치구이도 다룰 수 있으면 좋겠다. 그렇다면 니혼바시의 다키치 같은 가게에서 배워야 하는지도 모른다. 일주일에 닷새, 꽉 차게 일하고 싶다. 재료를 손질하는 것부터. 그런 일손을 구하는 가게도 있지 않을까. 실제로 모집하는 곳이 많다. 야마시로 씨도 말했듯이, 일손이 심각하게 부족하다.

새로운 곳에서는 11월 1일부터 일할 수 있다. 서두르지 말고, 충분히 생각하고 결정하면 된다. 처음으로 약간, 마음에 여유가 생겼다. 아주 조금. 하지만 그 조금이 정말 반갑다.

그리고 9월 하순. 나는 늘 하던 대로 여성복전문점 데지마를 찾았다. 데지마 다키코 씨가 주문을 해서 배달하러 간 것이다. 로스커틀릿과 치킨커틀릿과 햄커틀릿, 그리고 비지크로켓과 감자샐러드와 마카로니샐러드. 각각 하나씩.

여성복전문점 데지마라고 쓰인 금색 페인트가 벗겨지기 시작한 유리문을 당기고 가게로 들어간다. 오후 4시가 조금 넘었다. 손님이 한 명도 없다.

"안녕하세요. 배달 왔습니다."

"어머, 세이스케 씨. 어서 와요."

다키코 씨가 맞아 준다.

먼저 플라스틱 용기가 담긴 하얀 비닐 봉투를 건네고,

계산을 끝낸다. 다키코 씨는 모든 튀김의 가격을 알고 있어서, 딱 맞게 돈을 준비해 놓는다. 그래도 일단 잔돈을 가져오지만 사용한 적은 한 번도 없다.

"한가하니까, 차 한잔 하고 가."

"감사합니다."

차를 사양하는 일도 있지만, 오늘은 마시기로 한다. 다키코 씨에게도 10월 말에 가게를 그만둔다는 걸 전하려 한다.

다키코 씨가 안쪽에서 차를 끓이는 동안 할 일이 없어, 가게 안에 혼자 멀거니 서 있다.

표범 무늬 옷을 본다. 가슴에서 배에 걸쳐 거대하게 그려진 표범의 얼굴을 쳐다본다. 그리고 똑같이 고양잇과에 속하는 고양이를 본다. 이쪽은 실물이다. 긴 의자에 쭉 늘어져 자고 있는 다키코 씨의 고양이.

너에게는 관심 없어, 하는 태도로 일관했던 그 고양이가 오늘은 웬일로 나를 본다.

그리고 슬그머니 다가온다.

왔어, 하는 식으로 이쪽을 향하고 있던 그 눈을 획 돌린다. 이쪽이 공격하는 일은 없겠다고 판단한 것이리라.

나는 긴 의자 앞에 쪼그리고 앉아서, 고양이를 바로 앞에서 본다.

"다 됐어."

"네."

찻잔이 계산대 카운터에 놓여 있다. 늘 그 옆에 서서 얘기를 나눈다. 다키코 씨의 남편 사다아키 씨 얘기를 듣곤 한다. 그 양반이 글쎄 혼자 낚시를 하러 갔다가 강 한가운데 있는 모래섬에 고립될 뻔했지 뭐야, 그래서 긴급 출동. 그래서 낚시에는 넌더리가 났는지 이번에는 집에서 프라모델을 만들게 되었다는 거 아냐.

바로는 일어서지 않는다. 나는 쪼그린 채 다키코 씨에게 묻는다.

"이 고양이, 이름이 뭐예요?"

"뚱이."

"뚱이."

"처음에는 다른 이름이었는데. 지금은 이렇게 살이 쪘잖아. 그래서 뚱이."

"살이 쪄서 이름을 바꾼 거예요?"

"응. 몸집하고 이름이 어울려야 부르기 쉽잖아. 세이스케 씨도 딱이라고 생각했지? 뚱이."

"생각했어요. 뚱이네요."

"그러니, 저기에 쩍 늘어져서 움직이지 않지. 큰일이야. 그 대신, 이렇게 가게에 데리고 나와도 밖에 나갈 염려는 없지만."

고양이 뚱이를 처음 만져 본다. 오른 손바닥으로 등을 쓰다듬는다. 뚱이는 마다하지 않는다.

만지는 거야, 하면서 이쪽을 돌아보지는 않는다.

아닌 게 아니라, 이 고양이라면 밖에 나가지 않을 것이다. 밤에 차 앞으로 튀어나가는 일도 없을 것이다.

이번에는 머리를 쓰다듬는다. 역시 이쪽을 돌아보지 않지만, 슬며시 눈을 감는다. 그러다, 뜬다. 그러고는 또, 감는다. 음냐, 하품을 한다. 졸린 모양이다.

뚱이. 귀엽다.

아버지 잘못이 아니다. 고양이 잘못도 아니다. 이치에는 맞지 않는다. 그러나 그렇게 생각된다. 아버지 덕분에 고양이는 죽음을 면했다. 아버지는 고양이를 살렸다. 처음으로, 그렇게 생각되었다.

뚱이를 한 번 더 쓰다듬어 주고, 일어선다. 가게로 돌아가면 손을 씻겠지만, 뚱이가 더러워서가 아니라 내가 사람이 먹는 걸 다루기 때문이다. 마음속으로 그렇게 말한다. 그 말이 통했는지, 뚱이가 이쪽을 돌아본다. 그런 건 내 알 바가 아니지, 하는 식으로.

계산기가 있는 카운터에 가서, 잘 마실게요, 하고서 차를 마신다. 늘 그렇듯 다키코 씨와 두런두런 얘기를 나눈다.

"우리 그 양반, 오늘은 성을 만들고 있어."

"성, 이요?"

"응. 히메지 성. 프라모델."

"아아."

"그래서 오늘은 가게 일을 도와줄 수 없대. 가게와 성, 어느 쪽이 중요하냐고 물었더니, 글쎄 성이래. 당연하다는 듯이. 확 걷어차 버릴까 했어."

예순여섯 살인 사다아키 씨를 걷어차는 예순세 살의 다키코 씨. 좋다. 상상만 해도 즐겁다.

그렇게 즐거운 얘기를 들은 다음, 다키코 씨에게 내 사정을 전한다.

"저, 제가 10월 말까지 일하고 다노쿠라를 그만두게 되었어요."

"뭐, 그게 정말이야?"

"네."

"왜?"

"언젠가는 요리사 시험을 볼 계획인데, 그 전에 다른 가게도 경험해 보려고요."

"아아, 그렇구나. 다노쿠라에, 어느 정도 있었지?"

"이제 곧 1년입니다."

"벌써 그렇게 됐어?"

"네."

"나이를 먹으면 1년이 순식간이야. 시간 감각이 없어지나 봐. 에이키 씨가 더 오래 있었지?"

"훨씬 오래 있었죠."

"나이는 어느 쪽이 많은데?"

"그것도 에이키 씨죠. 네 살이나 많은데요."

"어머나, 그렇게 많아. 가끔 보는 사람은, 나이도 잘 모르게 된다니까. 전에도 물어본 것 같은데, 세이스케 씨는 몇 살?"

"스물하나입니다."

"스물하나. 좋은 때네. 뭐든 할 수 있고."

"할 수, 있나요?"

"할 수 있지. 해. 프라모델 만드는 건 60대 들어서도 할 수 있으니까, 20대에 할 수 있는 일을 해."

"뭘 하면 좋을까요."

"그건 스스로 생각해야지. 시간은 말이지, 있는 것 같아도 없어. 40년도 금방 지나가더라고. 돌아보니까, 하지 못한 일만 잔뜩이고. 그때 그걸 하면 좋았는데, 하고 후회하지 않게, 열심히 해 봐."

"열심히 할게요."

토 달지 않고 대답한다.

"딱 봐도 세이스케 씨는 열심히 할 것 같아. 문제는 에이키 씨지."

"에이키 씨도 앞으로는 열심히 할 겁니다."

열심히 할 것이다. 언젠가는 다노쿠라를 맡게 될 테니까. 그래서가 아니라, 무엇보다 안나 씨가 낳을 아기를 위해서 열심히 할 것이다.

"그렇게 껄렁껄렁하는 사람이 의외로 잘해 낼지도 모르지. 그래서, 세이스케 씨는 언제까지 일한다고?"

"10월 말이요."

"그렇구나. 그럼, 뭐라도 줄게. 가게 안에서 마음에 드는 거 있으면 가져가. 그 표범 얼굴 있는 티셔츠는 어때? 여자 친구에게 선물로."

"그럴 여자 친구가 없어요."

"에이, 여자 친구도 없어. 그럼 앞으로 한 달 동안에 만들어서, 줘. 표범 얼굴."

　신난다. 여자 친구에게 선물을 못 하더라도, 표범 얼굴 티셔츠, 갖고 싶었다.

　"차, 한 잔 더 마실래?"

　"아, 아니요. 이제 가 봐야죠. 죄송해요. 잘 마셨습니다."

　다키코 씨에게, 그리고 고양이 뚱이에게도 인사를 하고 나는 여성복전문점 데지마에서 나온다. 평소보다 한결 좋은 기분으로.

*

　오늘은 늦은 오전에 일을 시작해서 밤 8시 반에 일이 끝나는 날이다.

　끝나고, 반찬가게 다노쿠라를 나와 집으로 돌아간다.

　늘 걷는 길을 걷는다. 집까지 가장 빨리 갈 수 있는 코스다.

　언제나 새가 앉아 있는 가로등에, 오늘도 새가 앉아 있다. 8시 반이 넘었는데? 하고 놀란다. 걸음을 멈추지 않은 채 올려다본다. 까마귀가 아니다. 회색이다. 잘 모르는 새다. 역시 저 가로등이 앉기 좋은가 보네, 하고 생각한다. 새들에게 그 가로등은, 내게 스나마치긴자 상점가 거리 같은 것이다.

새들이 늘 앉아 있다. 하지만 같은 새가 계속 앉아 있는 것은 아니다. 그리고 어느 새나, 언젠가는 날아간다. 돗토리에서 날아온 정체 모를 새 같은 사내도, 언젠가는 날아가야 한다. 그 시기를, 조금 일찍 당겼을 뿐이다.

뭐야, 그 논리는. 피식 웃는다. 그러다 생각난다.

파란 신호에서 네거리 횡단보도를 건넌다. 집으로 가려면 거기에서 오른쪽으로 돌아야 하는데, 돌지 않는다. 마루하치 길을 그대로 직진한다.

바지 앞주머니에서 스마트폰을 꺼내, 화면을 터치한다. 글자를 치는 게 아니다. 통화.

아오바가 바로 받아 주었다.

"여보세요."

이쪽이 여보세요, 라고 말하기 전에 묻는다.

"세이스케?"

"응."

"나도 막 전화 걸려고 했는데. 마침 잘됐네."

"응?"

아오바는 주저하지 않는다. 당당하게 말한다.

"올 크리스마스 선물로 베이스 기타 선물해도 괜찮아?"

"뭐?"

"지난번에 악기점에 가서 같이 봤잖아. 그거. 베이스 기타."

"를, 준다고?"

"응. 세이스케, 역시 베이스 기타 치는 게 어울린다 싶어서. 싫어?"

"싫은 게 아니라. 베이스 기타, 제법 비싼데."

"그러게. 조사해 봤어. 나도 돈은 별로 없으니까, 그렇게 비싼 건 못 사. 네가 어떤 걸 좋아하는지도 모르니까, 그래서 사전에 의논이 필요해. 깜짝 선물로 놀라게 할 수는 없다는 거지. 괜찮아?"

"괜찮고 말고가 없잖아. 안 된다고, 할 수 없지."

"후, 다행이다. 크리스마스 한참 멀었으니까, 그때까지 돈 모을 거야. 아, 왜 전화했어?"

"아아. 저 있지, 지금 만날 수 있을까?"

"지금? 바로 지금?"

"응. 일 끝나고 벌써 역으로 가고 있어."

"우리 집으로 온다는 거야?"

"아니. 어디에서 만나기만 하면 돼. 시간도 잠깐이면

되고. 아라카와선 역까지 나와 줄 수 있겠어?"

"알았어."

"어느 역이었지? 가장 가까운 역이."

"구마노마에 역. 내리면 바로 구마노 우체국이 있는데. 그 앞에서 만날까?"

"그러자. 구마노 우체국, 앞. 전에 아라카와 유원지에서 걸어올 때 지났던 길이지? 거기에 우체국이 있던데."

"응, 그 우체국."

"근처까지 가면 연락할게."

"그래."

"그럼."

"그럼."

통화를 마치고, 스마트폰을 바지 앞주머니에 다시 넣는다.

아오바는 만나서 뭐할 건데? 라고도, 무슨 할 얘기가 있는 거야? 하고도 묻지 않았다. 만나는 걸 그저 허락해 주었다. 그래서 기쁘다.

그리고, 베이스 기타. 크리스마스 선물로, 베이스 기타.

모든 걸 포기하지 않아도 되지 않을까? 긴자에 있는 야마노악기점에서 아오바는 그렇게 말했다. 말해 주었다. 그리고 이거. 뭐지. 몸이 떨린다. 도쿠지 씨에게 가게 얘기를 들었을 때처럼.

여성복전문점 데지마의 다키코 씨는, 40년은 금방 지나간다고 했다. 그럴지도 모른다.

나는 스물한 살. 서두르지 않아도 된다. 하나씩, 하나씩. 서두르지는 않지만, 멈춰 있지도 않는다. 이 세상을 그렇게 살아갈 수 있다면 좋겠다. 미래는 중요하다. 하지만 지금도 중요하다. 미래를 보아야 한다. 하지만 지금을 소홀히 하고 싶지는 않다. 그렇지 않은가, 나는 살아 있는데.

요리사 자격증을 따고 난 다음 일할 곳이 정해지면, 운전면허도 따자. 그 말을 아오바에게 하자.

미나미스나마치에서 도자이선을 탄다. 그 시간의 나카노행 전철은 그렇게 붐비지 않는다. 그렇다고 비어 있다고도 할 수 없다. 이곳은 도쿄. 언제나, 사람들이 움직이고 있다.

나도, 그만 흥분해서 움직이고 말았다. 전철 안에서 오랜만에 숨을 돌리고, 조금 냉정하게 생각해 본다.

스나마치긴자 상점가의 카페에서, 다카세 료는 말했다. 우연히 만나지 않았으면 나와 아오바가 연락을 취하는 일은 없었을 것이라고. 물론 그렇다. 그것은 사실이다. 인정한다.

그러나 그런 건 의미가 없다. 우연이든 뭐든, 나와 아오바는 다시 만났다. 그 또한 사실이다. 내게 중요한 것은 그 사실이다. 그것뿐이다.

다시 만났을 때, 길을 양보해 준 사람이 세이스케일 거라고 확신했다고 아오바는 말했다. 준야에게 베이스 기타를 주었다는 얘기를 했을 때도, 지금의 세이스케가 타인에게 뭘 줄 수 있다는 게 대단하다고 말했다. 보기에 따라서는, 나는 에이키 씨에게도 뭔가를 양보한 셈이 될지도 모른다.

중요한 것은 돈이나 물건이 아니다. 형태가 없는 무언가도 아니다. 사람이다. 재주 있는 인재는 누가 대신할 수 있어도, 사람 자체는 아무도 대신할 수 없다.

길을 비켜 준다. 베이스 기타를 누군가에게 준다. 가게의 이런저런 것을 양보한다. 하지만 아오바는 지킨다. 내놓고 싶지 않다. 나보다 훨씬 위에 있는 상대에게도. 나보다 훨씬 좋은 조건을 갖춘 상대에게도.

그러나, 아오바의 마음은 존중하고 싶다. 다른 무엇보다 우선하고 싶다. 그러니까 선택을 강요하지 않는다. 선택해 주면 온 힘을 다해 받아들인다. 그것으로 족하다.

다만, 한 가지. 내 마음을 전하는 건 허락해 주었으면
한다.

– 지금, 마치야. 이제 아라카와선을 탑니다

아오바에게 보낸다.

– 6분이면 도착이네. 뛰어야지!

답장이 온다.

그리고 7~8분 후. 구마노 우체국 앞에, 헉헉거리며 달
려온 아오바가 있다. 평소에 입는 옷 그대로, 민낯에 가
까운 아오바다.

"안녕."

장난스럽게 내게 말한다.

미안하지만, 인사는 패스한다.

서두 생략. 우선은 요점부터 말한다.

"있지, 나."

"응?"

"나. 아오바, 네가 좋아."

옮긴이의 말

'혼자라는 건',

쉽지 않다.

그것도 성인의 문턱을 겨우 밟은 스무 살 청년에게 불쑥 찾아온다면, 더욱이 쉽지 않다.

말이 성인이지 경제적으로나 정신적으로나 독립한 상태가 아닌, 아직 부모 슬하에 있는 나이이기 때문이다.

가시와기 세이스케, 스무 살, 대학교 2학년.

아버지의 불의의 교통 사고사와 그에 이은 어머니의 돌연사.

불가항력이다. 누구도 막을 수 없었다.

세이스케에게 혼자라는 상황은 그렇게 찾아왔다.

남겨진 유산도 거의 없어 절망의 벼랑 끝에 놓인 세이스케는 어떻게 삶을 유지할 것인가 하는 고단한 문제와 마주하게 된다.

이런 때, 인간은 과연 어떤 선택을 할까?

비굴함으로 무장하고 주변에 기대어 현재의 사회적 위치를 계속하려는 선택도 가능하다. 또는 '혼자가 된' 자신의 처지를 직시하고 현실적으로 할 수 있는 것부터 하자는 선택도 가능하다.

이 선택의 기로에서 소설의 주인공 세이스케는 참 눈부시다. 그가 사회적인 가치와 질서에 얽매이지 않고 비굴해지지도 않았다는 점에서다. 그의 선택에 작용한 것은 삶을 지향하는 동물적인 감각과 균형을 이룬 선한 의지뿐이었다.

배고픔 앞에서, 김이 모락모락 오르는 따끈한 크로켓한 개 앞에서 한발 물러설 수 있었던 선한 의지야말로 그에게 인생의 새로운 문을 열어 준 열쇠였던 것이다.

그 선한 의지의 발원지가 스무 살 청년에게 혼자라는 상황을 초래한 부모에게, 당신들의 역량으로 소박하게 삶을 이어 가다 덧없이 세상을 뜬 부모에게 있다는 것을 암시하는 점도 이 소설의 미덕이다.

부모님의 족적을 더듬으면서도 '돌아가신 부모님이 하늘에서 지켜 주실 것'이라는 감상적인 차원에 주저앉지 않고, 삶의 방향성을 찾고 또 다져 나가는 쉽지 않음을 선택하는 한편, 홀로서기를 넘어 새로운 인간관계도 형성해 가는 세이스케의 발길이 조용하지만 힘차고 사뿐사뿐하게 느껴지는 것은 바로 그 때문일 것이다.

2020년 이른 봄

김난주

혼자라는 건

초판 1쇄 인쇄 2020년 3월 25일
초판 1쇄 발행 2020년 4월 2일

지은이 오노데라 후미노리
옮긴이 김난주
발행인 박효상
편집장 김현
기획·편집 김설아 김준하 배수현
디자인 이연진 김성엽
일러스트 박혜미
마케팅 이태호 이전희
관리 김태옥

종이 월드페이퍼 **인쇄·제본** 현문자현 | **출판등록** 제10-1835호
펴낸 곳 사람in | **주소** 04034 서울시 마포구 양화로11길 14-10(서교동) 3F
전화 02) 338-3555(代) **팩스** 02) 338-3545 | E-mail saramin@netsgo.com
Homepage www.saramin.com

왼쪽주머니는 사람in의 임프린트입니다.
책값은 뒤표지에 있습니다.
파본은 바꾸어 드립니다.

ISBN 978-89-6049-833-4 03830